本书为山东省"十二五"高等学校人文社会科学研究基地之水浒文化研究基地成果;山东省艺术科学重点课题"《水浒传》镜像下的鲁西南民俗研究"(立项号 1506501)资助项目成果

水浒传

镜像下的民俗文化研究

王洪涛 著

中国社会科学出版社

图书在版编目(CIP)数据

《水浒传》镜像下的民俗文化研究 / 王洪涛著 . —北京：中国社会科学出版社，2017.4
ISBN 978 – 7 – 5203 – 0250 – 0

Ⅰ.①水… Ⅱ.①王… Ⅲ.①《水浒》研究②风俗习惯—研究—中国 Ⅳ.①I207.412②K892

中国版本图书馆 CIP 数据核字（2017）第 094604 号

出 版 人	赵剑英
责任编辑	孙铁楠
责任校对	邓晓春
责任印制	张雪娇
出　　版	中国社会科学出版社
社　　址	北京鼓楼西大街甲 158 号
邮　　编	100720
网　　址	http://www.csspw.cn
发 行 部	010 – 84083685
门 市 部	010 – 84029450
经　　销	新华书店及其他书店
印刷装订	北京鑫正大印刷有限公司
版　　次	2017 年 4 月第 1 版
印　　次	2017 年 4 月第 1 次印刷
开　　本	710×1000　1/16
印　　张	13
字　　数	220 千字
定　　价	58.00 元

凡购买中国社会科学出版社图书，如有质量问题请与本社营销中心联系调换
电话：010 – 84083683
版权所有　侵权必究

前　言

　　民俗是在民众中传承的社会文化传统，是由民众所创造、享用和传承的生活文化，具有集体性、模式性、传承性与扩布性、稳定性与变异性等特征。民俗起源于人类社会群体生活的需要，在特定的民族、时代和地域中，通过口耳相传、行为示范和心理影响等方式不断传播、继承与演变，既服务于民众的日常生产生活，也规范着人们的语言、行为和心理。

　　《水浒传》是一部基于历史传闻虚构成的长篇英雄传奇，在带给读者文学之美的同时，也赋予其所涉及地域亦真亦幻的历史镜像，甚至还由此衍生出无数为当地人津津乐道的佳话传说。《水浒传》以北宋末年社会为背景，兼之其描写对象主要是鲁西南地区的"市井细民"，因而在整部作品中充满了丰富的民俗事象。可以说，《水浒传》为我们展示了一幅北宋时期鲁西南民风民俗的画卷，正是这些生动鲜活的民俗内容，加上作者丰富的阅历和高超的语言驾驭能力，才造就了《水浒传》这部我国白话小说史上里程碑式的作品。

　　基于此，本书研究了《水浒传》镜像下的民俗文化，全书共分为六章，第一章是研究概述，综述了《水浒传》的相关研究和《水浒传》中的民俗文化；第二章是物质民俗方面的研究，包括《水浒传》中衣食住行的民俗研究；第三章是行为民俗方面的研究，包括《水浒传》中描写的节日、礼仪、游戏和竞技方面的民俗现象研究；第四章是《水浒传》中精神民俗方面的研究，包括语言、思想理念、宗教信仰等研究；第五章以鲁西南地区为例，对《水浒传》中的地域民俗进行研究，包括郓城、梁山、东平、阳谷四县；第六章是水浒民俗文化的开发与保护，研究了水浒民俗文化与中国社会的关系、水浒民俗文化开发与保护的途径。

　　《水浒传》在带我们走进风格粗犷豪放、故事精彩绝伦的水浒世界的同时还为我们展现了一幅栩栩如生的古代鲁西南市井与乡村的风俗画卷，使我们不但领略到众多英雄豪杰的风采,还能感受到扑面而来的宋元时代鲁西南民俗生活气息。对《水浒传》中民俗现象的研究有助于我们更加深入地了解宋元时期鲁西南地区的社会风气,为开发和利用当地文化资源提供有利的理论依据。

  本书在写作的过程中参考了大量文献书籍,引用了众多学者的劳动成果,虽然书中附有脚注,书末也列出了参考文献,但是由于时间匆促,难免挂一漏十。加之作者学识水平有限,错误疏漏在所难免,欢迎各位读者批评指正。

目 录

第一章 研究概述 ·· (1)
  第一节 《水浒传》研究综述 ·· (1)
  第二节 水浒民俗文化概述 ·· (17)

第二章 《水浒传》中的物质民俗 ·· (30)
  第一节 《水浒传》中的服饰民俗 ·· (30)
  第二节 《水浒传》中的饮食民俗 ·· (42)
  第三节 《水浒传》中的居住民俗 ·· (58)
  第四节 《水浒传》中的交通民俗 ·· (63)

第三章 《水浒传》中的行为民俗 ·· (69)
  第一节 《水浒传》中的节日民俗 ·· (69)
  第二节 《水浒传》中的礼仪民俗 ·· (79)
  第三节 《水浒传》中的游戏民俗 ·· (97)
  第四节 《水浒传》中的竞技民俗 ·· (107)

第四章 《水浒传》中的精神民俗 ·· (117)
  第一节 《水浒传》中的语言民俗 ·· (117)
  第二节 《水浒传》中的思想理念民俗 ··· (127)
  第三节 《水浒传》中的信仰民俗 ·· (134)

第五章 《水浒传》中的鲁西南民俗 ·· (156)
  第一节 《水浒传》镜像下的郓城民俗 ··· (158)
  第二节 《水浒传》镜像下的梁山民俗 ··· (166)

第三节 《水浒传》镜像下的东平民俗 …………………（169）
第四节 《水浒传》镜像下的阳谷民俗 …………………（178）

第六章 水浒民俗文化的开发与保护 ………………………（181）
第一节 水浒民俗文化与中国社会 ………………………（181）
第二节 水浒民俗文化开发与保护的途径 ………………（194）

参考文献 …………………………………………………………（200）

第一章 研究概述

第一节 《水浒传》研究综述

纵观20世纪《水浒传》的研究，对其思想认识的主要观点是农民起义、市井生活、地主阶级内部革新派与保守派之间的斗争、忠奸斗争等，其中农民起义和市井生活的观点是对《水浒传》认识的主流。考察北宋时期中国社会结构和商品经济的发展，《水浒传》所表达出的新思想核心是要求平等。以《水浒传》为代表的小说所反映的新思想，在整个古代封建专制王朝时期所创作的文学中，具有独特的意义和价值，其所反映的思想在它们前后都不曾有，是古代中国极其珍贵的文学思想贡献。

一 《水浒传》的社会背景

（一）宋明之际的社会变迁

一般论及宋代社会，都认为北宋边事不断，割地赔款，战则败北，和则纳币，俯首称臣，国力衰微。终两宋之世，被视为乱离时代的延续。然而宋明之际社会变迁又呈现着与前代不同的新的时代特点：

1. 变化的时代

首先是田制的变化。从北魏开始实行的以"均田制"为标志的土地国有制度至宋终于完结。[①] 宋朝统治者顺应土地私有化的历史潮流，以"不立田制"为标志，实行"不抑兼并"及"许民请佃为永业"的经济政策，致使"贫富无定势，田宅无定主，有钱则买，无钱则卖"[②]。租佃

[①] 我国西周是分封制，春秋晚期出现私田，秦商鞅变法实行过土地国有化，但同时秦《军爵律》《田律》又规定了私人土地所有权，北魏到唐朝一直实行以租庸调制为核心的均田制。

[②] （宋）袁采：《袁氏世范》卷3《富家治产当存仁心》，知不足斋丛书本。

制成为土地私有制的主要形式，土地的商品化不仅奠定了宋代经济繁荣的基础，也同时带来了社会结构的深刻变化。

其次是身份的变化。我国从南北朝至隋唐，"均田制"下的部曲、佃客皆依附于主人名下而无独立的经济和法律主体地位。自宋朝建立以后，根据税力物产将全国户口分为主户和客户，客户即"借人之牛，受人之土，佣而耕者"的下层农户。佃户虽无地产也编入客户，"租佃制"下的客户成为国家的编户齐民，是独立的法律主体，与地主不是私人依附关系而是契约关系，租佃、退佃都受法律的保护，成为法律上的民事主体。南宋对民事关系调整的法律条文大量增加，个人在法律关系上的主体地位得到进一步认可。

宋代传统市制瓦解，工商业者的社会地位也大大提高了。秦汉以来"重农抑商"的思想将商人视为贱民，汉朝直接"以法律贱商人"，汉武帝视经商为犯罪，"发七科谪"（遣七种罪犯戍边）中也有"贾人"一科；唐朝仍用"团""火"等形式对商人进行人身控制，商人户籍不独立，市、坊分离，经营时间受到限制，且"工商之家不得预于士"。北宋开始，商铺可面街而市，经营时间不再受限制。工商业者成为国家的平等居民。宋代社会门阀势力完全消失，科举取士使庶族地主知识分子成为左右政治局势的重要力量。"以贵统官"彻底变成"以官统贵"。

宋明之际社会关系的种种变化总趋向是经济的私有化、自由化和人身的独立化、平等化，大量的人口从王权主义的经济、法律双重束缚之下游离出来，成为王权主义体制的离心力量，经济和身份关系的变化最终表现到人心的变化上来。严复曾说过："若研究人心政俗之变，则赵宋一代，最宜究心。"① 人心之变，反过来推动社会经济关系的变化②。

时代的变迁在水浒故事中有多处体现。梁山好汉一部分是脱离了土地束缚和身份关系的"游民"。另一部分好汉摆脱了身份束缚，如燕青对卢俊义由奴仆关系变为平等的"哥弟称呼"关系；晁盖、宋江等地主与庄

---

① 《严复集》（第3册），中华书局1986年版，第72页。
② 这些变化不是一帆风顺的，而是反复曲折的。南宋时期，由于政治形势的变化，朝廷对地主阶级的依赖加强，佃客所受的超经济剥削有所反弹，以致到"亡宋以前，主户生杀，视佃客不若草芥"。元朝统治初期，落后的游牧经济冲击使两宋高度发达的商品经济受到严重破坏，社会关系也出现向等级身份制度的倒退。明初封建专制主义开始加强，社会状况到晚明才有较大发展。宋明之际新的社会关系没有突破封建王权主义的界限，宋明之际的社会思潮也就一直在王权体制的笼罩下翻涌，没有达到明确破旧立新的高度。

客由主佃关系，变为兵将关系。旧贵族的地位没有保障，柴进虽系皇亲国戚，但其失去了官势，很快沦为被欺凌掠夺的对象；新发家的工商户受人尊敬，卢俊义名满江湖。高俅发迹的故事也说明了各阶层社会地位的变化。

2. 繁荣的时代

北宋伊始的经济自由和人身解放促使宋元生产力上台阶式的发展，宋元之际科技发明甚多，促进了生产技术的提高。两宋赋税收入的大幅提升，社会所能养活的人口的激增，剩余产品的出现和人身约束的放松，带来了商品的大量流通和娱乐业的繁荣，文人画士对两宋城市生活的描述反映了当时的繁荣。据叶坦《大变法：宋神宗与十一世纪的改革运动》一书提供的《宋代岁出入缗钱表》表明，唐朝建中初行两税法时岁入缗钱3万余贯，唐宣宗初年税钱为860万贯上下。而宋初（960—997）则两倍于唐朝，为1600万贯。至开禧二年（1206）为8000万贯。两宋国土远小于唐朝，财政收入则十分巨大，说明了宋代的繁荣。

蒙元统治带有异质文明性质，其早期曾给中原农业文明带来很大破坏，而元人重视商业，加之国土广大，国内外贸易发达，城市经济便很快繁荣起来。当时的大都、杭州、广州都是国际性的大都会，西域商人尤多。元杂剧等俗文艺的繁荣表明市民生活内容的丰富。

《水浒传》中很少看到对百姓贫困生活的描写，多是繁荣的景象：

第一，生活的繁荣和富裕。《水浒传》开场便是东京的生活，第六回鲁智深初到东京看到的是"千门万户，纷纷朱翠交辉，三市六街，济济衣冠聚集"[①]。大名府和其他州府的许多场景都描述了城市的繁华，连五台山下一个小镇也有六七百人家，打铁卖肉各业齐全，农家生活也是比较富足的。史进、晁盖、宋江等人均是家道殷实，最贫困的三阮也还吃酒赌博。

第二，商品的流通。鲁智深在渭州一出场的装束是"脑后两个太原府纽丝金环"，林冲出场时"手中一把折叠纸西川扇子"，第十二回杨志出场时"头戴一顶范阳毡笠"，第二十三回武松与宋江告别时也是"戴着个范阳毡笠"，第三十五回石勇出场时"脑后两个太原府纽丝铜环"，反面人物西门庆做着绸缎庄生意，第四十五回描写裴如海和尚"山根鞋履，

---

① （明）施耐庵：《水浒传》，人民文学出版社1997年版，第94页。

是福州染到深青；九缕丝绦，系西地买来真紫"。这说明当时日用品已走向商品化，还出现了知名品牌。

第三，娱乐业的兴盛。《水浒传》中有勾栏瓦舍的描写，民间艺人如阎婆惜、白秀英等人足迹遍及这些场所，李师师受到皇帝的重视，伎艺服侍上至皇帝丞相，下及市井小民，连李逵也常去听书，呈现出娱乐业的兴盛。

3. 宽松的时代

宋元王权主义的文化压抑机制有所松缓，宋朝立国之初，宋太祖曾立誓"不欲以言罪人"和"优待文士"。整个宋代没有发生统治集团内部大规模的杀戮，士大夫的人格也受到了尊重。宋代的民间思潮也很活跃，从《水浒传》中可以看出对皇权称谓不像其他朝代那么神秘和恭敬。这与大宋从未实现真正的大一统有关，也与其他文明对本民族文明提供参照和多种选择有关。蒙元一代对思想控制的放松，摆脱了传统思想的束缚，在一定程度上刺激了异端思想的诞生。同时，野蛮的统治激起强烈的反抗意识。《水浒传》中那股强梁之气是元代作品所特有的。文人地位的失落使他们对社会产生不满，同时从经济和心理上摆脱了对王权的依赖，开始更多地关心个人权利和平民生活。这呈现出思想者的独立、思想环境的宽松。

4. 腐败的时代

官僚队伍的贪污腐败现象是一个时代性的概念。在早期封建社会，政治组织与亲属组织高度一体化，全社会由宗法关系构成，谈不上吏治腐败。在封建社会中期，官僚组织与血缘组织分离开来，以官统贵，吏治清廉问题才提上日程。

宋明之际由于宗法精神的废弛，官长和子民之间的道德义务降低，经济发展和商品流通，又提供了聚敛钱财的必要条件，腐败以以权谋私、中饱私囊为开始，以制度的全面溃烂和失效为结局。专制制度与商品经济相结合，使该时代既有专制社会的暴虐专横，又有商品经济初期的扩张贪婪特征。

对腐败黑暗现象的揭露在《水浒传》中占有非常重要的地位，就以制度性的不适应为例：（1）生产的发展使工商业者有了经济地位，但法律却不能对他们的经济利益予以保护，江南居民因随意摊派的花石纲而大量破产，孟州道上的客商妓女要向官匪勾结或军匪勾结的黑社会交保护费；(2) 对于大量游离于土地和宗法关系之外的人员，一部分被朝廷扩充到军队中（宋太祖时禁军厢军共22万，仁宗庆历时激增到126万），以致社会上充斥泼皮和军汉，这些人在小说中被充分反映出来。

5. 异端的时代

宋代的经济繁荣和商品交换关系的发展刺激了功利主义的产生，南宋之后对个人利益的保护和重视直接表现在立法观念上。北宋李觏、南宋陈亮、叶适等人都公开言利，李觏说："人非利不生，曷为不可言……欲者，人之情，曷为不可言？"① 而在陈亮看来，不计功利，哪里还有仁义道德的存在？故陈傅良把他的思想概括为"功到成处便是有德，事到济处便是有理"②。叶适对传统的"重义轻利"思想进行了深刻的批判："既无功利，则道义者乃无用之虚语耳"。朱熹"存天理、灭人欲"的口号正是与功利主义论辩的产物。

宋人的很多言论代表了商品经济发展后工商业阶层的呼声和利益，范仲淹、欧阳修、苏轼都有过类似"与商贾共利""士农工商皆本"之类的言论。③ 范仲淹在《四民诗》中表现了对辱商政策的不满："此弊已千载，千载犹因循。吾商竟何罪，君子耻为怜。"欧阳修主张"不惜重利而诱大商，此与商贾共利，取少而致多之术也"。苏轼则主张"农末皆利"。南宋士大夫反"抑末"的观点更加激烈和普遍，陈亮说："古者，官民一家也，农商一事也……"叶适说："夫四民交致其用，而后王化兴，抑末原本，非正经也。"《水浒传》也表现了对商人的特别尊重。这反映了工商业者的地位提高后，必然要求社会对这种利益予以尊重。

元代著名思想家邓牧在《君道》一文中说："天生民而立之君，非为君也；奈何以四海之广，足一夫之用邪。"这指出天下不是一夫之私产，抨击秦以来君主夺人所好，所以"勿怪盗贼之争天下"，其表现了强烈的人权、民主意识。在哲学领域，陆九渊的心学，其发展到王阳明的"我心即宇宙"，从认识论上还给了个人认识真理的权利。陈亮认为："夫道非出于形气之表，而常行于事物之间也""夫道之在天下，何物非道。千涂万辙，因事作则。"这就剥去了"道"的神秘外衣。叶适说："时自我

---

① （清）黄宗羲：《宋元学案》卷3《高平学案》，浙江人民出版社1992年标点本，第1269页。
② （宋）陈傅良：《止斋文集》卷36《答陈同甫》，四部丛刊本。
③ 朱勇：《中国法制史》，中国人民大学出版社1999年版。

为之，则不可以有所待也；机自我发之，则不可以有所乘也。不为，则无时矣，何待？不发，则无机矣，何乘？"这种"我为我发"的精神在哲学上充分表现了对个人价值的认同。伴随着生产生活的变迁，宋人的疑古创新思想一直没有间断，在元明两代朝异端方向发展，并以朴素的民间形态表现出来。宋明之际反传统的自由化思潮，在《水浒传》中得到真切而强烈的表现。在学士哲人们头脑中使用"批判的武器"时，梁山好汉们则在江湖上进行"武器的批判"，个人权利思想在各种形式中表现出来。

(二) 梁山社会分析

1. 好汉成分分类和文化整合

梁山好汉来源复杂，从出身和阅历来看，其中农村劳动人民出身的，包括农民、渔民、猎户，有李逵等7人。地主出身的，有晁盖等9人。军官出身的，有鲁智深等21人。下层官吏出身和上山前曾做过官吏的，有宋江等11人。杀人越货出身的，有李俊等8人。恶霸黑帮出身的有穆弘、穆春、施恩3人。江湖游民出身的，包括赌徒闲汉、小偷马贼、卖解相扑，有石勇、白胜、时迁等7人。市民出身的，包括商户、手工艺者、屠儿刽子、管家仆人，有卢俊义等12人。一出场就是绿林出身的，有朱武等27人。① 以上分类并不穷尽，如还有个别道士、书生等。绿林出身的好汉落草前几乎是各行各业都有。很多好汉经历颇多，阅历丰富正是江湖好汉的本色。

五花八门的出身必定把各式各样的价值观念和行为习惯带入梁山社会。有人认为梁山文化反映了游民无产者的思想倾向。② 近年又有学者指出梁山道德是一种行帮道德，杀人屠村、劫掠州县，都表现了其残酷性和狭隘性。张青、李俊图财害命，石秀、杨雄因小事而杀人分尸更是纯粹的犯罪行为，其集团有江湖帮会和黑社会组织的色彩，有反社会的价值观念，带有一定的犯罪性质。梁山事业的发展壮大过程正是对不同价值观、道德观和行为习惯的文化整合过程。整合是人的重新社会化过程，本书从下面几个方面来分析。

第一，整合的基础是义。《水浒传》从头到尾饱浸着义的精神，义是一种复杂的道德观，义的内涵起码有三个特点：(1) 义是打破了血缘和

---

① 杜朝伟、王鹏编著：《水浒文化概论》，山东人民出版社2011年版，第5页。
② 周克良：《〈水浒〉非写农民起义说》，《大庆师专学报》1984年第4期。

地缘关系的道德信条；（2）义是江湖义气，互利互报，讲人情不讲原则；（3）义包含有关怀众生、锄强扶弱、劫富济贫、勇于舍己的精神。好汉们尽管成分复杂，但都"义胆包天"，所以，义成了把这群江湖好汉联系在一起的纽带。

第二，整合的主导文化是文明、常态的。梁山的主导文化，在座次上予以集中体现。在天罡中，有一定文化阅历、胥吏、军官、财主、道士、书生出身的人占满了前二十名；在地煞中，前十一名中竟然有八名军官和三名知识分子；梁山的主导人群是官吏、军官和劳动人民，表明其主导文化以当时的社会文明为主导。

第三，梁山聚义是个人的重新社会化和群体寻找目标的过程。梁山的重新社会化过程首先是对个体成员的同化，《水浒传》中对一些发生在好汉身上的不良行为一开始就表示了否定，如鲁智深痛打小霸王周通、晁盖骂时迁偷鸡等，梁山好汉无论以前从事何种"犯罪"职业，上山后都能以大义为重，遵守纪律，抛弃劣习。同时，这也是行为和目标的自我提高，从劫掠客商到放过客商，专一劫富济贫，惩治贪官；从满足于喝酒吃肉，小打小闹到打出替天行道旗号，公然"要与大宋皇帝做个对头"，梁山逐步找到了自己的目标和行为准则——契约社会及其道德。

2. 梁山社会结构和运行方式

（1）以才能排定座次

梁山好汉一共排过七次座次，每一次都是梁山事业的发展台阶。

第一次是在第十二回，排座次基本是先到者凭资格对权力资源的垄断。

第二次是在第十六回"七星小聚义"，这次排座次体现了小型秘密组织应有的纪律和秩序。

第三次是在第二十回林冲火并王伦之后，这次排座次过程使梁山社会与江湖帮会区别开来。

第四次是在第三十五回，花荣、秦明等一批人马上梁山后，基本是按德才标准排的。

第五次是在第四十一回，梁山好汉劫法场和宋江智取无为军后，原则是"休分功劳高下，梁山泊一行旧头领，去左边主位上坐，新到头领，去右边客位上坐。待日后处力多寡,那时另行定夺"①。在排位困难的情况下重新论功行赏,是公平和有气魄的。

第六次是在第六十回,在晁盖中箭身亡后,每人向上升一位。

第七次是在第七十一回,综合性才能成为排座的主要依据,并兼顾了出身门第、文化教养、武艺功劳,甚至考虑到了对那些被"拽"上梁山将领的补偿。排座和分工体现了公平竞争、才有所用的精神。

(2) 以贡献分配利益

梁山上的利益分配既不是平均主义,也没有严格的等级,按才能贡献合理分配,每次视情况而定,没有固定差异。如第二十回中:"三阮领得了二十余辆车子金银财物,并四五十匹驴骡头口。……众头领看了打劫得许多财物,心中欢喜。便叫掌库的小头目,每样取一半贮在库,听候支用。这一半分做两分,厅上十一位头领均分一分,山上山下众人均分一分。"② 第四十一回晁盖将黄文炳的家财分赏众多出力的小喽啰。从第六十八回破曾头市后"抄掳到金银财宝,米麦粮食,尽行装载上车,回梁山泊给散各都头领,犒赏三军"③ 来看,分配原则是等差有序的。

梁山的社会性物资分配还体现了合理补偿、弱有所保的精神。鲁智深、宋江等人上山前多有扶弱济贫之举。在梁山事业做大后,好汉们冲州撞县,除破曾头市外,曾多接济百姓。梁山劫富济贫不是农民的平均主义,而是一种社会救济措施。

(3) 平等、人性的理想社会

《水浒传》第七十一回那篇"单道梁山的好处"的言语对平等、人性的理想社会模式进行了集中阐述:

> 山分八寨,旗列五方。交情浑似股肱,义气真同骨肉。断金亭上,高悬石碣之碑;忠义堂前,特扁金书之额。总兵主将,山东豪杰宋公明;协赞军权,河北英雄卢俊义。施谋运计,吴加亮号智多星;唤雨呼风,入云龙是公孙胜。五虎将英雄猛烈,八骠骑悍勇当先。……人人戮力,个个同心。休言啸聚山林,真可图王伯业。列两

---

① (明) 施耐庵:《水浒传》,人民文学出版社1997年版,第551页。
② 同上书,第253、254页。
③ 同上书,第901页。

副仗义疏财金字障，竖一面替天行道杏黄旗。①

在不同版本上这段话略有差异，但大意相同。梁山好汉几次小聚义、排座次、分工任职都体现了相同的社会理想，以下对此现象做一分析。

第一，平等的人际关系。梁山上虽有座次不同，但不论排名先后，大家"都一般儿哥弟称呼，不分贵贱"，体现了平等精神。在军事组织上，"东边房内，宋江、吴用、吕方、郭盛；西边房内，卢俊义、公孙胜、孔明、孔亮；……山前南路第一关，解珍、解宝守把；第二关，鲁智深、武松守把；……正南旱寨，秦明、索超、欧鹏、邓飞；……西北水寨，阮小七、童猛。其余各有执事"②。六关八寨及各房是平行并列关系，与等级森严的封建官吏和军队制度相比有天壤之别。

第二，每个人的特长得到尊重和发挥。在第七十一回的大聚义中，梁山的职务分派体现了人尽其才的原则，军事人才在重要位置当其大任，管理技术人才在后勤岗位上施展能力，像有间谍情报天赋的人也有了用武之地，工匠酒保之类也能名列好汉，真是各尽所能，随才器使。水浒的人才思想一直为人们所乐道，仅举职位分工表以资说明：政治、军事、经济决策层7人；军事将领64人；情报人员13人；警察、内保人员8人；掌管监造诸事头领16人。可以看到，梁山不仅是个军事组织，而且可以看出百业齐全，高度分工，劳动社会化，每个人得到相应的位置。

第三，契约化的政治制度。梁山社会是个自由开放的社会，旧制度的一切身份等级和人身控制统统被抛弃，对猎户、渔人、屠户等一视同仁，废除了诸如主仆、长幼、夫妻之间不对等的权利和义务。对粗鲁、精细等不同人的不同个性一概地包容和尊重。打破了血缘和地缘的限制，不分帮伙姓氏，以忠诚信义为唯一道德原则。对个人权利充分尊重，给每个人平等竞争、自我实现的机会，同时每个人也只能凭个人的奋斗，而不是靠社会关系来获得机会。

二 《水浒传》与民俗文化的研究

"民俗"一词并不是新鲜词汇，在中国古代的典籍中早就有了记载。

---

① （明）施耐庵：《水浒传》，人民文学出版社1997年版，第932、933页。
② 同上书，第928页。

早在先秦时期，作为"五经"之一的《礼记》，其《缁衣》篇中有"故君民者，章好以示民俗"①的记载，就已经提到了"民俗"这个词，其含义与现代意义上的民俗差不多，大体就是指民间习俗的意思。《管子》开篇即云"古之欲正世调天下者，必先观国政，料事务，察民俗，本治乱之所生，知得失之所在，然后从事，故法可立而治可行"②。其中的"民俗"一词，更倾向于人们的生活状况，比现代意义上"民俗"一词的含义略窄。在《汉书·董仲舒传》中则记有"乐者，所以变民风，化民俗"③的语句，其中也提到了"民俗"一词。这些记载，虽然在民俗的具体含义上有不同之处，但是本质上的含义还是差不多的。这也说明，虽然我国古代不可能有"民俗学"专门的学问，但是现代意义上的"民俗"概念，则早就有了。

现代民俗学起源于英国，大约在19世纪中叶产生。据乌丙安《中国民俗学》一书调查研究，在民俗学产生前后，当时已经有英国学者在中国传播民俗学了，但在当时并未引起中国人的重视。直到1922年12月，北京大学《歌谣》周刊才把"民俗学"这个专业术语引入其《发刊词》中，中国现代意义上的民俗学才宣告诞生。而在初期，国内对"民俗学"的叫法也很不统一，先后出现过"民间学""民学"等不同的称呼，直到1927年11月，广东中山大学成立了中国第一个"民俗学会"，第二年3月21日出刊了《民俗周刊》之后，"民俗学"这个称谓才得到广泛的承认和使用，一直延续到今天。④

在民俗学传入中国之后，中国的民俗学发展很快，到现在已经建立了比较完善的知识体系。随着时间的推移，民俗学不再是孤立的学科，它开始与很多学科互相结合，相辅相成，以取得新的突破和进展。而堪称包罗万象的中国古典小说，则是中国传统民俗巨大的优良载体，将民俗学研究引入中国古典小说的研究中，使两者相结合，既是民俗学研究的一大突破，也为中国古典小说的研究开辟了一条新的路径。

从民俗角度对《水浒传》进行研究，其实已经不是一个新课题。当前，对《水浒传》中民俗的研究已经引起了学术界的广泛关注，近些年

---

① 《礼记》，上海古籍出版社1987年点校本，第300—301页。
② 《管子校释》，边仲仁、夏剑钦点校，岳麓书社1996年点校本，第388页。
③ 《汉书》，中华书局1962年点校本，第2499页。
④ 张健：《〈水浒传〉与山东民俗》，硕士学位论文，山东大学，2009年。

就有很多这方面的论文和专著问世。最早从民俗角度对《水浒传》进行研究的,应该是何心的《水浒研究》。该书为上海文艺联合出版社1954年出版,古典文学出版社1957年再版,上海古籍出版社1985年第三版,在该书的第十八、十九、二十节这三节中,作者分别介绍了《水浒传》的衣食住行、风俗习惯和方言俗语。其中风俗习惯涉及婚嫁、丧葬、节令、迷信、游戏、刺花、称谓等七个方面的内容。虽然风俗习惯的内容在书中占的篇幅不大,也缺乏必要的考证,但是从民俗角度进行研究,也算是开了一个先例。

在此后有关《水浒传》的研究论著中,就很少有涉及民俗方面的内容。研究的重点依然集中在版本、作者、思想、艺术成就等几个方面,到"文化大革命"时期则基本处于停滞的状态。在"文化大革命"结束后,特别是进入20世纪80年代之后,《水浒传》的研究才又进入一个新的阶段。在此阶段,有关《水浒传》的版本、作者等问题进一步深入开展,而相关民俗方面的研究,也开始进入各种论文、著作之中。比较早的有欧阳健、萧相恺合著的《水浒新议》一书中,有《从武松形象的衍变看扬州评话对水浒的继承和发展》一文,可以看作有关民俗的研究。此后,民俗开始在《水浒传》研究的专著中占据一席之地。在汪远平的《水浒艺术探胜》中,有《浓郁的民情味、生动的风俗画——水浒的民俗描写》一文,包括市镇、赏灯、博戏、礼节四部分内容,另外也涉及民间语言、音乐戏曲、武技相扑等与民俗有关的内容。在他的另一部著作《水浒拾趣》中,则单列了《民风习俗篇》一节,从饮食、信仰和节日礼俗等方面做了专章的论述。湖北省《水浒》研究会主编的《水浒争鸣》(第四辑)收录了李永先的《〈水浒传〉与山东》一文,从地名、地理环境、人物籍贯、语言和风俗习惯等几个方面做了论述,可以看作是最早从山东的地域特色方面进行考察的论文。江苏省社会科学院文学研究所主编《明清小说研究》(第五辑)收录了竺青的《〈水浒传〉中的市民文学色彩》一文。该文写到了大都市的繁华、市民文艺的繁荣等方面内容,也涉及了民俗方面的知识。进入20世纪90年代之后,《水浒传》研究进入一个低潮期,对书中民俗的研究也不多。施正康、施惠康的《水浒纵横谈》中涉及了宋代婚礼习俗、投名状、丧葬风俗等方面的民俗知识。不过从20世纪80年代到20世纪末的《水浒传》研究,涉及民俗方面,很少有具体到山东民俗的论著问世,对民俗的研究也大都比较浅显,缺乏必要的考证和考察。这可以算是一个缺陷。

进入21世纪以来,从民俗角度对《水浒传》进行研究的论文、著作开始增多。专门从民俗角度论述的专著也开始出现,最值得关注的就应该是王同舟的《地煞天罡——〈水浒传〉与民俗文化》一书,这可以说是第一部专门从民俗角度对《水浒传》进行研究的专著。从山东民俗角度对《水浒传》进行研究的论文也开始出现,如王振星《运河文化背景与〈水浒传〉的创作》、李建凤《〈水浒传〉中的鲁食文化》,都是从山东民俗着眼的论文。从广泛的民俗角度对《水浒传》进行研究的论文就更是不胜枚举了,例如田同旭《论〈水浒传〉的多元婚姻文化》、杜贵晨《"九天玄女"与〈水浒传〉》、孙雪岩的《〈水浒传〉与中国下层俗文化》、杨子华《〈水浒传〉与宋元的游艺民俗》等三四十篇论文问世。只是这些单篇行世的论文,仅仅是反映《水浒传》民俗的某一个或某几个方面,不可能面面俱到。

三　水浒民俗文化研究的时代意义

文化建设是社会主义建设的重要构成,文化的力量不仅在于能够塑造什么样的民族品格,而且还能影响经济建设等其他方面。十七大以来,在党的文化政策指导下,文化建设日新月异,文化形式灵活多样,随着文化事业的发展,文化自身所存在的潜力也展现出令人瞩目的魅力。2011年10月,党中央、国务院制定并通过了《中共中央关于深化文化体制改革、推动社会主义文化大发展大繁荣若干重大问题的决定》,旗帜鲜明地将"增强国家文化软实力,弘扬中华文化,努力建设社会主义文化强国"作为今后发展的目标。山东有着丰厚的文化积淀,在先进文化建设过程中,不仅地位举足轻重,而且角色重要。[①]

作为水浒民俗文化主要发源地,山东水浒民俗文化资源不容小觑。如何使山东水浒民俗文化研究与文化开发建设相适应成了当下本土学者需要思考和解决的新课题。回顾近几年山东水浒民俗文化研究之历程,不难发现,水浒民俗文化研究大有方兴未艾之势。2008年8月山东水浒研究会筹备会在梁山召开,2009年4月在菏泽成立了山东省水浒民俗文化研究

[①] 姜范等:《文化润齐鲁,发展着先鞭:山东省文化建设综述》,《经济日报》2012年1月15日第6版。

基地，2009年9月山东水浒民俗文化研究会在梁山揭牌。相应地，有关水浒民俗文化研究的学术活动也于各地纷纷举行，据笔者统计主要有：2010年10月梁山"天下水浒论坛"，2011年9月山东莘县"十字坡""野猪林"学术研讨会，2010年10月"中国·东平罗贯中与《三国演义》《水浒传》学术研讨会暨罗贯中纪念馆开馆仪式"，2012年2月邱城"水浒民俗文化暨水浒区域经济研讨会"等等。诸如此类的学术组织、学术活动无疑为水浒民俗文化在山东的进一步发展夯实了基础，为山东文化建设做出了积极贡献。2012年4月，山东水浒研究会在山东师范大学成立，在《成立大会预备通知》中，即明确写道：山东省是水浒民俗文化的发源地和中心区域，水浒民俗文化涉及济宁、菏泽、聊城、泰安、临沂、潍坊、滨州、烟台等30余市县。几十年来，各地水浒民俗文化研究与产业开发取得很大成绩。为进一步响应中央与山东省委、省政府大力发展文化事业的号召，2011年以来，山东省古典文学学会水浒民俗文化专业委员会联合有关单位发起筹备山东省水浒研究会……由此可见，山东水浒民俗文化研究具有鲜明的时代特征，可谓应历史发展之需。

四　水浒民俗文化研究的影响

文化往往蕴含着巨大的开发价值。一部《水浒传》，使得水泊梁山、景阳冈等水浒故事发生地名扬四海，并在当地衍生出深沉厚重的水浒文化。从"逼上梁山"的使用频度和水浒故事的脍炙人口中，我们就可以看见，水浒文化对中国社会造成了何其深远的影响。

目前，水浒经济快速发展，梁山、阳谷、东平、郓城等水浒地区，把水浒牌打得极为出色。水浒文化产业具有强大的生命力和发展前景。因为水浒文化产业的发展既体现了传统文化的现实价值，又从另一方面满足了广大人民不断提高的对物质生活和文化生活的需要，代表了最广大人民的根本利益。水浒文化迈上了产业路。

（一）郓城县

发展水浒文化产业，郓城县具有得天独厚的优势。一是资源优势。俗话说"水浒一百零八将，七十二名在郓城"，郓城久负盛名。《水浒传》塑造的侠肝义胆、顶天立地、个性鲜明的好汉形象和斗智斗勇奋起抗暴的生动故事，吻合了中国传统文化的底蕴；郓城作为水浒传故事的一个重要发祥地，具有广泛的客源市场。宋江故里宋家村（现为水堡村），晁盖故里东溪村，宋江得天书的九天玄女庙，吴用智取生辰纲的地段黄泥冈（现为黄堆集），都是参观旅游的好景点和好去处，同时又是发展文化产业的结合点、切入点。形式和内容有机结合，景点画龙点睛。水浒纸牌印刷、好汉饼、古筝坊、水浒书画、鲁锦作坊、水浒兵器以及山东快书、琴剧表演集中展示了水浒文化的博大精深和"大块吃肉，大碗喝酒"这一英雄故里的遗风。景区古朴的建筑、精彩的表演以及众多参与性节目，引得游客流连忘返。二是地理区位优势。郓城北靠泰山，南临菏泽，处在山东省旅游线中间，形成"泰山登临""三孔访圣""曹州赏花""郓城水浒故里怀古"旅游链条中的一环。旅游业可带动水浒文化产业的发展。三是载体优势。中国四大名著中，唯有《水浒传》以水泊梁山和毗邻的郓城、阳谷、东平为载体，水浒故事的中心内容是各路好汉聚义梁山，郓城是水浒故事实实在在的集中附着地之一。四是水浒文化内涵丰富。"水浒文化"作为一种文化现象，集中反映了农民英雄不畏强暴的斗争精神。我们可借水浒文化中特有的民俗文化、饮食文化（如酒文化），吸取其中精华，来大力发展文化产业。

（二）梁山县

为作好水浒旅游，梁山县按照"完善景区景点，再现水浒景观，提升景区档次"的思路，高起点、高品位、大手笔编制规划，完成了一关、二关、雁台、天书阁、左右军寨等六大景点的建设，连同已建成的聚义厅、号令台、断金亭、石碣文台等景点，共同组成再现宋江起义军大本营的水浒山寨旅游景观。同时，通过文字、图案、陈设等多种形式充实景点，制作了刀剑、桌凳、旗帜、演艺服装等进行摆放、悬挂和陈列，加深游客对水浒文化的印象。另外，启动了水浒文化主题公园重点工程——水泊梁山影视基地的建设。

在做好景点建设的同时，梁山县加快了旅游基础设施建设的步伐。投资 1.9 亿元启动了梁山山北片区的开发建设，以开发两条水泊古街为突破口调整入景道路，打造水浒文化旅游精品街区，为游客吃、住、行、游、购、娱建立平台；完成了一关广场的建设，彰显一关粗犷、大气的气势，并为安排演艺活动搭建良好平台。

在加快开发建设的基础上，梁山县旅游部门加大宣传促销力度，使梁山旅游的地位、影响力和美誉度得到空前提升，在省、市旅游格局中的地位得到加强。针对不同的客源地，梁山县采取了多种宣传推介方式，一是利用媒体等平台广泛宣传，提高了景区的知名度和影响力；二是积极参与旅游推介活动。举行了水泊梁山风景区济南推介会，与其他景区捆绑促销，发放景区免费门票5万张，有力地开拓了旅游市场；三是加强与各地旅行社的合作，招徕游客。

为提升景区知名度，扩大影响力，提高吸引力，先后举办了"山东省水浒文化研究会揭牌暨水泊梁山新景点落成典礼""水浒文化主题公园启动暨水浒数字电影开机仪式""好汉菊花会"等文化活动，每次都吸引中央、省、市媒体前来宣传报道，提高了景区的知名度和影响力。

为弥补梁山景区与文学作品给游客造成的心理落差和参与性项目少的弱点，梁山县旅游公司在全国范围内公开招募特型演员，形成了上百人的演艺队伍，并策划编排了有近百人参加的大型水浒场景剧"好汉迎宾"；策划了"燕青打擂""真假李逵""杨志卖刀""英雄聚义"等水浒场景剧和情景剧充实到景点中，定时定点演出，打造具有梁山特色的水浒文化演艺大餐，加深了游客对水浒文化的印象，受到了上级领导的肯定和游客的欢迎。同时，广泛招募民间艺人通过莲花落、快书、坠子、扬琴、古筝等形式说唱水浒，丰富了景区的游览内容，提高了游客的满意度。

水浒地区本地人走亲戚、串串门，带点礼物，人之常情。带什么？他们首选的是高品位的具有水浒文化特色的"水浒象棋""水浒宝剑""水浒麻将""水浒茶具"等，因为这样的产品高贵、典雅，不但有漂亮的外形，而且富有文化内涵，具有观赏、实用、馈赠、收藏等价值。

（三）阳谷县

2005年，阳谷县委、县政府审时度势，提出了"建设经济强县和文化大县"的奋斗目标。几年来，在县委、县政府的领导下，各级各部门在抓好经济建设的同时，大力开展文化建设，文化事业蓬勃发展，取得了明显成效，向文化强县迈出了坚实的步伐。

挖掘历史文化资源，形成了独特的文化品牌。几年来，阳谷县深挖历史文化内涵彰显文化特色，形成了自己独特的文化品牌。一是打造水浒文化品牌。阳谷县先后举办了景阳冈文化旅游节、狮子楼庙会、武松武术文化展等活动，建设了景阳冈风景旅游区、狮子楼文化旅游区和积极开发紫石街，联合梁山、郓城和东平等地共同打造"大水浒旅游文化圈"。2008年，阳谷正式被省旅游局命名为"武松传奇，英雄故里"旅游区，形象定位为"武松打虎地"。二是打造蚩尤文化品牌。成立了蚩尤文化研究会,对蚩尤文化进行深入研究和大力宣传,阳谷县先后召开了两届全国性的蚩尤文化研讨会,确定了蚩尤首级冢,论证了阳谷与蚩尤的关系,确定了阳谷在上古时期东夷集团政治、经济、文化中心的地位,确认了阳谷为"东夷之都"。启动蚩尤陵的开发,对蚩尤陵进行了保护性建设。三是打造了运河文化品牌。对运河河道进行了疏浚,对沿岸重点文物进行了抢救性维护和保护性开发,并逐步恢复了部分古迹。四是挖掘民间艺术品牌。组织专门人员挖掘申报了"寿张哦号""张秋木版年画""顶灯台""阳谷哨""谷山调"等非物质文化遗产项目,至今,全县非物质文化遗产项目达到64个。实施"民俗文化带头人"工程,举办文化夜市和恢复传统庙会,进一步传承和弘扬了民俗民艺,激发了民间艺术文化的活力。

(四) 东平县

文化品牌的形成和壮大,需要精心策划、打造和经营。东平县依托自身的文化品牌优势,着力进行市场结构转型和文化产业振兴,实现"文化软实力"向"经济增长点"的转变。以打造东平文化品牌为重点,以大项目建设为支撑,以园区建设为载体,以体制机制改革为动力,以人才队伍建设为根本,大力发展文化旅游、现代传媒、影视动漫等八大重点门类,全力打造东平水浒文化知名文化品牌。

文化是一个国家和民族生生不息的血脉和灵魂,是一个地方发展的优势战略资源和内在精神动力,成为团结凝聚群众推动科学发展的重要力量。当今世界,文化与经济相互交融,文化支撑力已成为促进经济社会发展的动力机制和活力源泉。文化对解放思想具有引领作用,对经济发展具有先导作用,对社会和谐具有滋润作用,对人的进步具有催化作用。从经济价值看,文化可以产生经济效益,成为拉动经济增长的一根链条。要将文化元素渗透到产品当中,创造文化财富和商业利润,实现文化增值。同时,也要客观分析存在的问题:一是产业意识比较淡薄。忽视文化的产业属性的惯性思维仍然很有影响,相关理论研究也滞后。二是文化产业的总量偏小。对GDP的贡献率低,文化产业的发展仍处于不成熟的自我发展状态。三是产业档次低。文化产品科技含量和附加值不高,文化经营企业规模小,集约化程度低,缺乏龙头企业。四是文化要素和区域市场发育不健全。

抓理念深化,激发文化产业发展的内驱力。发展文化产业,深化理念是关键。首先,要把发展文化产业在执政理念中深化,特别是领导干部要树立文化的产业意识，强化理念，增强发展文化产业的自觉性、责任感和紧迫感。其次，要切实提高公众的参与意识和观赏能力，着力培育观众群，把发展文化产业的思想渗透到社会各个层面，让全社会共同来关注文化产业，努力营造发展的良好氛围，推动文化产业大发展。同时，提升产业，增强文化产业发展的竞争力。加强文化基础设施建设，丰富人们的文化生活，让文化产业的发展深入人们的生活。

第二节 水浒民俗文化概述

一 鲁西南地区的水浒民俗文化概述

文化是一定社会的政治和经济的反映，同时它对社会的政治、经济以及其他活动又产生了巨大的影响和作用。水浒民俗文化是鲁西南四县地域文化的重要组成部分，是当地长期以来形成并代代传承和发展的独特文化，从多方面影响当地社会经济的发展，同时也明显地体现在当地民众的行为、思想等各个方面。水浒故事和其反映的内容具有平民化的特点，代表了普通老百姓在意愿和理想中的英雄形象和贴近老百姓日常生活中的人和事。在水浒故事中体现正义力量的英雄豪侠大多是出身于社会底层与中下层的市井人物。所以长期以来鲁西南地区民众以"勇武"和"侠义"为尊，"拔刀相助""劫富济贫"的梁山英雄好汉一直深受推崇，这在一定程度上造就了鲁西南地区丰富的武术文化传统。当地习武风气浓厚，武馆众多，宋江武校近年来闻名全国也与此有直接关系。在饮食习俗方面，"大碗喝酒""大块吃肉"等在鲁西南一带流行，"酒文化"氛围浓厚，梁山"义酒"在鲁西南一带非常有名。在经济发展方面，随处可见水浒民俗文化的明显影响，当地的许多企业、产品等多以"水浒""好汉""水泊""武术"等词作为名称或品牌。[①]

民俗文化是人类在不同生态、文化环境和心理背景下创造出来，并在独特的历史发展过程中积累、传递、演变而成的不同类型和模式的文化。民俗文化是一个国家民族精神的重要载体，是民族文化的主要组成部分。民俗文化大致包括三个大的方面：物质民俗文化，以生产、交换、交通、服饰、饮食、居住等为主要内容；社会民俗文化，以家庭、亲族、村镇、

---

① 程玉香：《鲁西南水浒文化旅游整合开发研究》，硕士学位论文，青岛大学，2011年。

社会结构、生活礼仪等为重点；精神民俗文化，包括信仰、伦理道德、民间口头文学、民间艺术、游艺竞技等。

以郓城为地域坐标的水浒民俗文化带，以其鲜明的特色，多姿的形态，千百年来璀璨于中华文明之中。水浒民俗文化集中体现在饮食、服饰、日常起居、生产活动、礼仪、信仰、节令、集会等各个方面。水浒民俗文化具有典型的根文化特征，对中国民俗文化乃至民族文化都有着重大的影响。郓城地处中原腹地，这一带表现出鲜活的水浒民俗文化特征，正是整个中原民俗文化的缩影，而郓城作为水浒民俗文化的发祥地，几乎囊括了整个中原民俗文化的精华。

水浒民俗文化源远流长，是中原地区绚丽多姿的文化记忆。在被誉为中华文明摇篮和礼仪之乡的中原地区，勤劳勇敢的郓城人在长期的生产、生活中形成许多风尚和习俗，并代代相沿，积久而成丰富多彩、特色鲜明的水浒民俗文化。水浒民俗文化不仅包括衣、食、住、行等方面的生活习俗，日常社会交往方面的通礼习俗，生育、婚丧等人生礼俗，春节、元宵等岁时节庆习俗，而且还包括作息起居、生产劳动、工商贸易、民间节会、民间工艺、民间艺术等各个方面的习俗风尚。

从民俗学的角度看，自从有了人类活动，就有了民俗。以郓城为中心的扇形辐射地带是夏商两代和西周时期政治、经济、文化活动的中心地区。早在这个时期就初步形成了一套比较系统的礼仪制度，后来逐步演变成中国传统的礼仪制度。郓城一带婚嫁礼俗最早出现在古代对偶婚末期和个体婚初期，至西周时期趋于完善，并逐步形成纳采、问名、纳吉、纳征、请期、亲迎的"六礼"[①]。在此基础上，其又衍化为提亲、定礼、迎娶等婚俗，延续至今，成为中国主要的婚俗大纲。据考古发掘，郓城西部地区早在两万年前就有了葬仪，至周代形成一套比较完整的丧葬礼仪，并成为中国重要的礼俗成分。

至于与生产生活密切相关的岁时风俗，如踩高跷、划旱船、舞狮子、挂灯笼等"耍社火"，另外还有小年祭灶、岁末守岁、过年吃饺子、拜年、元宵点灯盏、清明祭祖扫墓、端午插艾叶、七夕观星乞巧、八月中秋赏月、九月重阳登高等节令习俗，并通行全国。

在水浒民俗文化带里，春节俗称为"过年"或"大年"。过了腊月初

---

① 陈进轩编著：《水浒人文》，山东人民出版社2011年版，第2页。

八，就开始准备年货。早在商周时代，祭灶王爷就是"五祀"之一。腊月二十三，俗称"小年"，这天家家户户都要祭灶王爷。农历十二月最后一天，郓城人称之为"除夕"，这天家家都要包饺子，而且包得越多越好。初一都要吃饺子，主要取其"更岁交子"之义。拜年亦是这一带春节期间的一项重要活动。大年初一、初二是家族内的拜贺，初三之后是邻里和亲戚朋友之间互相拜年，一直延续到正月十五元宵节，即所谓"不过十五就是年"。

在郓城，一年之中的岁时风俗不下十几种，其中活动内容最丰富，活动规模最盛大的，莫过于元宵节。① 正月十五点灯盏、放焰火是元宵节重要的祭神祈福活动，民间素有"小过年，大十五"之说。作为水浒民俗文化发祥地的郓城长期为小农经济生产方式，历来崇拜能呼风唤雨的龙神。传说龙在农历二月初二抬头升天，古代先民便把这一天定为"龙抬头节"。这一天要开展各种各样的活动，一来祈求龙王降雨，二来祈福消灾。在郓城，民间以石磨为青龙，石碾为白虎，所以，二月初一晚上当地百姓要做的第一件事是把石磨的上屉用磨锥撬起来，还要在磨道里燃香施供，同时还有祷告语："青龙抬头大翻身，一年到头有素荤。"祭祖扫墓、烧纸化钱，更是郓城清明节俗的中心内容。一到清明，人们就拿着祭品到先人墓地烧纸点烛，祭奠先祖。清明这天，各家门上还要插柳枝，大人们还会用柳枝做成灯笼状的装饰圈戴到孩子们的脖子上（把柳枝的嫩皮自上往下捋到梢处形成疙瘩状），名为"祈柳"。

先秦时期中原地区便有了端午节。旧时郓城过端午节不仅有吃粽子、贴艾虎、悬菖蒲、饮雄黄酒等习俗，而且还流行一些消灾祛病、预防瘟疫的风俗。每到这一天，人们把采来的艾叶插在门上以避邪。农历七月初七的"七夕节"，源于最早流传于郓城一带的"牛郎织女天河相会"的神话。因参加活动者都是青年女性，故又称为"乞巧节"。农历八月十五中秋节，源于古代这一区域的祭月迎寒活动。作为节日，西汉时已粗具雏形，晋时已有赏月之举，到北宋时正式定名中秋节，至今长盛不衰。农历九月初九重阳节，由来已久，起源也是说法不一，古代郓城民间多依从南朝梁吴均《续齐谐记》中的"桓景避难"之说。在这一天，有出游、登高、远望、插茱萸、饮菊花酒等以避灾避难的风俗，故又称"登高节"。

---

① 陈进轩编著：《水浒人文》，山东人民出版社2011年版，第2页。

另外，在传统观念中，"双九"蕴有生命长久、健康长寿的意思。这一天还有许多以老人为中心的尊老、爱老、敬老活动。①

水浒民俗文化不仅体现在各种礼仪习俗中，还体现在民间节会、民间艺术、民间工艺等其他民俗文化活动中。

郓城古代民间庙会长盛不衰，主要有盛大隆重的三皇庙庙会和规模宏大的水堡庙会。其中，每年农历十月初九的三皇庙庙会历史最为悠久。庙会期间，前来烧香祈祷的"经挑班子"在文庙前载歌载舞，杂技、狮子、龙灯、竹马、旱船等也是忙个不停。郓城西部的水堡庙会兴起于元末明初，最早是家乡人为纪念宋江庙落成而聚起的小型活动，后来扩展为大型庙会。庙会会期从正月初一至二月初二，长达月余，波及冀鲁豫三省周边多个市县。同样称得上规模的还有从清中期起就存在的郓城文庙民间书会。据地方志记载，每年的正月十三，周边地区的说唱艺人云集郓城亮书会友，交流技艺。为了赢得一年一度的"书状元"称号，艺人们都拿出自己的看家本领，真是群英荟萃，各显身手；演唱的曲艺种类繁多，既有山东琴书、山东落子，也有河南坠子、河北道情、凤阳花鼓，可谓百花盛开，各呈风采。

信仰是一个民族的立根之魂。信仰是精神的最高体现。水浒民俗文化正是一种典型的信仰文化，抑或说，是典型的英雄崇拜文化。在水浒民俗文化带内，这种深入骨髓的英雄情结，几乎演绎成了整个水浒民俗文化的灵魂部分，从本源上塑造或者说渲染了郓城的人文特征。这是历史传承的负载链条，是地域文化、个性特征的表现形式。保护、传承与发展民俗文化，就是在固守我们民族文化的根脉，就是在保护民族文化的DNA。

民俗文化亦是地域之魂，是地域人文的精神载体，反映了其内在的精神追求。郓城水浒民俗文化表现出的精神追求可概括为三个方面：

一是追求天、地、人的和谐统一。郓城先民在生产和生活实践中"仰则观象于天，俯则观法于地"，形成天人合一的观念，这些观念在传统岁时节庆活动中表现得非常清楚。比如春节，春节传统上叫作元旦、年，被认为是春、夏、秋、冬四季所构成的一个自然周期（年）中最为重要的"节点"，因为它是"一元肇始"，人们特别重视它。② 世界从冬

---

① 陈进轩编著：《水浒人文》，山东人民出版社2011年版，第3页。
② 同上。

季（神话中万物死亡的季节）向春季（万物复活的季节）的转换能否顺利，"万象更新"能否实现。人类合乎规范的仪式活动，正是实现这个重要转换的关键。从人类学的观点来看，春节是一个典型的"通过仪式"，春节期间的各种礼俗活动是"通过仪式"的礼仪，人类运用仪式襄助天地从冬季（死亡）向春季（新生）转换。春节期间的各种礼俗活动是帮助世界实现顺利转换的手段，人类在操作时的失误或不合乎规范会导致"转换"出现麻烦甚或失败，因而我们的文化不但详细规定了春节期间应该做和能够做的事情——过年礼俗，同时也规定了一大堆禁止做的事情——过年禁忌。其他传统节庆活动及婚、丧习俗，也都具有类似的特点。

二是浸透着强烈的自强不息、坚韧不拔、忍辱负重、敢于胜利的精神，郓城民间广泛流传着孙膑战庞涓及宋江死后返故乡的故事就是例证。

三是敬天法祖思想。"祖有功、崇有德"，为了保护珍贵的文明成果，纪念为人类的福祉做出过重大贡献的先人，民众将那些重大文明成果的发明者作为神明和祖先来祭祀供奉，祈求他们护佑。效法的祖先，既是人，又是神；要敬的天，既是神，也是祖。①

郓城民间一直保持对历史上重大文明成果发明者的信仰和祭祀，在口语中他们多被称为"人祖""圣人"。敬天法祖观念还表现为民众对于自家祖先的崇拜和祭祀。在郓城及中原一带，祖先崇拜活动一直非常盛行，传统年节或家族中的重要时刻，都要祭祀禀告祖先，最能体现这一点的就是"家谱"的保存和悬挂。家谱是村庄姓氏家族的"图腾"，平时被本家本族的长辈人精心保管，只有到了年节才能在堂屋的墙上悬挂，还要日夜供奉香烛纸马、荤素菜肴、点心食品等，而本家本族的后人无不虔诚跪拜。祖先崇拜造就和维护了传统社会最为强调的"忠""孝"观念，这两种道德观念成为社会团结和合作的重要纽带。在当代，"忠""孝"观念仍然是我们民族和社会强调的核心价值理念。

郓城历史积淀丰厚，传统文化源远流长，是黄河文明和中原文明的摇篮，更是水浒民俗文化的发祥地。这里民风质朴，乐善好施，扶危济困，心志秉直，既凝聚了齐鲁文化精髓的温、良、恭、俭、让，又秉承了燕赵习风的刚烈忠义。独特的地域文化，必然孕育出独特的人文环境，而独特的人文环境又是独特地域文化的天然孕床。

---

① 陈进轩编著：《水浒人文》，山东人民出版社2011年版，第3页。

郓城及周边区域的水浒民俗文化，通过风俗化的方式最生动、最广泛地把一些优秀的民族精神存续在人们的生活中，并长久地影响、引导和强化着我们民族的价值观，使之成为普遍的社会心理和民族意识。"水浒一百零八将，七十二名在郓城"的水浒英雄人物的故事传说及民间歌谣，无不彰显着坚韧不拔、独立自主、不畏强暴、爱好和平、追求真理、自强不息的民族精神。

二 水浒民俗文化基础

（一）物态文化基础

物态文化是以生产、交换、交通、服饰、饮食、居住、生活等为主要内容的文化遗存。物态文化作为形成行为文化和精神文化的基础更是得到了鲁西南地区的重点利用和建设。作为水浒民俗文化在鲁西南地区的四个代表地，郓城、梁山、东平、阳谷等地在衣、食、住、行等方面有着共同的"水浒民俗文化"遗风。

在服饰方面，鲁西南地区的变化多种多样。其间不乏款式色泽的更迭，而最能体现风俗的，还是在于禁忌。或者说，正是禁忌的传承与延续，使得以风俗习惯为载体的地域文化呈现出千姿百态。这一带民间常以绿色、碧色、青色为"贱色"，这大概是因为元、明、清以来的数百年间，娼妓、优伶等"贱业"中人多以上述三种颜色用于服饰的缘故。[①] 民间最普遍的黑、白、红三色，同样有着特殊的符号意义。黑色代表庄重，白色则介乎红黑之间。红色代表喜庆，代表热烈，同时还暗含着"避邪"之意。

即便是一般色彩，在鲁西南一带，也是有许多忌讳讲究的。因为衣着服饰的色彩是应当与人的年龄、相貌、品行、德才相符合的，如果不相符合便有"超越本分"之嫌。现在的郓城农村，无论男女老幼，身上不"带彩"的不多，这不能不说是多元文化带给地域文明的一大变化。

在衣着服饰的款式方面，该区域民间素有"男人可露脐，女人不露皮"的说法。衣服的下摆不能是毛边，说那是丧服的样式，恐不吉利。但现在一切都是大"开放"了，即便是相对传统的农村，服饰款式也大多趋向于"浅显易懂"。

[①] 杜朝伟、王鹏编著：《水浒文化概论》，山东人民出版社2011年版，第12页。

在饮食方面，宋元时代梁山好汉"大碗喝酒，大块吃肉"的生活风貌至今犹存。鲁西南一带酒礼文化繁多，酒的品种就更多，如有"水浒特曲""水浒英雄""水浒108""水泊老窖"与"义酒"数种，其中的"水浒108""义酒"香味醇正，绵柔回甜，味正绵长。[①] 因梁山好汉义字当先，酒名特用"英雄""义"字，以发扬水浒英雄豪侠仗义的气概与威风。另外阳谷县武松夜过景阳冈前喝的"透瓶香酒"，又叫"出门倒"；武松醉打孔亮时所在的酒店，卖的是"茅柴白酒"；宋江、戴宗和李逵在琵琶亭喝的是"玉壶春"；而在浔阳楼，让宋江醉后题诗惹祸的则是"蓝桥风月酒"。各种名目的白酒体现出"自古英雄爱美酒，酒助英雄扬威名"的韵味。此外"大块吃肉"的风俗至今也如当年一样酣畅。郓城有个招牌菜，就是用整个羊头做成。大块牛肉、大块羊肉，更是民间下酒名菜，取上好牛羊肉，洗净，放好大料，入锅大炖，至烂为好，是大块吃肉的代表作。武松打虎吃的牛肉，浔阳楼宋江写反诗时吃的肥鸡、嫩羊，花和尚鲁智深吃的狗腿，李逵捉鬼时吃的羊排，以上做法流传至今并不断得到创新。梁山好汉"大碗喝酒，大块吃肉"的饮食文化处处体现出这群"酒肉朋友"的豪情与气概。

在居住方面，据史料记载，鲁西南区域因贫富不均而差别很大。大宅门住着富人，篱笆门肯定为穷人。绅商之家与财主大户，房舍讲究的是配套，一般分为主房、配房、客厅、书房、门房等。形式有二进院、三进院或设东西两院，称为东跨院、西跨院。门楼高大宽阔，起脊双翘，迎门是影壁，上书或刻有"福""寿"等字样。有功名的人家，门前左右还会放置一对石狮子；没有功名的大户人家，也有上马石或石鼓。院落的布局大多是前院较浅，后院较深。前院南房为客厅，北屋置屏门与后院相通。后院为居住院，北屋有前出厦，并留有后门，或由北屋两侧通向三进院。三进院又称旷院，建有厨房、厕所，有的人家还有水井。建筑设计讲究的是美观坚固，石砌房基，青砖垒墙，房脊四梢用雕有鹿、麟、龙、虎、花卉、吉祥文字的砖瓦装饰。大户及功名人家，多住四合院。四合院要院落方正，主房在北（堂屋），为长辈居住，东西厢房低于正房，为儿女辈居住，南房为客厅，大门有过道。房子多为砖、石、土坯、木柱混合结构。传统住房多用木棱、木板做门窗，这种结构的好处是采光通气，但保温性

[①] 卢明、杨彩云编著：《水浒印象》，山东人民出版社2011年版，第33页。

能较差。贫苦人家没办法讲究，住的多是浅院矮房窄巴屋，老老少少一大家子人挤在一个屋里。房屋多为自家搭造，以土坯为壁，以树枝草苫为顶，冬不避寒，夏不挡暑。

在交通方面，据史料记载，自先秦时期始，鲁西南就地处大野泽水系腹地。从五代到北宋，湖泊面积逐渐扩大，方圆达八百里，先民出行多以舟船代步。自元以后，黄河易地入海，黄河中下游又遂为冲积平原，先民的出行也便随着交通工具及道路的变迁，一步步演化过来。在新中国成立初期，该地区没有一条现代意义上的公路，能跑汽车的沙石路也是到了20世纪50年代后期才有的。在新中国成立后的30年间，农村拥有自行车的人家可谓少之又少，一般出行都是依靠双脚步行。最常见的代步工具是套牲畜的长辕大车和没有车辕的"葫芦头"车，还有一种平板"土牛"车和"拱车"（中间起脊的独轮木车），但这两种车都是用以装物载运的。在改革开放后，和全国一样，该区域的交通真正走上了"快车道"。

（二）行为文化基础

在"水浒民俗文化"中，除了上节中提到的各种各样的物态文化之外，还有丰富多彩的行为文化。所谓行为文化，即是指人们在生活、工作之中所贡献的、有价值的、促进文明、文化和人类社会发展的经验以及创造性活动。

在"说话"艺术方面。在古代，有一种民间娱乐形式叫听"说书"，始于唐代，在北宋已广泛流行。宋末明初这段时间，空前活跃。民间艺人把"身边事，身边人"加工成许多故事，有时串联起来，在民间说讲。现在鲁西南的农村仍然有这种表演方式。

这种表演形式之所以大受欢迎，还在于迎合了古代一般百姓的心理需要。古代劳动人民无权无势无钱，有冤无处诉，有苦说不出，只能是恨尽天下不平事。"说书"说出了他们的心声，"说书"把下层人民对外界环境的警惕和担忧，把他们心里呼唤公平和正义的心声，在各种故事里一一说出。老百姓在得到听觉的享受和感官的刺激之外，还能抚慰忧伤的心灵。小说产生于大街小巷、商店酒楼、瓦舍勾栏的市民生活中，这决定了它贴近普通市民的日常生活，适应百姓的喜怒哀乐和审美情趣。但由于过于追求听觉享受和感官刺激，不可避免地夹带些暴力、粗俗内容，有时格调不高，意境狭窄。

从南宋开始就有了水浒故事，并且成为《水浒传》的来源之一。当

《水浒传》成书之后，据此改编的各类说唱艺术也开始活跃在街头巷尾，甚至王侯公卿之家，成为水浒民俗文化散播的一种重要形式。明代中后期书场中《水浒传》就非常流行。在清代各类水浒说唱艺术中，以扬州评话和子弟书的影响比较大。因为我们今天看到的扬州评话是王少堂在新中国成立以后口述整理的，在一代一代艺人口耳相传的过程中，每个艺人都会按自己的理解重新进行阐释。最早的艺人讲"武十回"只能讲20天，到王少堂学艺时能讲40天，经王少堂的创造，能讲75天。新中国成立后，王少堂"经过党的教育和启发，自动砍去旧社会遗留下来的糟粕部分"，而整理者又对"武十回""宋十回"动了手术，因而严格地说，今天我们看到的王派《水浒》是改造后的，而子弟书却没有经历过这样的"手术"，还是当时的文字。

说唱技艺也对《水浒传》的传播起到很大的作用。晚明袁宏道曾作诗记其听朱生说《水浒传》的感受，张岱等人也都描摹过柳敬亭说"水浒故事"的情况。清代各地说书皆有专以说《水浒传》而有名者。据说同治、道光年间扬州说《三国》《水浒》的艺人就近百人。唱《水浒》者则以北方的各种大鼓书最多，如京韵大鼓、西河大鼓、唐山大鼓、胶东大鼓、东北大鼓、河洛大鼓、太原大鼓，以及由鼓词改造而成的八旗"子弟书"。唐在田的《水浒鼓词》由上海校经山房1917年印行，封面题"绘图新编五才子水浒传鼓词"，扉页题"绣像新编五才子水浒鼓词全传"。根据金圣叹70回本《水浒传》改编，共60回，无楔子，回目有改动。其他各种曲艺形式，如山东快书、河南坠子以及流行于鲁南和苏北地区的琴书等，亦无不取《水浒传》为素材。

在婚丧嫁娶方面。水浒区域在历史上曾长期属于鲁国，与中原地区为邻，既遵守着鲁文化中一套比较系统的礼仪制度，又借鉴着中原地区的习俗。如婚嫁礼俗最早出现在古代对偶婚末期和个体婚初期，至西周时期趋于完善，并逐步形成纳采、问名、纳吉、纳征、请期、亲迎等"六礼"。在此基础上又演化为提亲、定礼、迎娶等婚俗，延续至今，成为中国主要的婚俗大纲。男婚女嫁的事，《水浒传》写得不多，也叙得非常简单。在中国古代，男尊女卑。首先，女子嫁人，自己无权选择。婚姻由父兄做主，算是天经地义之事。所以花荣有权将妹子嫁予秦明，宋江有权将扈三娘配给王英，清河县大户也有权将婢女潘金莲许给武大。其次，男人可以休妻，女子却不可以休夫，并且纳妾乃正当之事。所以第八回出现林冲发配时立休书于张氏。《水浒传》中叙述丧事也不多。在第二十六回武大死后，提及火葬。当时火葬已经盛行了，各地都设有火葬场，丧家愿意火葬的，可以把棺材抬往化人场烧化。[①] 在人死之后，以七日为"一七"，七七四十九日为"断七"，这一"七七"之说由来已久，至今流行。

在游戏娱乐方面。在所有的民俗文化活动中，民间儿童游戏有着悠久的历史，其种类之多，影响力之大，几乎是任何一种民俗文化形式所无法取代的。在水浒区域的郓城，盛行一种特殊的纸牌游戏，纸牌采用雕版印刷，据传雕版水浒纸牌在宋江的原籍水堡村诞生，它蕴含怀念，注满柔情，把那叱咤风云的一百零八将，原汁原味地制作成妙然成趣的纸牌，供心之凝神，供神之聚心。水浒纸牌又称"婆婆牌"或"小牌"，此牌起源于元代，兴盛于清代。水浒纸牌的特征是：上面绘有梁山英雄的图像，图像旁边则标明当年官府捉拿梁山英雄所出的赏银数目。几百年来，水浒纸牌成了当地百姓喜爱的娱乐方式。

在结义结拜方面。古人为了表示亲近友爱，同姓同家谱的可以认宗，不同姓的就可以结拜兄弟，又叫结盟、结义、金兰之好，俗称拜把子。结拜之风在水浒区域特别盛行。按照传统的规矩，拜把子要经过同饮血酒、叩头换帖、对天盟誓等几个环节。[②]"金兰贴"的内容很复杂，祖宗三代的内容都要写上，还要签字画押，乡下人没什么文化，这一项往往就免了。饮血酒就是大家都把手指割破，将血滴入酒中同饮，意思是从此血脉相连，情同骨肉，俗称歃血为盟。誓言的内容也因人而异，不外乎"有福同享，有难同当""不愿同年同月同日生，但愿同年同月同日死"之类。磕头要行八拜大礼，这也是"八拜之交"的来历，过去只有对父母长辈才行如此大礼，意思是从此以后要把对方的父母视为自己的亲生父母来孝敬，为弟的还要向为兄的磕头，为兄的也要还礼。为防止感情日久生疏，还有"拢盟"一说，意思就是定期收拢一下兄弟间的感情。每年农历的六月二十四，盟兄弟们都到某家聚餐一下，据说这是刘关张结义的日子，一般是大哥牵头，轮流坐庄。不仅男子结拜，水浒区域的女子结拜也屡见不鲜，称为拜姊妹、干姊妹等。逢年过节，红白喜事双方互相走动、参与，视对方父母兄弟如亲生一样，如有一方老人丧亡，仁兄弟和亲生儿

[①] 陈进轩编著：《水浒人文》，山东人民出版社2011年版，第24页。
[②] 同上书，第46页。

子一样披麻戴孝，跪棚送终。平时见面规规矩矩，互敬互爱，亲之热之，颇有梁山好汉初识和交往中的结盟、聚义之风。

其他文化现象：水浒行为文化复杂多样，除上述习俗外，人名绰号、见面礼节也都与众不同。就像《水浒传》描写的那样，这里几乎人人都有绰号，人人都喜欢用绰号来表述人的性格。水浒英雄每一个人都有绰号，绰号是艺术形象的最好的概括，是人物的形象美和人物特点的最突出的特征。一看到他的绰号，就能知道这个人的性格、外貌和为人。所以，给人物起绰号，这本身就是一种文化。

水浒区域的人们见面时喜欢以抱拳礼打招呼。抱拳礼也是中华民族的传统礼节，它有着非常深刻的含义：左手四指分别表示德、艺、智、勇，拇指弯曲，表示不自大，左掌为文，右拳为武，左掌掩右拳，表示勇不滋事，先礼后兵。双臂环抱成圆，表示天下英雄是一家，以武会友。所以我们中国的抱拳礼，比外国人亲吻礼和握手礼要含蓄和深奥得多。行抱拳礼的要求：首先，双腿并拢站立，右手成拳，左手四指并拢成掌，拇指屈拢，左掌心掩贴右拳面，左手掌第二关节包住右拳棱，拳掌大致与下颏平齐，右拳眼斜对胸窝，置于胸前屈臂成圆，肘尖略下垂，拳掌与胸相距20—30厘米，头正，身直，目视受礼者，面容端正、举止大方。[①]

除了以上所说的行为文化外，水浒地区的建筑风格也在保留传统的基础上有所创新。建筑里也体现着忠、孝、义等地方浓厚特色。虽然现代化的脚步越来越快，但是水浒地区人们的住房还是现代与传统相结合。

由以上可见，"水浒民俗文化"中的行为文化蕴含在水浒人民生产生活的各个方面。它内容丰富，涵盖广泛，基本反映了水浒地域人们的行为习惯和文化，如茶坊酒肆、节日庆典、商业集市、文化娱乐等。行为文化在历史前进的过程中，有些零碎的组成部分消失了，但有些精髓的东西不仅没有消失而且还随着时间的推进更加鲜明与突出，可称为行为文化中的"常青树"。不仅如此，在水浒人民的共同传递与继承下，"水浒民俗文化"中的行为文化还将继续谱写其绚烂篇章。

（三）精神文化基础

"水浒民俗文化"在其发展过程中不仅给我们留下了许多珍贵的物质文化，而且更多的是积淀了博大精深的精神文化。所谓精神文化就是指意

[①] 陈进轩编著：《水浒人文》，山东人民出版社2011年版，第54页。

识形态所创造的精神财富，包括宗教信仰、道德情操、风俗习惯、学术思想等。精神文化是人们精神需求的反映，是人们精神得以承托的框架。它包含了一定的思想和理论，是人们对伦理、道德和秩序的认定与遵循，是人们生活、生存的方式、方法与准则。思想和理论是文化的核心、灵魂，没有思想和理论的精神文化是不存在的。精神文化和物质文化一样，也是人们在日常的生活中总结出的经验，具体地表现在人的伦理道德、对美的事物的感受、对于艺术的品位和对精神世界的追求。也可以说精神文化的范畴就是科学、艺术和道德，用我们现在的物质理论概念来解释就是真、善、美的统一。"水浒民俗文化"中的精神文化是水浒地区人们日常生活中形成的各种思想理念、风俗习惯等。

"水浒民俗文化"表现的思想理念是以"忠诚守信""忠孝节义"为主要脉络。"忠诚守信"是我们中华民族的传统美德，是具有强大生命力的文化财富。《论语》上说"民无信不立"，即人们如果对政府缺乏信心，国家就很难稳定，指出了"忠诚守信"是立国之本。"言必信，行必果"，即一个人说话一定要诚实，行为一定要坚决，指出了做人的基本要求。"与朋友交，言而有信"，即和朋友相交，说话一定要诚实守信，指出了为人处世的行为准则。

"忠孝节义"泛指古代统治者所提倡的道德准则。《封神演义》第二十回载："民知有忠孝节义，不知妄作邪为。"其意思是百姓知道忠孝节义，才不敢犯上作乱。其实"忠孝节义"是中华民族的传统美德，是中国社会基础性的道德价值观。在我国历史上一度被古代帝王所利用，曲解了原来的意思，成为统治人民的精神工具。

在现实水浒区域的文化性格中，最为突出的应是"忠诚""信义""正义"等。这一带的乡风民俗，是以"忠孝传家久"作为治家格言的。[①] 其讲究对国家要尽忠，对父母要尽孝。当忠孝不能双全时，要以对家尽孝服从于为国尽忠。讲"信义"更是"水浒民俗文化"性格的一个鲜明特征。这里民风质朴，奉行"诚实守信，童叟无欺"。同志和朋友间的诚信，更是强调"四海之内皆兄弟""君子一言，驷马难追""言必信，行必果"。"失信"与"梁山好汉"的尊称是水火不相容的。他们的正义感，莫过于"路见不平，拔刀相助"了。

---

① 卢明、杨彩云编著：《水浒印象》，山东人民出版社2011年版，第190页。

水浒区域的人们，处于儒学文化圈，对儒教倍加推崇，同样，对本土道教也趋之若鹜。佛教传入我国后，对水浒区域的影响也不容忽视。中国历来儒、释、道三教合作，儒教为首。中国各宗教不像西欧那样水火不容，而是长短互补。例如儒家的积极入世和道家的出世、释家的避世相结合，三教各显神通，相容并存。三者之所以能实现这种结合，是因为各教都有着互相结合的内在因素。如儒教，既有"发愤忘食，乐以忘忧"积极进取的一面，又有"道不行，乘桴浮于海"的出世的一面。另外，还因为儒教哲学是一种能容纳百川的大海哲学，它在汉初被尊为国教后，不但不排斥道教，反而利用它。如利用道教的天象理论来制约君主。

儒、释、道三教在水浒区域可以说各显神通，以郓城为例略见一斑，郓城现存遗址中有文庙、观音寺塔、九天玄女庙等。

郓城文庙，明洪武元年重修（元时文庙在老县城张营一带），是山东全省县级文庙中规模最大的一座。郓城文庙仿曲阜孔庙样式，主要建筑有棂星门、泮池、戟门、大成殿、明伦堂、东庑、西庑，还有文昌祠、乡贤祠、教谕宅、训导宅各一处，对面还有高达数丈的魁星楼。

郓城观音寺塔又称荒塔，观音寺塔为八棱四门楼阁式砖塔，设有佛龛，层层斗拱环砌成拱顶，塔内回廊顶部，也由砖斗拱精砌而成。古塔维修时（1983年7月），工程部门从地面往下钻探，15米深处仍有塔身，观音寺塔究竟有多高，至今仍是一个谜。

九天玄女又叫"玄女"，是中国古代传说中的女神，后来被道教所信奉。她身穿九色彩服，骑凤凰，驾彩云，专门扶持英雄，传授兵法。郓城玄女庙建于何时，已无从考察。最兴盛时占地四十余亩，前有戏楼、钟楼、山门，中有玄女殿、九女殿，后有祖师殿、玉皇阁，规模宏大，香火极盛。庙内有一眼非常奇特的井，每个角的井水都各不相同，分为咸、甜、苦、涩四种味道，可以医治不同的疾病。因为井特别大，当地人又叫它"半亩井"。

从以上描写来看，三处遗址的规模都很可观，无论是儒家的文庙，佛教的观音寺塔，还是道家的九天玄女庙，当时的香火肯定都很旺盛。

第二章 《水浒传》中的物质民俗

《水浒传》中对人物的衣食住行的描写不胜枚举：服饰描写具有非常鲜明的宋元时代鲁西南地域特色；对饮食的描写，更是给人留下了"大碗喝酒，大块吃肉"的深刻印象；对于人物的居住环境、出行工具、礼俗的描写，也非常值得探讨。从这些细微琐碎的描写中，我们可以看到宋元时期人们的生活镜像以及对现代的影响。

第一节 《水浒传》中的服饰民俗

一 水浒服饰民俗概述

衣着服饰有包装的成分，包装有炫耀的成分，到了这个层次上，"衣"就不再是防寒蔽体的原始定义了。随着人类文明的发展演化，衣着服饰的功能越来越向展示靠拢。"人要衣装，佛要金装""三分人才七分穿""货卖一张皮，人仗一身衣""人是衣裳马是鞍"等，都是对这一现象的描述。郓城民间甚至还有一句大白话，叫作"勺子头打扮好了也有三分人样"。至于文人雅士口中的"士为知己者死，女为悦己者容"，这个"容"就包含了修饰包装的意思。此外，如果一个人衣着服饰得体，他人会评价一句："嗨，看人家，穿得跟客似的！"由此可看出，衣着服饰对社会人是多么重要。

虽然民间素有"穿衣戴帽，各有所好"之说，但是衣着服饰实则是受着时代和地域制约的，各有所好只占很小的成分。即便是相处于同一个时代，衣着服饰也会因地域文化的不同有着鲜明的差异。俗语说"十里认人，百里认衣"，正是表达了这层意思。现代的青年男女明明穿的是时尚"仔装"，"仔装"要的是"破美、旧美、烂美、差异美"，乡村人反倒会嘲讽为"看穿的吧，跟叫花子一样"。除了着衣人所处的生活环境和角色定位，个人的选择也很难跳出地域文化即特定的风俗习惯的框架。

在以郓城为中心的水浒文化地域内，衣着服饰的变化可以罗列明细万千，其间不乏款式色泽的更迭，而最能体现风俗的，还是在于禁忌。或者说，正是禁忌的传承与延续，使得以风俗习惯为载体的地域文化千姿百态。在一个文化地域内，没有哪一个人说得出应该穿什么，或者说，穿什么、怎么穿完全是个人的选择。但是，不能穿什么、不该穿什么，却是有着"大一统"的规约，有时候甚至不允许有丝毫的差异。

即便是衣着服饰的颜色，不同的地域也会有不同的喜好和取舍。郓城及鲁西南民间最常用的黑、白、红三色，有着特殊的符号意义。黑色代表庄重、凝重，同时还有"通幽"之意，故家中长者逝去，三年内其后人是不能着彩衣的，要的就是与先人的暗中通幽；白色则介乎红黑之间。喜不着黑，丧不着红，而白也只能在先人故去的时段和特定忌日里展示，不能也不会把"孝之白"经久地穿下去，因为先人之魂盼望的是家族兴旺，白色里则含有"了""净"之意。因为黑、白两色都与死人的事相关联，故而一般人忌讳穿着，尤其在婚嫁、生育、过年、过节等喜庆日子里更是忌讳穿纯白、纯黑的衣裳，唯恐太不吉利。[①] 现在，举办丧事都戴黑纱，或穿白色孝服，佩戴白纸花等。红色代表喜庆，代表热烈，同时还暗含着"避邪"之意。

即便是艳色，在中原地区特别是郓城及鲁西南一带，也是有许多忌讳讲究的：因为衣着服饰的色彩是应当与人的年龄、相貌、品行、德才相符合的，如果不相符合便有"超越本分"之嫌，郓城叫作"现眼"或者"卖俏"，甚至会直截了当地称作"不要脸"，被视为一种"越轨"行为。女人艳妆过分的含义是轻浮风骚，男人的穿着鲜亮过头了，则被视为浮浪轻佻之辈。如今，这种忌讳讲究已经逐渐被打破，人们在穿着上日益考究起来，服饰的色彩也越来越鲜艳、越来越多样化起来。现在的郓城农村，无论男女老幼，身上不"带彩"的不多，这不能不说是多元文化带给地域文明的一大变化。

其实，衣着服饰的选材也有许多讲究。比如，郓城民间做寿衣时不能用缎子料，恐有"断（缎）子绝孙"之虞。新中国成立前，还忌用带"洋"字的布料。洋布，过去是对应农家自制的土布而言，虽然质量好，

[①] 陈进轩编著：《水浒人文》，山东人民出版社2011年版，第13页。

色泽鲜，价格也便宜，但是丧葬时还是禁忌用于寿衣的，因为"洋"字谐同于"阳"字。寿衣是给去世的人穿的，穿了寿衣就要到阴间去了，带"洋"字的布料会使寿衣带有"阳间"的含义，而去阴间的人就用不上了。还有，郓城民间做寿衣时，衣服的袖子要长，须将手完全盖住，忌讳袖短露手。否则，将来儿孙要过穷困潦倒的乞讨日子。第二十四回《王婆贪贿说风情 郓哥不忿闹茶肆》中写王婆请潘金莲做寿衣，王婆对潘金莲说："老身十病九疼，怕有些山高水低，头先要置办些送终衣服。……又撞着如今闰月，趁这两日要做，又被那裁缝勒掯，只推生活忙，不肯来做。"闰月做寿衣，郓城、梁山、阳谷等鲁西南民间目前还有这个风俗。

在衣着服饰的款式方面，除了郓城民间素有"男人可露脐，女人不露皮"的说法，同时还忌讳衣服的扣子为双数，怕的是"四六不成材"，以为扣子双数会影响到穿衣人的运气。还忌讳帽子戴歪，俗语称，"歪戴帽，狗材料"；还忌讳衣扣不系，或系错；还忌讳女人穿鞋不穿袜。但现在一切都是太"开放"了，"歪帽子"也好，"正帽子"也好，已经很少有人戴了。至于袜子，男人倒是还一年四季地穿着，不过，衣扣板板正正扣着的却已经很少了。女性服装款式开始趋向于裸露胸、腿、臂部分，即便是相对传统的农村，服饰款式也大多趋向于"浅显易懂"。

但毋庸置疑的是，多元文化的纷呈，经济社会的发展，人们对衣着服饰很少再有"盼望、渴望、希冀"的成分了，这种"饭来张口、衣来伸手"的需求特征，又在某种程度上削减了"心理定式"意义上的"期望值"。面对五光十色款式迥异的衣着服饰，现在四十岁以上的郓城人有时还会发出类似于怀古式的感慨，感慨的是他们的少年时代，为得到一身新衣，会眼巴巴地盼望几个月甚至于大半年。盼望的是过年，只有该过年了，母亲才会给他们做一身新衣裳，那样的新衣裳只有过年才能穿，而反复在梦中出现穿新衣的情境，则要追溯到布料动剪刀纫针线的那一刻。从某种意义上说，"年"的着眼点表现在穿上，因为穿是对"外"的，而吃是对"内"的。

"二八月，乱穿衣。"这是郓城民间的一句穿衣谚语，依据的是季节，一个在春半头，一个在秋半头，指的是穿薄穿厚的都有。现在也是"乱穿衣"，依据的是时代变化了，文化的含义也在变。但是，有一点必须指出的是，不管衣着服饰的材质款式怎样变化，都是特定时期特定地域文的表现。人们需要衣着服饰，就像鸟儿需要羽毛一样，只不过是，鸟儿顺应的是自然，而人们则需要服从文明。

二　男性服饰民俗

（一）男子簪花

男子簪花之俗，有史可查应该是起于唐代，在此之前簪花主要是女人的爱好。唐代南卓《羯鼓录》载唐玄宗时汝南王李琎，容貌秀美，深得玄宗宠爱，常随驾出游，"琎常戴研绢帽打曲。上自摘红槿花一朵，置于帽上查处，二物皆极滑，久之方安，遂奏舞山香一曲，而花不坠落，本色所谓定头项，难在不动摇。上大喜笑"[①]。但簪花之俗在唐代并不盛行，到宋代才开始成为普遍现象。宋代很多诗人将此习俗写进了自己的诗作里，例如梅尧臣的《牡丹》"粉英不忿付狂蝶，白发强插成悲歌"，《寄怀刘使君》"薄暮半醉归，插花红簇队"；杨万里的《德寿宫庆寿口号十篇》"牡丹芍药蔷薇朵，都向千官帽上开"；陆游的《简谭德称排闷》"探春苑路花篸帽，看月江楼酒满衫"。由此可知，簪花之俗，在宋代已经比较普遍了。

在宋代，男子簪花不仅是一种美饰，而且也是朝廷庆典时表示喜庆、荣耀的标志。《宋史·志第一百六·舆服五》记载"簪戴。幞头簪花，谓之簪戴。中兴，郊祀、明堂礼毕回銮，臣僚及扈从并簪花，恭谢日亦如之"[②]。朝廷在举行大的庆典时，也是要簪花的。所簪之花，一般都是假花，叫作"大罗花"或"大绢花"，也即《水浒传》中所说的"象生花"，给一般的臣僚簪戴，而给少数王公大臣或亲信戴真花，以示宠幸。宋代王辟之《酒水燕谈录》一记载"真宗后曲宴宜春殿，出牡丹百余盘，千叶者才十余朵，所赐止亲王、宰相。真宗顾文元晁迥及钱文嘻，各赐一朵。又尝侍宴，赐禁中名花。故事，唯亲王、宰臣即中使为插花，余皆自戴。上忽顾公，令内侍为戴花，观者荣之"[③]。可见戴真花者皆为幸臣。宋代王巩《闻见近录》也记载"故事，季春上池，赐生花。而自上至从臣皆簪花而归。绍圣二年，上元幸集禧观，始出宫花赐从驾臣僚，各数十

[①] （唐）南卓：《羯鼓录》，文渊阁本。
[②] 《宋史》，中华书局1985年标点本，第3569页。
[③] （宋）王辟之：《酒水燕谈录》，中华书局1981年标点本，第2页。

枝，时人荣之"①。"生花"即真花，"宫花"即假花。统治阶级的大力提倡，自然让簪花之风在民间广为流行。

宋代簪花之俗与婚俗有着密切的联系，《水浒传》第四回提到的周通娶亲时鬓插花朵。宋代朋友之间饮宴时亦可簪花，沈括有记载，韩魏公在扬州时，招王歧公、王荆公、陈秀公饮宴，各簪一枝。而司马光《和吴省副梅花半开招凭由张司封饮》中载："从车贮酒传呼出，侧弁簪花倒载回"，写的就是朋友饮宴簪花之事。此外宋代不同节令插戴不同的花朵或类似花朵的饰物，这是当时簪花之俗与节俗结合的产物。《武林旧事》载："上元之夜，妇女皆戴珠翠、闹娥、玉梅、雪柳。"其中的"闹娥"是妇女插在头上的一种彩花，曾出现在《水浒传》第六十六回。《水浒传》第七十二回《柴进簪花入禁苑 李逵元夜闹东京》中有"幞头边各簪翠叶花一朵"的描写，也是上元插花之俗的反映。时至今天，山东各地在结婚的时候，新娘头上一般都是要插很多花，而男子则一般都在胸前佩戴红花，以示喜庆。男子簪花的风俗，各地一般都没有了，只在胸前佩戴红花。

（二）文身

在梁山好汉中，有几个人身上是刺有文身的。文身，又称作刺青、花绣。作为一百零八将第一个出场的人物，史进给读者留下的最明显最深刻的印象，便是他身上的九条龙的文身。在第二回中，王进第一次见到史进，就看到他"刺着一身青龙"，后来史进父亲史太公介绍了史进刺青和绰号的来历，"老汉的儿子从小不务农业，只爱刺枪使棒……又请高手匠人，与他刺了这身花绣，肩臂胸膛总有九条龙，满县人口顺，都叫他做九纹龙史进"②。除史进之外，梁山好汉还有六位身上刺有文身的，分别是花和尚鲁智深、短命二郎阮小五、病关索杨雄、双尾蝎解宝、花项虎龚旺、浪子燕青。除此之外，在第二十四回中还借西门庆之口提到了阳谷县的一个卖熟食的人花胳膊陆小乙，从"花胳膊"一词可以看出陆小乙胳膊上应该也是文身的。这七位人物，尤以史进、鲁智深、燕青因为自身的花绣而给读者留下了非常深刻的印象，特别是浪子燕青。

文身的习俗，在中国古已有之。从现有记载来看，最早的文身习俗，

---

① （宋）王巩：《闻见近录》，文渊阁本。
② （明）施耐庵：《水浒传》，人民文学出版社1997年版，第28页。

应该是起源于南方吴越一带的少数民族。《礼记·王制》记载"东方曰夷，被发文皮，有不火食者矣"①。唐代孔颖达注疏说："越俗断发文身，以避蛟龙之害，故刻其肌，以丹青涅之。"这种习俗在现在的东南亚一带倒是还有保留，那里的很多原住居民在身上刺出类似鳄鱼鳞片的凸起，以为可以以此来迷惑、躲避鳄鱼的攻击。《庄子·逍遥游》也记载"宋人次章甫而适越，越人断发文身，无所用之"②。也提到了吴越一带文身的习俗。《礼记》的记载也在《史记》中得到了印证，《史记》记载越王勾践的先祖被封到会稽，守禹之祀，就入乡随俗，"文身断发，披草莱而邑焉"。③可见文身习俗，最早是起源于当时还比较偏远荒凉的少数民族地区。类似的记载在《淮南子》一书中也有记载。

汉族人在古代应该是不文身的。儒家经典《孝经》开宗明义地指出"身体发肤，受之父母，不敢毁伤，孝之始也"④。在封建礼教的长期熏陶下，汉族往往对自己的发肤爱护有加，不会像越人那样"断发文身"。古代有一种刑罚叫作"髡刑"，就是剃掉犯罪者的头发，还有在脸上刺字的"黥刑"，这些在汉族人眼里是非常残酷的惩罚。清朝初年，清军刚入关时，清政府下令全国剃头削发，就遭到了汉族人士的强烈反抗，甚至声称"留头不留发，留发不留头"，由此可见汉族人对自己身体发肤的爱护程度。因此，可以说在中国古代，文身一直是不受汉族欢迎的。

作为英雄好汉来说，事情就不是那么一回事了。从很多记载来看，文身习俗在各朝各代的汉族人当中也是屡见不鲜的，只不过文身者都是些"闾里恶少"之类的不守法度的人物。唐代段成式所著《酉阳杂俎》卷八有《黥》篇，专门记载了很多文身者的故事。有一则故事就说，京兆尹薛元赏，曾采取极端措施，杖杀那些在京城光头文身的作恶少年。段成式门下有个人叫路神通，背后刺有天王图像，自称其无穷的神力都是来源于天王。这些身上有刺青的人，几乎都是与社会传统格格不入的人。这种现象在《水浒传》中众多文身者身上得到了很好的体现。

文身到了宋代，比以前更加盛行了。五代后周皇帝郭威，脖子上就刺有飞雀，发迹前人称"郭雀儿"。在正史中，也有很多相关的记载，不过

---

① 《礼记》，上海古籍出版社 1987 年标点本，第 74 页。
② 《庄子》，天津古籍出版社 1987 年标点本，第 5 页。
③ 《史记》，中华书局 2006 年标点本，第 272 页。
④ 《孝经译注》，中华书局 1996 年标点本，第 1 页。

文身者多是军人。《宋史·岳飞传》记载秦桧要陷害岳飞,"初命何铸鞫之,飞裂裳以背示铸,有'尽忠报国'四大字,深入肤理"①。《宋史·王彦传》记载王彦抗金,"金人购求彦急,彦虑变,夜寝屡迁。其部曲觉之,相率刺面,作'赤心报国,誓杀金贼'八字,以示无他意"②。这些记载,都与北宋末年的抗金有关,可见文身虽然不被社会所认同,但是文身所代表的勇与力,还是被英雄好汉所认同的。

在宋代的很多文人笔记中,都有"文身恶少"的记载。跟前人的描述一样,这些文身者,都是一些不务正业的"闾里恶少"。与前面军队和军人文身记载相同的有庄绰的《鸡肋编》卷下《铜脸铁脸》条记载了宋室南渡后,张俊率军驻扎在杭州,选年轻力壮、身材高大的军士,在他们腿上刺上图案,谓之"花腿"。军队中称张俊的部队为"铁脸",在当时,"铁脸"是骂人的话,正是说民间"浮浪辈"的行为。用"铁脸"称呼张俊的部队,也显示了刺青在当时依然不融于社会。但在文人笔记中,凡大型的社会活动,都少不了这些"浮浪辈子弟"。孟元老《东京梦华录》卷七《驾回仪卫》条记载"有三五文身恶少年控马,谓之'花褪马'"③。这里明确把文身者叫作了"恶少年"。周密《武林旧事》卷三也记载每年八月十八的观潮节,"吴儿善泅者数百,皆披发文身,手持十幅大彩旗,争先鼓勇,溯迎而上,出没于鲸波万仞中,腾身百变,而旗尾略不沾湿,以此夸能"④。因为文身之风太盛,南宋时杭州甚至还有专门的"锦体社",专为人文身服务。可见文身之俗,在宋代确实比较盛行。只不过文身之俗,始终没有成为社会的主流文化,始终是在下层民众中间流传,而且文身者都被冠以"恶少"的罪名。自宋以后,文身风俗一般也只在非主流社会流行,依旧没有成为受社会欢迎的良好风俗。《水浒传》作为一部英雄传奇小说,虽然作者将这些打家劫舍的人物塑造成了英雄好汉,将他们的行为说成是"替天行道",但是梁山泊毕竟是个不守法度、不服管辖的社会环境。被主流社会所鄙视的文身风俗,在梁山好汉身上,成了力量和勇气的象征,或者是像燕青那样,是美饰的象征。从这种与主流背道而驰的风格中,也可以看出梁山好汉们的英勇气概来。从第一个出场的人

---

① 《宋史》,中华书局1985年标点本,第11393页。
② 同上书,第11451页。
③ (宋)孟元老:《东京梦华录》,邓之诚注,中华书局1982年标点本,第199页。
④ (宋)周密:《武林旧事》,西湖书社1981年标点本,第44—45页。

物史进就可以看出,"史进出场时手持杆棒的架势,银盘也似面皮衬托下的一身刺青,都在暗示读者,小说展示的是一个不守法度、以粗犷剽悍为美的非主流社会"①。

与英雄好汉或者是闾里恶少文身为美相反,《水浒传》提到了很多位好汉因犯罪而被刺配。所谓"刺配",就是在脸上刺字,然后再发配。在脸上刺字,其实也是文身的一种形式,只是将本来就为社会所不齿的文身风俗,当作刑罚来使用了。在古代,这种刑罚叫作"黥面",在各朝各代都有。《三国志·魏志·毛玠传》载"汉律,罪人妻子没为奴婢,黥面"②。在宋代,犯罪者若需发配外地,脸上一般都要刺字。按高承《事物纪原》记载,这一刑罚起于五代后周太祖、世宗之代,其方法跟身上刺青差不多,都是先刺字,再涂墨,只不过犯罪者脸上刺成金黄色,故小说中又称其为"金印"③。梁山好汉脸上刺字者也很多,像宋江、林冲、武松等人,脸上都刺过字,宋江为梁山招安大业,还专门让神医安道全将他脸上金印化去了。武松醉打蒋门神,去之前也特意"讨了一个小膏药,贴了脸上金印"。看来即便是英雄好汉,即便是反传统反社会,他们对自己脸上的"金印",还是感觉难以示人的。这种文身的习俗,在山东地区的历史和今天都不多见。《水浒传》中身上有文身的七位,只有阮小五和解宝,按小说交代是山东人。山东是儒家文化发源地,受儒家传统文化的影响,相比其他地区要更加根深蒂固一些,百姓对自己的发肤,也就更加爱护,像文身这种既有损于自己身体,又不被社会认可的行为,自然不受山东百姓的欢迎。阮小五和解宝,一为渔民,一为猎户,且绰号分别为"短命二郎"和"双尾蝎",在旧时的民间信仰中,都是非常不吉利的东西,山东民间甚至以为出门见到双尾的蝎子,是要遭大厄的。这两个人身上有文身,从他们的行为、性格和绰号也可以看出他们与整个社会是多么格格不入。

---

① 王同舟:《地煞天罡——〈水浒传〉与民俗文化》,黑龙江人民出版社2003年版,第137页。
② 《三国志》,中华书局1959年标点本,第376页。
③ (宋)高承:《事物纪原》,李果订,金圆、许沛藻点校,中华书局1989年标点本,第16页。

三　女性服饰民俗

女性的服饰分为"服"和"饰",《水浒传》在女性的服装和装饰上都有一些细微的描写,多出现于人物的出场词中,对于女性之"服"的描写,表现为冠、裙、衫、袄、裹肚、袜、鞋等方面;对于女性之"饰"的描写,主要表现为髻、步摇、簪花、钗四个方面。

(一) 女性之"服"

1. 冠

古人很早便开始了以冠为饰的风俗。据汉代董巴《舆服志》记载:"上古穴居而野处,衣毛而冒皮,后代圣人易之,见鸟兽有冠角髯胡之制,遂作冠冕缨緌以为首饰。"据此可知,人类以冠饰首,是从禽兽冠角得到的启发。[①]《后汉书·舆服志》记载冠饰名目甚详,有近二十种之多。一般而言,戴冠者以男性为多,但女性亦可戴之。《水浒传》中提及女性戴"冠"的地方有两处:一处是第二十九回蒋门神之妾的出场词中有"冠儿小,明铺鱼鲛"之语;第二处是在宋江梦授玄女法时,对"两个仙女"和"九天玄女"的描写之中。她们分别头戴"芙蓉碧玉冠"与"九龙飞凤冠"。从蒋门神之妾与"两位仙女"以及九天玄女所戴之冠的差别来看,尽管古代女性可以戴冠,但是仍然受到社会地位的制约与影响。蒋门神之妾为"西瓦子里唱说诸般宫调的顶老",地位低下,所以只能是"冠儿小",后来亦被武松"把冠儿捏做粉碎"。九龙飞凤冠,以"九龙"与"飞凤"形象为主要装饰,可见其地位至高无上。

2. 裙

裙的本字写作"羣",有披肩与下裳两种意思。由于古时布帛门幅较窄,一条裙子往往需要多幅布帛才能拼合而成,所以亦写作"裙"。该词产生早期,为男女通用之服。南北朝之后,"裙"始为女性专用之下衣。《水浒传》所描写的女性中,穿"裙"的较为多见。所穿之"裙",按颜色之不同可分为"红罗裙""绿罗裙""素裙""红裙""青裙"等数种。例如,金翠莲在第三回出场时,"系六幅红罗裙子",而被赵员外养为外宅之后,她则改穿"绿罗裙";张都监之养娘玉兰,所穿亦为"绿罗裙";刘高之妻为母亲"坟前化纸"后,被王英劫获,当时

[①] 陈雪、李强:《〈水浒传〉中的女性服饰探析》,《长春教育学院学报》2014 年第 21 期。

的她"身穿素缟,腰系素裙";孙二娘初遇武松时,"红裙内斑斓裹肚";乐和眼中的顾大嫂,"红裙六幅,浑如五月榴花";作为老年女性,公孙胜之母则"青裙素服"。此外,孙二娘的红色"生绢裙"是对其质地的描述,九天玄女的"山河日月裙"则是对其花纹的强调。"红裙"又被称为"石榴裙",因此顾大嫂的裙子会"浑如五月榴花"。金翠莲"系六幅红罗裙子"、顾大嫂"红裙六幅",源于古时女性对裙子追求"广博"的风尚。她们的裙子,大多是集六幅而成。唐诗中有"六幅罗裙窣地""裙拖六幅湘江水"的诗句。

3. 衫

"衫"是上衣的一种,一般以罗为其质料,具有不用衬里、衣袖宽大等特点。《水浒传》中对"衫"的描写,有金翠莲的"素白旧衫",孙二娘的"露出绿纱衫儿来"。

4. 袄

"袄"是在襦的基础上产生的一种服装样式,起初二者合称为"襦袄"。后来,二者差别加大:"襦"指长及腰际的短装衣,"袄"则指长度在"襦"与"衫"之间的礼服。宋代女性之袄较为短小,颜色以红色和紫色为主。《水浒传》中有两处谈到"袄":一处是对金翠莲的描写,"红绣袄偏宜玉体";另一处则是在宋江杀阎婆惜之前,阎婆惜"一头铺被,脱下半截袄儿"。仅仅是有所提及,"袄"具体的颜色、形制等都没有交代。

5. 裹肚

"裹肚"和抹胸一样,同为女性贴身之内衣。孙二娘"红裙内斑斓裹肚"一句,是《水浒传》中唯一一次出现"裹肚"描写的地方。

6. 袜

"袜"在古代通常为"内衣"之意。《释名·释衣服》:"袜,末也,在脚末也。"《水浒传》中"淡黄软袜"是对金翠莲的描写。[1]

7. 鞋

宋代上层社会的女性已经开始实行缠足,使得女性脚部形态畸形化。此时的女鞋小而尖翘,以红帮做鞋面,鞋尖做成凤头状,即为"凤头

---

[1] 王同舟:《地煞天罡——〈水浒传〉与民俗文化》,黑龙江人民出版社2003年版,第127页。

鞋"。此外，伴随缠足产生的还有"弓鞋"。《水浒传》中对女性"鞋"之描写有：金翠莲的"软袜衬弓鞋"、宋江遇九天玄女时的青衣女童"凤头鞋莲瓣轻盈"，以及一丈青"凤头鞋宝镫斜踏"[①]。

（二）女性之"饰"

人体装饰是指将人体之外的其他物品附着于身体的行为。本书所谓的女性之"饰"是指除"服"以外，女性的发式与发饰、面部的化妆以及各种其他配饰。中国古代女性的化妆之俗究竟兴起于何时，确切年代很难考证。但是，从《诗经》《楚辞》以及一些历史典籍的记载来看，女性妆饰自身的行为由来已久。如《诗经·卫风·伯兮》："自伯之东，首如飞蓬，岂无膏沐？谁适为容！"可见早在《诗经》时代，女性便开始使用"膏沐"对头发进行美化了。《卫风·木瓜》中的"报之以琼琚""报之以琼瑶""报之以琼玖"等是古代女性以美玉来装饰自身的反映。《楚辞·大招》中有"粉白黛黑，施芳泽只"之句，反映了当时人敷面以白粉的妆饰行为。

1. 髻

髻，指的是盘在头顶或脑后的发结。宋代妇女的发髻样式变化丰富，具有十分鲜明的时代特点。根据髻式的不同，可分为高髻、朝天髻、同心髻、流苏髻、鸾凤髻、仙人髻、盘髻等类型。《水浒传》对女性发髻的描写，分别是：金翠莲"髻松云髻，插一枝青玉簪儿"、养娘玉兰"凤钗斜插笼云髻"、青衣女童"螺蛳髻山峰堆拥"、白秀英"宝髻堆云"等。金翠莲与玉兰的发髻上分别插有"青玉簪儿"和"凤钗"，反映了当时在"髻"上插戴的风尚。"螺蛳髻"也就是"螺髻"，是指将头发盘成螺形。白居易《绣阿弥陀佛赞》一诗中有"金身螺髻，玉毫绀目"之句。

2. 步摇

步摇是中国古代女性插在髻上的一种重要首饰。一般为圆珠状，随着人体的步调而来回摇动，因此被称为"步摇"。《水浒传》对"步摇"的提及出现在"烟花娼妓李巧奴"的出场词中，"步摇宝髻寻春去，露湿凌

[①] 杜朝伟、王鹏编著：《水浒文化概论》，山东人民出版社2011年版，第13页。

波步月行"①。

3. 簪花

《水浒传》第二十七回中，作品对首次出场的孙二娘描写为："门前窗槛边坐着一个妇人，露出绿纱衫儿来，头上黄烘烘的插着一头钗环，鬓边插着些野花。"② 这一细节反映了古代妇女在头上簪花的习俗。所谓"簪花"，也即在鬓发或者冠帽上插戴花朵。妇女簪花之俗，由来已久，历经数代而不衰。所簪戴之花朵，以色彩鲜艳者为上，红色最受欢迎，而白花为禁忌之花。宋代簪花之俗日益普遍，在男性中也流行开来。

4. 钗

"钗"与"簪"都被用于插发，但二者在形制与具体用途上却有所不同："钗"分两股，用于造型；"簪"只一股，用于固髻。"钗"的前身是"发笄"。根据制作材料的不同，"钗"可分为金钗、银钗、铜钗、玉钗等类别。宝钗有两种形制：一种直接用琥珀、琉璃、翡翠等名贵材料制作而成；一种则是以金属材料制成，镶之以各类宝石。不同于这些价值昂贵的宝钗，农家妇女的发钗一般由较为廉价的材质制成，被称为"荆钗"。按照造型与外观的差别，"钗"又被分为龙钗、凤钗、鸾钗、花钗等。《水浒传》中描写到"钗"的有：被赵员外养为"外宅"后的金翠莲"金钗斜插"、孙二娘"插着一头钗环"、顾大嫂"插一头异样钗环"、张都监养娘玉兰"凤钗斜插笼云髻"等。金翠莲在"绰酒座儿唱"时"插一枝青玉簪儿"，后来换作"金钗"，可见其前后处境的变化。

《水浒传》对女性服饰与容貌的描写，主要集中于女性人物的出场词之中。通过梳理其中的女性服饰可以发现，作者笔下"祸水"般的女人往往被描写得极其美貌。如阎婆惜"花容袅娜，玉质娉婷"，好似"蕊珠仙子下凡尘"；潘金莲"玉貌娇娆花解语，芳容窈窕玉生香"。然而，除扈三娘外的两位水浒女英雄却被严重"男性化"。孙二娘"眉横杀气，眼露凶光"，顾大嫂"眉粗眼大，胖面肥腰"。两类不同女性形象完全相异的服饰描写，反映了作者歧视女性的基本妇女观，尤其是将美丽的女人看作"祸水"。

---

① 王同舟：《地煞天罡——〈水浒传〉与民俗文化》，黑龙江人民出版社2003年版，第153页。

② （明）施耐庵：《水浒传》，人民文学出版社1997年版，第360页。

第二节 《水浒传》中的饮食民俗

《水浒传》中对饮食及其有关风俗民情的描写，给人印象最深的是梁山英雄大碗喝酒、大块吃肉，豪壮气概动人心魂。作者描写饮食的意图，主要是为了刻画人物的性格，自然地展开故事情节，有力地表达主题思想。同时，可以让读者看出，书中所写饮食的方式方法及其程序，都是山东梁山泊一带的风俗礼仪。饮食在《水浒传》中可以分为面食类、肉食类和茶酒类等几类。

一 面食类

面食类中，给读者印象最深的要数炊饼和馒头。炊饼在小说中出现的次数很多，以武大郎所卖之炊饼最为有名。第五十三回戴宗和李逵去蓟州寻访公孙胜，也曾于路上买炊饼充饥。这种炊饼，并不是现在所说的圆而薄的饼，而恰恰是现代意义上的馒头。现代意义上的馒头，自古即被称为饼，在汉代又被称为"飥"。扬雄《方言》"饼谓之飥即饪"[1]，《齐民要术》卷二《大小麦第十·青稞麦》条记载，"青稞麦面堪做饭及饼飥，甚美。磨尽无数"[2]。宋代高承《事物纪原》的《酒醴饮食部》有关饼的记载有《饼》《胡饼》《蒸饼》《汤饼》《不托》五条，《饼》条云"饼起于七国即战国之时。……汉宣帝微时每买饼，所从买者辄大售"。《蒸饼》条则云"蒸饼盖自汉、魏以来始有"[3]。这说明蒸饼之名起于汉魏时期，自汉至宋，都把面食称为饼。明代周祈《名义考》卷十二云："凡以面为食具者，皆谓之饼。以火炕曰炉饼，即今烧饼。以水煮曰汤饼，亦曰煮饼，即今切面。蒸而食者曰蒸饼，又曰笼饼。侯思正令缩葱加肉者，即今馒头。绳而食者曰环饼，又曰寒具，即今馓子。他如不托、起没、牢丸、怜淘等，皆饼类。"[4] 其中提到了蒸饼，即宋代的炊饼。在宋代之前炊饼被叫作蒸饼，因其笼蒸而得名。到了北宋，因避讳宋仁宗的讳，蒸饼改称

---

[1] （汉）扬雄：《四库全书·经部十·小学类一·卷十三》，文渊阁本。
[2] （北魏）贾思勰：《齐民要术校释》，缪启愉校释，中国农业出版社1982年版，第95页。
[3] （宋）宋高承：《事物纪原》，李果订，金圆、许沛藻点校，中华书局1989年标点本，第470—472页。
[4] （明）周祈：《名义考》，《四库全书·子部十·杂家类二·卷十二》，文渊阁本。

炊饼。据宋代吴处厚《青箱杂记》卷二载"仁宗庙讳'祯',语讹近'蒸'。今内廷上下皆呼'蒸饼'为'炊饼'"①。从此蒸饼就改称炊饼。《水浒传》第七十三回也说"燕青、李逵便叫煮下干肉,做起蒸饼,各把料袋装了,拴在身边"②。仍把炊饼叫作蒸饼。《水浒传》中则经常把炊饼作为好汉们的主食写了出来,小说中好汉饮酒吃饭的场面描写,在好汉们喝足酒吃够肉之后,就会搬上饭来吃。这个饭,显然不是米饭之类的东西,而明显就是炊饼之类的面食。这个风俗,也与鲁西南地域风俗吻合。鲁西南人待客,一般都是在客人酒足之后再上饭,以馒头为主,这一点与《水浒传》所描述相符。同时,《水浒传》把普通人家不能经常食用的细粮做的馒头当作好汉们的主食,也反映了好汉们的英雄气概,他们违背社会主流的行为总是给读者以很深刻的印象。

再来看《水浒传》中提到的馒头。这个馒头,跟现代意义上的单纯用面做的馒头就完全不一样了,而是现代意义上的包子。宋时的馒头,也就是包子,主料仍是面粉,仍旧离不开小麦。在面粉出现之后,用面粉做成的各种面食叫法一直很混乱,没有一个统一的称呼,往往都是创作者随便叫的。如前面周祈《名义考》中提到的"不托、起没、牢丸、怜淘"等,现在具体是什么食品已不可考。而"馒头"则得以一直沿用下来。欧阳修《归田录》卷二曾一记载"'馒头''薄持''起没''牢丸'之号,惟馒头至今名存,而起搜、牢丸皆莫晓为何物"③。可知馒头其实就是包子。"馒头"一词的由来,据宋代高承《事物纪原·酒酸饮食·馒头》记载:"小说云昔诸葛武侯之征孟获也,人曰蛮地多邪术,须祷于神,假阴兵一以助之。然蛮俗必杀人以其首祭之,神则向之为出兵也。武侯不从,因杂用羊家之肉以包之以用,象人头以祀,神向焉而为出兵。后人由此为馒头。"④ 此条记载说明馒头一词可能是由"蛮头"演变而来。这个故事在《三国演义》第九十一回中被演绎成诸葛亮七擒孟获之后班师回朝,路经泸水时鬼神作祟,孔明拒绝用人头来祭祀,而"唤行厨宰

---

① (宋)吴处厚:《青箱杂记》,李裕民点校,中华书局1985年标点本,第19页。
② (明)施耐庵:《水浒传》,人民文学出版社1997年版,第957页。
③ (宋)欧阳修:《归田录》,林青校注,三秦出版社2001年标点本,第122页。
④ (宋)高承:《事物纪原》,李果订,金圆、许沛藻点校,中华书局1989年标点本,第470页。

牛杀马，和面为剂，塑成人头，内以牛羊等肉代之，名曰馒头"[1]。这些都说明，馒头一开始的时候是有馅的，就是今天的包子。至于"包子"一词，宋时也已出现，宋代罗大经撰的《鹤林玉露》卷六有《缕葱丝》一条，载："有士于京师买一妾，自言是蔡太师府包子厨中人。一日，令其作包子，辞以不能，诘之曰'既是包子厨中人，何为不能作包子？'对曰'妾乃包子厨中缕葱丝者也'。"[2] 可知这个包子就是现代意义上的包子，是有馅的。宋代吴自牧的《梦粱录》卷十六《荤素从食店》条，分别记有炊饼、馒头、包子等面食，"且如蒸作面行卖四色馒头、细馅大包子"[3]。《梦粱录》也记载了生馅馒头、杂色煎花馒头、糖肉馒头、羊肉馒头、太学馒头、笋肉馒头等十几种馒头，其实就是包子。从《梦粱录》的记载来看，在宋代，炊饼、馒头、包子等几种对面食的称呼都已经出现，分别是现代意义上的馒头、包子。《古今笔记精华》卷二《事原》记载："包子之名始于宋。《燕翼贻谋录》云宋仁宗诞日，赐群臣包子。包子即馒头别名。按今人生日食包子，其风亦古矣。"[4] 只不过包子还未全面叫开，馒头仍旧是习惯性的叫法罢了。《水浒传》中就始终未见包子一词。

二　肉食类

《水浒传》中的菜食类民俗描写，涉及各种各样的肉、鱼、家禽、海味以及素食类食品。给读者留下印象最深的，恐怕就是"大块吃肉"式酣畅淋漓的英雄好汉行径了。好汉们把吃的理想概括为"大块吃肉"，非大块吃而不足以吃痛快，不足以显示豪气。用李逵的话说，就是："吃肉不强似吃鱼？"能大块吃的肉，见于《水浒传》描写的，无非是猪肉、牛肉、狗肉、马肉等几种，而且细心的读者可能会注意到，梁山好汉最钟爱的似乎是牛肉。

（一）牛肉

《水浒传》很少写到好汉吃饭的场景，而热衷于写他们吃肉的场景，特别是他们大块吃牛肉的场景。这些地方，颇耐人寻味。以农耕为主的汉

---

[1]（明）罗贯中：《三国演义》，中华书局2005年版，第512页。
[2]（宋）罗大经：《鹤林玉露》，中华书局1983年标点本，第337—338页。
[3]（宋）吴自牧：《梦粱录》，符均、张社国校注，三秦出版社2004年标点本，第243页。
[4]《古今笔记精华录》，岳麓书社1997年版，第75页。

族，对于牛的感情相当友好，因为牛作为农耕社会一种重要的农具，对于人们的衣食起着重要作用。

好汉们爱吃牛肉，可能与他们尚武有关。猪、羊被认为是软弱无能之物，而牛则以力大著称，比如第七回，鲁智深使禅杖，众泼皮咋舌："两臂膊没水牛大小气力，怎使得动？"① 在一部分人的潜意识里，存在着一种"吃什么补什么"的观念。宋人洪迈《夷坚志》里记载过"东武赵恬季和之子十七总干，壮岁梦吞一牛，自是膂力过人百倍"。因梦中吞下一头牛而力气大增，就反映了这种观念，或许好汉们也因为这种观念而对吃牛肉情有独钟吧。② 第三十八回，宋江在琵琶亭上请客。李逵把宋江嫌不鲜的鱼吃个干净，还觉得不过瘾，宋江于是请他吃肉。

> 宋江……便叫酒保来分付道："我这大哥，想是肚饥。你可去大块肉切二斤来与他吃，少刻一发算钱还你。"酒保道："小人这里只卖羊肉，却没牛肉。要肥羊尽有。"李逵听了，便把鱼汁劈脸泼将去，淋那酒保一身。戴宗喝道："你又做甚么？"李逵应道："叵耐这厮无礼，欺负我只吃牛肉，不卖羊肉与我吃！"③

值得注意的是，许多小说通过写英雄人物与牛过不去来写他们的豪侠气概。牧猪郎与放牛郎都是卑贱之职，但是人们还是情愿写到放牛郎。比如《英烈传》中的朱元璋。小说写他早年经历，表现他那平民色彩极浓的豪侠风度，就用了杀牛的故事。第五回《众牧童成群聚会》写朱元璋为刘太秀家放牛：

> 忽一日，太祖心生一计，将小牛杀了一只，同众孩子剥洗干净，将一坛盛了，架在山坡，寻些柴草煨烂，与众孩子食之。先将牛尾割下，插在石缝里，恐怕刘太秀找牛，只说牛钻入石缝内去了。到晚归来，刘太秀果然查牛，少了一只，便问。太祖回道："因有一只小牛钻入石中去了，故少了一只。"太秀不信，便说："同你去看。"二人

---

① （明）施耐庵：《水浒传》，人民文学出版社1997年版，第101页。
② 王同舟：《地煞天罡——〈水浒传〉与民俗文化》，黑龙江人民出版社2003年版，第168页。
③ （明）施耐庵：《水浒传》，人民文学出版社1997年版，第501页。

来到石边，太祖默祝："山神，土地，快来保护！"果见一牛尾摇动。太秀将手一扯，微闻似觉牛叫之声，太秀只得信了。①

几分无赖，几分滑稽，颇令人想起《水浒传》中那帮以牛肉为命的好汉。

（二）羊肉

如果单就《水浒传》里对好汉大块吃肉场面的描写看，好汉们第一爱吃的是牛肉，偶尔也吃羊肉，几乎未见到他们吃猪肉。这样一看，似乎宋时食肉的习俗与现在相去很远。正是在这些地方，小说有意对好汉们的某些行为做了强化处理，我们弄清楚宋代的习俗之后，才能对小说描写的含义作出准确的理解。

小说里写得细致的是好汉们吃牛肉的情形，这和小说其他地方的交代有很大的差异。在一般性的交代中，有这样几个说法是最常见的："杀猪宰羊""杀羊宰猪"。如第二回，史进拜师，太公"叫庄客杀了一个羊，安排了酒食果品之类"②。史进送少华山头领礼物，"拣肥羊煮了三个，将大盒子盛了，委两个庄客去送"③。鲁智深在相国寺看菜园时，"杀翻一口猪，一腔羊"④，请那许多泼皮团团坐定，大碗斟酒，大块切肉。在第九回中，林冲发配沧州，经过小旋风柴进的庄上，柴进为示礼敬之意，吩咐庄客："村夫不知高下，教头到此，如何恁地轻意？快将进去。先把果盒酒来，随即杀羊相待，快去整治。"⑤ 在第二十三回中，宋江逃到柴进庄上，"柴进安排席面，杀羊宰猪，管待宋江"⑥。小说里不少处写到"椎牛宰马"，似乎吃马肉也是当时的习俗。但细看，小说写吃马肉的地方很少，且凡提到吃马肉的地方，都是在写山寨里的事情，比如第三十二回中宋江到了清风山，好汉们就是"一面叫杀羊宰马，连夜筵席，当夜直吃到五更"⑦。所以我们可以认为，这在当时不具备普遍的意义。第五十七回，梁山大破呼延灼的连环马，"三千连环甲马，有停半被钩镰枪拨倒，

---

① （明）郭勋初编：《英烈传》，中华书局2013年版，第56页。
② （明）施耐庵：《水浒传》，人民文学出版社1997年版，第28页。
③ 同上书，第36页。
④ 同上书，第101页。
⑤ 同上书，第126页。
⑥ 同上书，第289页。
⑦ 同上书，第424页。

伤损了马蹄,剥去皮甲,把来做菜马食"①,山寨中之所以吃马肉,大概主要是这种原因。这样,就小说一般性提到的而言,羊肉、猪肉是当时主要的肉食。

从小说里的描写看,羊肉是常用食品,而且似乎被视为一种美味。第二十四回出现了一句谚语:"好块羊肉,怎地落在狗口里!"这话和王婆说的谚语"骏马却驮痴汉走,美妻常伴拙夫眠"一样,都是用来比喻夫妻不般配,有点明珠暗投的意思。西门庆听王婆说潘金莲的丈夫是武大郎时,也脱口而出:"好块羊肉,怎地落在狗口里!"可见,当时一般认为羊肉是一种美味。从当时的记载看,蒸羊是非常盛行的礼品。

《宋稗类钞》卷一《君范》记载:宋仁宗生性仁恕,仁民爱物。一天早晨起来对近侍说:"朕昨夜因为睡不着而感到很饿,想吃烧羊。"侍臣回答:"何不降旨索取?"仁宗回答:"我以前听说,宫禁中每有索取,外面就把它当成定规。我很担心从此以后他们每晚都要宰杀,以供应不时之需。这样年深月久,浪费就大了。我怎能不忍这一时的饥饿,而引起无穷的杀孽呢?"当时左右都呼"万岁",有人甚至感动得流下了眼泪。宋人周煇《清波杂志》卷一《祖宗家法》条载,英宗时,宰臣吕大防与英宗谈论"祖宗家法",吕说:"祖宗留下的家法很多,自从夏商周三代以后,唯有本朝立国一百三十年间,没有发生重大变故,这是由于祖宗所定立的家法最完善。"他列举了一些家法,其中一条即是崇尚节俭:"饮食不贵异味,御厨止用羊肉。"②所谓"止用羊肉"当然不是御厨里只用羊肉,而应该是最好的也就是羊肉了。以人君之俭,断不至于太过,所以,在日常的肉食中,羊肉可能算是最好的了。

宋代风俗的确是以羊肉为上。我们不妨看一看宋代笔记中所载的一些美味。《东京梦华录》卷二《饮食果子》条载,当时京城酒店所卖的食物,以羊肉为原料的就有:羊闹厅、羊角、虚汁垂丝羊头、入炉羊羊头、羊脚子、点羊头,等等。种种名目,似乎羊的全身上下都可以用来做菜,正如我们现在对猪肉一样,猪身上的每个部件都拿来做菜。

---

① (明)施耐庵:《水浒传》,人民文学出版社1997年版,第755页。
② 王同舟:《地煞天罡——〈水浒传〉与民俗文化》,黑龙江人民出版社2003年版,第169页。

宋人以羊肉为美味，与当时的经济发达程度有关。牧羊所需饲料要少于养猪，当时中原地区，汉族民众养羊的比例一定比现在要高，吃羊肉就不足为奇。鲁西南民众至今沿袭"以羊肉以上"的习俗，羊汤、羊头、大炖羊肉都是当地久盛不衰的美食。这种梁山好汉"大碗喝酒，大块吃肉"的性格特点和生活方式，直到今天还十分普遍地存在于这里的人民群众之中。先说吃肉，这里的人们买肉，极少有人一次只割半斤四两，特别在农村，一买就是几斤，十几斤，几十斤，逢年过节更是整头整只地杀猪宰羊，吃法也是以大块为主，多是整块下锅，煮好后分块，说是这种吃法保持原味，解馋、过瘾。煮羊头卖得最快，比较有名气的羊肉馆的煮羊头非得提前预订才能买到。端上羊头，每人一只，边撕边啃，边喝边聊，是莫大的享受。外地客人头一回看着这津津有味地啃羊头还真是不习惯，但一旦下口，便大有不啃不快之感。鲁西南宴席上的烧猪脸，整个猪脸红烧后龇牙咧嘴，用大盘装来，吃起来不油不腻，十分爽口。

虽说《水浒传》里的好汉们不吃猪肉，但当时对猪肉的消费依然旺盛。想一想，鲁智深拳打的那个镇关西，他就是开着肉铺的，而且是个猪肉铺。

> 郑屠开着两间门面，两副肉案，悬挂着三五片猪肉。郑屠正在门前柜身内坐定，看那十来个刀手卖肉。①

好汉里也有开猪肉铺的，那就是拼命三郎石秀。石秀路见不平，帮助杨雄赶走抢他花红的无赖，杨雄的丈人潘公因是屠户出身，就请他一起再干起这营生，可巧石秀自小也是吃屠家饭，于是一拍即合。

> 石秀应承了，叫了副手，便把大青大绿妆点起肉案子、水盆、砧头，打磨了许多刀仗，整顿了肉案，打并了作坊、猪圈，赶上十数个肥猪，选个吉日，开张肉铺。②

---

① （明）施耐庵：《水浒传》，人民文学出版社1997年版，第48页。
② 同上书，第595页。

三　茶酒类

《水浒传》中有大量茶坊酒肆及饮茶饮酒的描写，可见当时饮茶饮酒之风颇盛。说到饮酒，《水浒传》中饮酒的场面随处可见，书中许多英雄好汉都是海量。如武松在景阳冈下的酒店中饮酒，将别人吃上三碗便要醉倒的"三碗不过冈"烈酒一口气吃了十八碗，仍能过得山冈，打得猛虎，可见其酒量之豪。其实，饮酒之风在宋代之前很早就已大盛，而与之相比，饮茶则是在宋代才真正得以普及的。中唐以后，茶作为饮料，从王公贵族的专享品逐渐成为普通民众日常生活中的必需品，饮茶之风至宋乃大盛，故称"茶兴于唐而盛于宋"。随着饮茶的蔚然成风，茶文化也日趋成熟，至宋代迎来了里程碑式的鼎盛期，各类茶礼茶俗也应运而生。

（一）茶类民俗

以茶待客之俗，始见于《晋书·陆纳传》，写谢安作客陆纳家中"纳所设唯茶果而已"，至唐宋则屡见于文学作品中，例如，陆游《示客》"一点昏灯两部蛙，客来相对半瓯茶"，徐积《谢蒋颖叔》"便着青衫迎谢傅，更无茶果荐杯盘"[1]。

宋时的茶坊实际上可以分为两类，一类以出售茶汤为主，一类挂着茶坊的招牌而另有营生。《梦粱录》还记载，南宋杭州的茶坊除了张挂名人字画，作为吸引顾客的手段之外，还在店内设有花架，上面放置奇松异桧等装饰性的植物，以此吸引顾客流连驻足，增加营业收入。从《梦粱录》中，我们还能看到当时有些茶坊还取有吸引人的名号，如杭州城中瓦王妈妈家茶坊名为"一窟鬼"，是当时士大夫期朋约友之处。茶坊除了卖茶之外，也兼卖酒和其他饮料、小吃，如馓子、葱茶，甚至还有所谓"缩脾饮暑药"一类的饮品。在这以外，不少的茶坊则是挂羊头卖狗肉。《都城纪胜》中所称的"水茶坊"，吴自牧称为"花茶坊"，这一名称更贴切一些。吴自牧说，"花茶坊"往往过于喧闹嘈杂，三教九流人物会集于此，"非君子驻足之地也"。

《水浒传》多次写到茶坊，其中留给读者印象最深的，要数阳谷县紫石街上王婆开的那家茶坊。对照《梦粱录》等书的记载，我们看出，王

---

[1] 王同舟：《地煞天罡——〈水浒传〉与民俗文化》，黑龙江人民出版社2003年版，第182页。

婆的茶馆正是那类挂着茶坊的招牌而另有营生的一类，也许该叫作"人情茶坊"，即"本非以点茶汤为业，但将此为由，多觅茶金"的那一类。王婆自己这样对西门庆说她那个茶坊："老身不瞒大官人说，我家卖茶，叫作鬼打更。三年前六月初三下雪的那一日，卖了一个泡茶，直到如今不发市，专一靠些杂趁养口。"[①] 她所说的"杂趁"是这样的："老身为头是做媒，又会做牙婆，也会抱腰，也会收小的，也会说风情，也会做马泊六。"[②]

小说关于王婆茶馆的描写，提供了宋时饮茶习俗的一些材料。王婆是个语言高手，《水浒传》写市井里的女人，活灵活现，这王婆即是其一。她在茶局子里看见西门庆为潘金莲神魂颠倒的样子，马上就意识到生意来了，因此她不断地暗示西门庆，挑起西门庆的邪心。第一次，她主动招呼西门庆："大官人，吃个梅汤？"[③] 以"梅"字的谐音"媒"字挑起话题。第二次，她对西门庆说："大官人，吃个和合汤如何？"[④] "和合"二字，暗示西门庆能得偿所愿。第三次，她给被邪心煎熬了一夜的西门庆浓浓地点上两盏姜茶，以两盏茶再次勾出西门庆的话头。第四次，西门庆递给她银子以后，她就说："老身看大官人有些渴，吃个宽煎叶儿茶如何？"[⑤] 向西门庆传递信息，这件事情有指望。撇开王婆的用意不说，这几道茶，反映出宋元时代饮茶的习俗。一、当时饮茶，既有团茶又有散茶，这"宽煎叶儿茶"即是散茶。二、茶馆里既有茶卖又有汤卖，茶里还常常放一些调味料。接下来，王婆请潘金莲来裁衣服，"浓浓地点姜茶，撒些松子、胡桃，递与这妇人吃"，也证明了这一点。

要是仔细一点的话，我们不难发现，《水浒传》写到饮茶的地方还真不少。比如，宋时礼节，客至上茶，这颇有些像今天广大汉族地区所流行的习俗。这一习俗小说里称为"拜茶"。小说第一回就写到，位高权重的洪太尉到了龙虎山，上清宫里的道士们接待他说："且请太尉到方丈室献茶。"第四回，赵员外带了鲁智深到五台山出家，智真长老接待他们，是"且请赵员外方丈吃茶"，在招呼饮用时，说一声："且请拜茶。"在佛道

---

① （明）施耐庵：《水浒传》，人民文学出版社1997年版，第317页。
② 同上。
③ 同上书，第314页。
④ 同上书，第315页。
⑤ 同上书，第316页。

两教寺庙里，都有吃茶的习俗。至于市井之间，拜茶更是流行。第十八回，前来郓城办案的何涛在街上遇见宋江，叫道："押司，此间请坐拜茶。"请他到茶坊里商量捉拿要犯，结果宋江却托故先去通报了晁盖等人。第四十九回，乐和找顾大嫂救解珍、解宝兄弟，顾大嫂也是这样待客："舅舅且请里面拜茶。"像这些地方，作者并不刻意渲染，只是一般性地交代，比较可信地反映了当时的风俗。

《水浒传》中写张文远与阎婆惜，西门庆与潘金莲，以及裴如海与潘巧云的偷情时，都涉及茶的描写，而西门庆与潘金莲二人的奸情甚至就发生在王婆的茶肆之中。这些描写，从侧面反映了古代茶与婚俗的密切关系，女子许嫁受聘称"吃茶"之俗，至迟在南宋初已经形成，陆游的《老学庵笔记》中提供了有力的证据："靖州民俗，男女未嫁者，聚而踏歌，其歌有曰：'小娘子，叶底花，无事出来吃盏茶。'"其后在歌馆和妓院中，将赏给奉茶仆夫的茶资赏金称为"点花茶"，也是茶与婚俗的一种曲折反映，正如《水浒传》第二十四回中所说"风流茶说合，酒是色媒人"。

饮茶之俗如此流行，而《水浒传》中的好汉，居然没有哪一位对此有丝毫兴趣。他们热衷的只是饮酒。《水浒传》这样写，正是想表明他们的独特身份。他们一方面不能如文人雅士一般享受茶之清闲意味，同时，他们的生活又不能如世俗之人那样凡庸，他们要的是那种纵情任性的生活。

（二）酒类民俗

从《水浒传》中我们可以看到，书中虽然写到了许多茶坊，但关于酒肆酒楼的描写则更多，可以说是随处可见。由此可以看出，宋代的饮酒之风比饮茶有过之而无不及。而饮酒同样与待客、婚嫁有着十分密切的关系，所以说，酒与茶都是人们日常生活中不可或缺之物。

1. 按酒

《水浒传》在叙述人物宴饮时经常提到"下酒""按酒""下饭"的话。在宋元时，用来配酒的菜肴，叫作按酒、案酒。在古文中，"案"与"按"是通假的，它来源于《说文》："按，即下也。"按酒也就是下酒，是配酒的菜。宋代陆游在《老学庵笔记》中解释说：

> 梅宛陵诗，好用"案酒"，俗言"下酒"也，出陆玑《草木

疏》：荇，接余也。白茎，叶紫赤色，正圆，径寸余，浮水上，根在水底，与之深浅。茎大如钗股，上青下白。煮其白茎，以苦酒浸之，脆美可案酒。今北方多言"案酒"。①

按陆游的说法，"案酒"是宋时北方人对佐酒菜肴的称法，江南人则称"下酒"。实际上，"下酒"与"按（案）酒"经常同时出现在人物的对话中。《水浒传》中既采用"下酒"，又运用了"按酒"。第三十九回，酒保问："要甚么肉食下酒？""摆下菜蔬时新果品案酒，列几般肥羊、嫩鸡、酿鹅、精肉。"但与"下酒"相比较，用得最多的却是"按酒"。例如，第三回中潘家酒楼："菜蔬果品案酒"；第七回中开封府樊楼酒店："希奇果子案酒"；第三十九回江州浔阳楼酒店："菜蔬时新果品案酒"；第三十八回中靠江的琵琶亭酒店："菜蔬果品海鲜案酒"等。

从上面这些按酒食物中可以看出，宋人在挑选下酒菜点时，是以时新果品作为所有菜点中的上上之选，这里把水果当作下酒菜并且被异常看重的习俗，今天已不复存在。而这种以果品作为按酒的饮酒习俗在《水浒传》中却多有反映。不仅在酒店里按酒食品中多次出现，而且在人物的日常生活中也经常出现。如第二回写史进约少华山上的朱武、陈达、杨春来史家庄中秋赏月饮酒，特"教人去县里买些果品案酒侍候"。第二十四回写武松的到来，"武大买了些酒肉果品归来……安排端正了，都搬上楼来，摆在桌子上。无非是些鱼肉果菜之类。随即烫酒上来"。② 第四十四回写无为军黄通判来拜见蔡九知府，"又送些礼物时新酒果"。其实，这种以果品做按酒食品的风俗也屡见于宋元时的话本小说中。如《刎颈鸳鸯会》中在端阳节的"鸳鸯会"上："其余肴馔蔬果，未暇录"；又如《错认尸》："买些酒果、鱼肉之物过年""到八月十五日，备果吃酒赏月。"

可见以果品作为下酒的上选食品，这在宋元时的市民生活中相当地普遍，已成为当时民俗酒文化中的一种比较独特的现象。

《水浒传》中描写宴饮的按酒食品中除了果品外，经常提到的还有鲜鱼、嫩鸡、酿鹅、肥鲊等。这几种大约是宋元时平民心目中的美味食品。

---

① （宋）陆游：《老学庵笔记》，中华书局 2005 年标点本，第 67 页。
② （明）施耐庵：《水浒传》，人民文学出版社 1997 年版，第 303 页。

鲊是一种腌鱼。宋代江南地带确有喜爱吃糟鱼的习惯。宋代周煇《清波杂志》卷十二记载：

  江上取鱼，用拦滩网，日可俯拾。滨江人家得鱼，留数日，俟稍败方烹。或谓："何不击鲜？"云："鲜则必腥。"①

原来把鲜鱼制成鲊可减去腥味。苏轼在《仇池笔记》中云："江南人好作盘游饭，鲊脯脍炙，无有不埋在饭中。"

酿鹅也是一种腌制品。小说中多次写到人们吃鹅。最有名的是武松在发配孟州时，施恩在他刑枷上挂了两只熟鹅，使武松一路走一路吃，养足力气，干出了血溅鸳鸯楼的大事。据资料记载，唐宋时人们普遍喜食鹅，以鹅为贵重食品，市上鹅的数量少，价钱贵。南宋人赵叔向《肯綮录》记载：

  今日淮而北，极难得鹅。南渡以来，虏人奉使必载之以归。予谓晋宋以前，虽南方亦不多得，唐时价每只犹二三千。②

这种以鹅为贵的风气直到明代依然如此。明代著名学者王世贞在《觚不觚录》中记载他的父亲以御史归故里，有一次请巡按吃饭，十几种菜肴中就有一只"子鹅"。按明代制度，鹅属贵重食品，御史这一级官吏不得享用，所以他家把子鹅"去其首尾而以鸡首尾盖之，曰：御史无食鹅例也"。食鹅之风到清代始为之一变。据清代柴桑《京师偶记》载：由于食者少，"鹅之大者至有十余斤，人不常食，唯有凶事者用之"。这时北京人的嗜好已转向鸭，"京师美馔莫妙于鸭，而炙者尤佳，其贵至有千余钱一头"。贵重程度已接近唐时的鹅价。③

此外，还有一种独特的现象，那便是在当时杭州一带的饮酒民俗中，还把羹汤作为一种下酒的菜肴。所谓羹，便是用五味调和的浓汤。南宋时杭州相当讲究"羹"这种"下酒"的烧煮，在《梦粱录》《面食店》条

---

① （宋）周煇：《清波杂志校注》，刘永翔校注，中华书局1994年标点本，第14页。
② （宋）赵叔向：《肯綮录》，上海人民出版社1999年影印本，第134页。
③ 吕祥华：《〈水浒传〉中酒文化考论》，《苏州大学学报》（哲学社会科学版）2010年第5期。

及《夷坚志》《鸡子梦》条中记载的羹汤类就有三十余种。《武林旧事》卷六："凡下酒羹汤，任意索唤。"又《梦粱录》卷十六载有"专卖诸色羹汤"的茶酒店。同样，以羹汤作为下酒的菜肴这一饮酒的民俗也广泛地反映到《水浒传》里来。宋人的酒席上特别看重汤，而且还把汤做酒席的第一道下酒菜肴。如第三十八回宋江、戴宗、李逵在琵琶亭酒店吃酒，下酒菜肴中就有一碗辣鱼汤；第十四回晁盖在安排酒食款待雷横的便宴上，也是"先把汤来吃"。以羹汤当作一种下酒的菜肴这种习俗，在后来的杭州已不多见了。

2. 酒质

《水浒传》对宴饮的描写非常多，但都着眼于人的酒量大，而对酒质却很模糊，有时只笼统地说"村醪浊酒"或"上等好酒"。有的研究者根据人物的酒量大和第六十五回张顺渡江遇贼船，逃脱后见一个村酒店"半夜里起来榨酒"，于是推断《水浒传》里写的全是榨制酒。其实应该说，小说中人物大量喝的和乡村小店卖的，大多是榨制酒，但"上等好酒"却有可能是蒸制酒。古代制酒器具粗陋，又缺乏精密检测手段，即使是蒸馏酒的度数也不会很高。古人对酒的鉴别只能根据口感和饮后沉醉的程度。酒不同，口感自有差别。武松到快活林去打蒋门神，一路"无三不过望"。施恩问他："此间是个村醪酒店，哥哥饮么？"武松道："遮莫酸咸苦涩，问甚滑辣清香，是酒还须饮三碗。"这里让人感到"滑辣"的酒必定不是榨制酒。待到蒋门神酒店，武松先是要酒喝，酒保连换两种都不中意，直到又换"一等上色好的酒"来，武松才说："这酒略有些意思。"以武松的酒量说这话，这酒一定有较高的度数。第三十九回宋江上浔阳楼喝酒，要了"一樽蓝桥风月美酒"，自饮自酌，"一杯两盏，不觉沉醉"。"蓝桥风月"是宋代的名酒，宋江也是每餐必饮的人，"一杯两盏"就醉了，这说明"蓝桥风月"具有相当酒力。榨制酒工艺简单，古代官私都能制作。酒税也是宋朝政府的主要财源之一。宋代周辉《清波杂志》卷六记载：

> 榷酤创始于汉，至今赖以佐国用。群饮者唯恐其饮不多而课不羡也，为民之蠹，大戾于古。今祭祀、宴、遗，非酒不行。田亩种秫，

三之一供酿财曲，犹不充用。①

当时官府造酒处称"酒务"或"酒库"。《宋史·食货志》记载：

> 宋榷酤之法：诸州城内皆置务酿，县、镇、乡、间或许民酿而定其岁课，若有遗利，所在多请官酤。三京官造曲，听民纳直以取。②

这情形同《水浒传》的描写差不多。宋江在江州浔阳楼看到楼前酒旗子上写着"浔阳江正库"五个字，就应该是官酒库。当时民间造酒也很普遍。宋代洪迈《夷坚志》卷七记叙张、方两家酿酒的情形：

> 浮梁人张世宁，淳熙癸卯暮冬之月，酿白酒五斗，欲趁新春沽买。除夕酒成，既篘取之矣，复汲水拌糟于瓮，规以饲猪……西乡冷水村细民方九家，造斗酒，置瓮于床侧隐处，俄而挹之不竭。如是十余岁，日日获钱。③

这些可以证明《水浒传》中偏远乡村小店也有卖酒的描写不虚。

3. 酒具

酒具是酒文化中色彩斑斓的一个组成部分。酒是一种重要的物质文化现象，其文化素质主要通过不断发展着的、不同品种的酒表现出来，如酒的颜色、酒的芳香、酒的风味等。但若从酿酒到饮酒的全过程来考察，表现其文化素质的还有酒具。不同品种的酒，属于液态的物质文化；酿、饮器具，属于固态的物质文化。无论是液态的还是固态的，无论是生产工具还是生活工具，都有其随着社会生产力的不断发展而发展的历史。所以，酒文化是一种与人们生产、生活密切联系的、形态丰富的物质文化现象。而在酒具的使用上，我国古代经历了一个最原始的"汙尊而抔饮"的发展阶段。"汙尊，凿地为尊也；抔饮，手掬之也。"④ 这时还谈不上什么酒具，但酒具的制作有其悠久的历史。从周初开始，成王分鲁侯伯禽以商民

---

① （宋）周煇：《清波杂志校注》，刘永翔校注，中华书局1994年标点本，第227页。
② 《宋史·食货志》，中华书局1985年标点本，第342页。
③ （宋）洪迈：《夷坚志》，中华书局1981年标点本，第51页。
④ 《礼记》，上海古籍出版社1987年标点本，第89页。

六族,其中就有长勺氏、尾勺氏这两个专门从事酒器制作的部族。在长期的历史发展过程中,在制作原料上,酒具经历了从自然材料到陶、青铜、漆木、瓷和各种名贵材料的不同演变;在形制上,酒具品名繁多,造型各异,也呈现出绚丽多彩的画面。《水浒传》所写人物宴饮时所用酒具名称也大多带宋元时特点。其中有些至今仍在沿用,如酒盏、酒杯、酒盅;有些人已不太了解其含义,如注子、旋子。小说第二十一回写阎婆拉宋江吃酒时在楼下烫酒的过程:"婆子一头寻思,一面自在灶前吃了三大盅酒,觉得有些痒麻上来,却又筛了一碗吃。旋了大半旋,倾在注子里,爬上楼来。"① 什么是"旋子""注子"?小说中还经常提到酒家卖酒时或以角计,或以碗计,也有论瓶、论旋、论桶的。第四回鲁智深买酒的那家酒店就是以碗计,当店家问智深:"打多少酒?"鲁智深回道:"休问多少,大碗只顾筛来。"结果他"一连吃了十来碗"。宋江在浔阳楼醉酒时则是论瓶从店小二手里买的。第三回鲁智深同史进、李忠喝酒,先是叫酒保"打四角酒来"。而后再"吃了两角酒"。这"两角"是多少?清代刘献廷《广阳杂记》说到古代量酒器时,已不了解李白"斗酒诗百篇"的"斗酒"是多少了。

古人量酒,多以升、斗、石为言,不知所受几何?或云米数,或云衡数。但善饮有至一石者,其非一石米及一百斤明矣。②

这"角"更不知其为几何了。

4. 饮酒方式

《水浒传》所反映的宋元时饮酒方式也很有特色。那时人们喝酒,尤其在冬季,多要温热后才饮。这种专门用来烫酒的器具称"旋子",把盛酒的旋子放在热水桶里旋转几下,酒即温热。《水浒传》保留了这一习俗,多数描写宴饮的地方,都写了用旋子烫酒的过程。在描写阳谷县武松首次在武大家做客的时候,他的嫂子潘金莲,准备了酒菜,热情地请武松喝酒,武松对嫂子的盛情承受不了,"只顾上下筛酒烫酒"。这烫酒就是温酒。又如第二十九回,武松要替施恩夺回快活林酒店,小说写他来到这

---

① (明)施耐庵:《水浒传》,人民文学出版社1997年版,第265页。
② (清)刘献廷:《广阳杂记》,中华书局2007年标点本,第68页。

家酒店借喝酒之际寻找事端,"那酒保去柜上叫那妇人舀两碗酒,倾放桶里,烫一碗"①给武松送去,武松以酒劣要他换酒,后来妇人和酒保又连烫了两碗上好酒,皆不合其意。这种在桶里温酒的方法是怎样进行的?其详细方式是:将酒倒入专门温酒用的旋子当中,再将它置入"汤桶"(里面盛有滚烫的开水)里,由于旋子是肚大两头小,加上酒精密度小于水,故而旋子在汤桶里不会倾斜翻倒,且可以大部分稳定地浸没在热水里,不需多久,旋子中的酒就会温热。这一温酒方式,在第九回中有翔实的描述,当陆虞候奉高俅之命来到沧州准备收买牢城营的管营、差拨谋害林冲时,恰好在林冲友人李小二店中饮酒商谈此事。那跟来的人讨了汤桶,自行烫酒。只见那人(对李小二)说道:"我自有伴当烫酒,不叫你休来,我等自要说话。"②当热桶里的水变凉后,则需要换上开水,所以后文有"阁子里叫将汤来。李小二急去里面换汤"③等字句。

像播种子一样,梁山好汉把自己喝酒的风气留给了后人。当年梁山好汉活动的地方——鲁西南一带,这种豪饮之风依然存在。当地至今流传着这样一句谚语:"有菜无酒不留客,有酒无菜是好席。"可见那里人对于饮酒的态度。他们至今保留着"大碗喝酒"的习俗,常见的有两种方式。一种喝法叫"推磨"。宴席上也只有一个碗,能盛下几斤白酒。碗要放在首席客人前,他会不推不让,伏身牛饮。喝过一大口,再推碗给下一位,依次向后推。这样周而复始,一轮一轮地喝下去,不许有半点作假,直到所有人喝醉。近年这种风习有所改变,一般不再用大碗"推磨",也不要求尽醉。另一种喝法叫"喝亮盅"。整个酒席只准备一个大酒碗,能盛二两多酒。宴席开始时,主人将碗内斟满酒,右手执盅,左手端着盅底,到客人面前敬酒,客人接过来一饮而尽,主人便特别高兴。客人饮过,空盅放回桌子中央,所有陪客的人都不必再劝,依次自取酒盅,斟满而饮。大家都喝过,主人再为客人"端"第二盅。这种端酒的习俗,在鲁西南和河南一带曾经很盛行,至今仍然可见。

梁山英雄喝酒要讲义气,鲁西南人请人喝酒,一定要连喝三杯,少一杯就是不讲义气。这叫"桃园三结义"。在鲁西南,最受重视的酒肴是黄

---

① (明)施耐庵:《水浒传》,人民文学出版社1997年版,第382页。
② 同上书,第135页。
③ 同上。

河鲤鱼，做法多为大炖与清蒸。上菜时鱼头朝东，俗称"鱼头朝东归大海"。主客是文人，要把鱼肚对着他，称他"满腹文章"；主客是军人，则要把鱼脊对着他，夸他是"栋梁之材"，总名为"文腹武背"。在正式场合，放错了鱼的位置是失礼的。在整个山东，喝酒都是结交朋友的重要渠道。很多人办事不通过正规渠道，而是通过喝酒认识的朋友，"曲线救国"，时间长了，就会结成一张"关系网"，它的主线就是"义气"。而这样的人往往能量很大，还真能办成别人办不了的大事。经过酒桌上的长期训练，民间的风气熏陶，鲁西南男人的酒量都很大，半斤八两不在话下。喝酒的特殊作用在人们潜意识里被无限放大。

再说喝酒，这里饮酒之风盛行，迎来送往、开业庆典、拜师求学、升官发财、婚丧嫁娶、访亲探友、乔迁新居、老人祝寿、孩子满月、结拜兄弟、逢年过节等，都要摆桌设宴，海吃豪饮。不少人以善饮为荣，喝起来有大碗用大碗，有茶杯用茶杯，为了表现自己爽朗和豪气，将斟满的酒仰脖咕嘟一气喝完，还把碗、杯倒过来亮一下，显示滴酒不剩，表明自己坦荡豪爽，干脆利落。饭可以不吃，但酒不喝或者没人喝醉，主人则觉得没尽地主之谊，客人则认为不尽兴或受到怠慢，酒宴上透出一种坦诚、一种真实，没有遮掩、扭捏、虚伪之感。

第三节 《水浒传》中的居住民俗

《水浒传》中对居住风俗或者是环境的描写，大体可以分为三类，即地主庄园、官僚贵族宅第以及平民住宅。地主庄园，以祝家庄为代表；官僚贵族宅第，以柴进的柴家庄为代表；平民住宅，则以阎婆惜家为代表。

一 地主庄园

三打祝家庄的故事在元杂剧中已经成形，只是没有剧本流传下来，因而在元杂剧中祝家庄的具体位置不得而知。《水浒传》中罗贯中把祝家庄放在了郓州。祝家庄庄主是祝朝奉，下有祝龙、祝虎和祝彪三个儿子，人称祝氏三杰。第五十回，栾廷玉对祝朝奉介绍孙立说："我这个贤弟孙立，……今奉总兵府对调他来镇守此间郓州。"祝朝奉道："老夫亦是治下。"①

作者在写祝家庄时由其管属的祝家店引出。第四十六回，杨雄、石秀和时迁三人"行到郓州地面。过得香林洼，早望见一座高山，不觉天色渐渐晚了，看见前面一所靠溪客店"②。这家客店就是祝家店。文中有一段文字专写客店情形：

> 前临官道，后傍大溪。数百株垂柳当门，一两树梅花傍屋。荆榛篱落，周回绕定茅茨；芦苇帘栊，前后遮藏土炕。右壁厢一行书写：门关暮接五湖宾；左势下七字道：庭户朝迎三岛客。虽居野店荒村外，亦有高车驷马来。③

祝家店不仅接待过往客人的住宿餐饮，由于离梁山泊不远，同时还是祝家庄防范梁山人马的一处岗哨。在店中屋檐下，插有十数把编有字号的朴刀，每夜都有数十个祝家的庄客来店中上宿警戒，防备梁山人马前来打劫。杨雄、石秀和时迁投宿时，因时迁偷鸡而与店小二吵打，石秀放火烧了祝家店，成为梁山泊三打祝家庄的导火索。

祝家庄挨着独龙冈山，方圆三百里，"庄前庄后有五七百人家，都是佃户"④。由于祝家庄临近梁山泊，故日常防卫甚严，每家佃户都分派给两把朴刀，以防梁山"借粮"。祝氏父子的庄院建在独龙冈上，"四下一遭阔港。……有三层城墙，都是顽石垒砌的，约高二丈。前后两座庄门（一座在独龙冈前，一座在独龙冈后），两条吊桥。墙里四边都盖窝铺，四下里遍插着枪刀军器，门楼上排着战鼓铜锣"⑤。庄外周围，"路径曲折多杂，四下里湾环相似，树木丛密"⑥，都是盘陀路。有诗单道祝家庄的路："好个祝家庄，尽是盘陀路。容易入得来，只是出不去。"⑦ 在小说中据庄院附近村里的钟离老人介绍，盘陀路布满机关，"不问路道阔狭，但有白杨树的转弯便是活路，没那树时都是死路。如有别的树木转弯，也不

---

① （明）施耐庵：《水浒传》，人民文学出版社 1997 年版，第 665 页。
② 同上书，第 622 页。
③ 同上。
④ 同上书，第 623 页。
⑤ 同上书，第 631 页。
⑥ 同上书，第 636 页。
⑦ 同上书，第 637 页。

是活路。若还走差了，左来右去，只走不出去。更兼死路里，地下埋藏着竹签、铁蒺藜，若是走差了，踏着飞签，准定吃捉了"①。后来祝家庄被梁山泊人马里应外合攻破，祝氏父子全部战死。此后，"乡民百姓自把祝家庄村坊拆作白地"。

  祝家庄的东边村坊是李家庄。李家庄建于独龙冈山前东部的一处山冈上，是祝家庄东面的邻近村坊。这是一座"好大庄院。外面周回一遭阔港，粉墙傍岸，有数百株合抱不交的大柳树，门外一座吊桥，接着庄门。入得门来到厅前，两边有二十余座枪架，明晃晃的都插满军器"②。庄主是扑天雕李应，鬼脸儿杜兴是庄上的主管。因为杨雄和石秀的恳求，李应出面说情，企图从祝家庄要回被捉的时迁。祝家庄不但不买面子，祝彪还箭射李应，导致两庄原本友好的关系完全破裂。在打破祝家庄后，宋江、吴用设计，将李应和杜兴及其老小赚上梁山；与此同时，又派人把李家庄一把火烧作白地。李应、杜兴被逼无奈，只好落草山寨。

  祝家庄、李家庄虽是地主庄园，但其范围很广。园内有庄客，庄外有佃户。店小二说祝家庄"方圆三百里"，杜兴说它"有一、二千了得的庄客"，钟离老人说它"有一、二万人家"。一个庄园其实就是一个村镇，连其庄园样式也是类似府城的城堡式建筑，庄外的"港湾""粉墙""吊桥"等是常见的府城防御系统。祝家庄的原型可能是竹口镇。《金史·地理志》也载："寿张，镇一：竹口。"金大定年间寿张县城曾一度迁到这里。清初寿张县令的曹玉珂《过梁山记》载："祝家庄者，邑西之竹口也。关口者，李庄也。"③ 竹口镇现名祝口，属阳谷县李台镇，跨金堤两旁，由甄台、大寺、临河、李杨、凤凰台、明堤六村组成。

  扈家庄在小说中没有具体描写，只是提到它建于独龙冈山前西面的一处山冈上，庄园建筑应和祝家庄、李家庄相似。庄主扈太公，有一子一女，儿子飞天虎扈成，女儿一丈青扈三娘。在梁山泊三打祝家庄时，李逵杀得性起，不顾宋江将令，"直抢入扈家庄里，把扈太公一门老幼尽数杀了，不留一个。叫小喽啰牵了有的马匹，把庄里一应有的财富，捎搭有四

---

① （明）施耐庵：《水浒传》，人民文学出版社1997年版，第637页。
② 同上书，第628页。
③ 王同舟：《地煞天罡——〈水浒传〉与民俗文化》，黑龙江人民出版社2003年版，第193页。

五十驮，将庄院门一把火烧了，却回来献纳"①。此外，小说中还提到了祝家庄的前厅，是招待客人之所，后院家眷居住和宴请宾客。关押石秀等人的牢房也在后院，后门处还有马草堆。据当地传说，祝口西北湖沙窝村即是扈家庄。祝口村北面的莲花池村，是祝府的后花园。祝口村西南的炉里村是祝家庄锻造兵器的地方。

另外，庄园布局写得比较细致的还有东溪村晁盖的庄园，有相当规模。据第十四回描写，庄园前有庄门和门楼，旁有门房；进入园内，向里先是草堂，再里是后厅，厅廊下能招待二十个士兵喝酒，廊下两侧还有客房。第十五回又写到，晁家庄园还有后堂，第十六回还提到后堂深处，后堂附近还有一处小小阁儿。可见后堂一带建筑面积够大。第十八回又提到一个后园，"和吴用、公孙胜、刘唐在后园葡萄树下吃酒"②，庄园还有一个后门。

二 官僚贵族宅第——柴氏宅院

通观第五十二回的描写，我们可以把柴氏宅院分为两大部分：其一是前院的住宅区，其二则是宅后供休闲娱乐的后花园。先是宅院的名称。柴进接到柴皇城被气病重的书信，从沧州赶到高唐州，"入城直至柴皇城宅前下马"。这里写的是"宅前"而不是"府前"，就是说柴皇城的住处是"柴宅"而非"柴府"，这个称谓和古代社会的礼法规定有关。当时私人住所根据主人身份的不同称谓各异。《宋史·舆服志六》载，"执政、亲王曰府，余官曰宅，庶民曰家"③。可知高级官员的住宅称为府，其余普通官员房屋为宅，一般百姓居所则称为家。柴皇城只是个小小的皇城使，根据《宋史·职官志六》，皇城使相当于武功大夫，正七品官。所以他的住处只能称"宅"，是"柴宅"而非"柴府"。再是柴宅的结构布局。柴宅的住宅区可分为三层。最外层是门屋。当殷天锡喝打柴进时，"黑旋风李逵在门缝里都看见，听得喝打柴进，便拽开房门"④。当时殷天锡带人在宅前，李逵开的不会是堂屋的门，这个房门只能是门屋的"房门"。宋代普通官员的宅第外部建有乌头门或门屋（房屋出入口的建筑物。设墙

---

① （明）施耐庵：《水浒传》，人民文学出版社1997年版，第670页。
② 同上书，第228页。
③ 《宋史》，中华书局1985年标点本，第847页。
④ （明）施耐庵：《水浒传》，人民文学出版社1997年版，第693页。

和门,上有屋顶,前后两面有柱无墙,类似廊屋),看来柴宅也不例外。第二层当是外厅房,接待宾客所用。柴进从沧州赶来柴宅,就是先"留李逵和从人在外面厅房内"等候的。第三层是后堂,有日常起居的卧房,一般不准外人入内。小说写道:"柴进自径入卧房里来,看视那叔叔柴皇城"①;柴进到外厅房来找李逵说事的时候,传出柴皇城垂危,便马上"入到里面卧榻前"来看视;柴皇城一死,"李逵在外面听得堂里哭泣"。但在李逵打死恶霸殷天锡后,"柴进只叫得苦,便教李逵且去后堂商议"②。这是由于事在危急,只好把李逵请进后堂来。而殷天锡也曾"带将许多诈奸不及的三二十人"强闯后堂去看宅后花园,这在讲究内外有别的古代简直是无礼至极。宅后的花园。柴皇城继室向柴进告诉柴皇城病因时说:"有那等献勤的卖科,对他(按:殷天锡)说我家宅后有个花园水亭,盖造得好。那厮带将许多诈奸不及的三二十人,径入家里,来宅子后看了,便要发遣我们出去,他要来住。"③ 柴皇城拒不同意,被殷天锡殴打,不久气死了。在柴皇城死后第三天,殷天锡率人又要来强占花园,正在胡闹的兴头上,被李逵一顿拳脚打死。

  柴宅后花园布局如何,小说没有具体描写,只以"花园水亭,盖造得好"一句带过。不过有宋一代私家园林非常盛行,以都城东京而言,"除皇家与官府的苑囿外,富商巨贾、寺观洞庙都有园林,就连金明池畔的小酒店也有'花竹扶疏'的小花园。人工造景在宋代私家园林中有了进一步的大发展,推土为丘,凿土成池,叠石造山极为普遍"④。《水浒传》说柴家花园水亭"盖造得好"正反映了这一历史背景。柴宅花园另有一处后门。李逵打死殷天锡后,在柴进安排下,"取了双斧,带了盘缠",由此后门投梁山泊去。

三 平民住宅

  在平民民居中,小说对县西巷内阎婆惜所住楼房写得很是细致。此楼为上下两层,楼下是阎婆住处和灶房,楼上是阎婆惜的居室:

---

① (明)施耐庵:《水浒传》,人民文学出版社1997年版,第691页。
② 同上书,第693页。
③ 同上书,第691页。
④ 孙文敏:《探析〈水浒传〉中普通官员的居住民俗》,《文教资料》2011年第2期。

原来是一间六椽楼屋，前半间安一副春台桌凳，后半间铺着卧房。贴里安一张三面棱花的床，两边都是栏杆，上挂着一顶红罗幔帐。侧首放个衣架，搭着手巾，这边放着个洗手盆。一张金漆桌子上，放一个锡灯台，边厢两个杌子。正面壁上，挂一幅仕女。对床排着四把一字交椅。①

这样一段室内布置介绍，服从于人物塑造和情节安排的需要，物尽其用，无一处闲笔：春台上放过桶盘，栏杆上挂过鸾带，衣架上搭过衣裳，桌子上放过头巾，洗手盆里洗过脸，锡灯台上烧过信，杌子和交椅也都坐过人。只剩这仕女图和红罗幔帐没有直接派上用场，不过作为一场内帏血案的室内背景却不多余。

第四节 《水浒传》中的交通民俗

"行"是人的双腿双脚的活动，而"行"的社会性则是人类交通文明的发展史。《水浒传》中对江湖人物的行走也进行了细致的描写，体现了宋元时期的交通民俗。水浒人物江湖行走中的"行"，可以从民俗学的角度对行走文化事象进行分析，行走文化包括行走的礼俗、行走的工具、行走的设施等。

一　行走的礼俗
（一）出门送别

除了事发突然的逃犯、官定日期的官差人员和罪犯外，一般出行的人都会看个日子，选个吉利的日期，先前一日烧了神福，当日拜辞亲人和家堂，然后出发。如第六十一回卢俊义去泰安州，"第三日，烧了神福给散了""次日五更，卢俊义起来，沐浴罢，更换一身新衣服，取出器械，到后堂里辞别了祖先香火，出门上路"②。即使因犯命运不济，也会有亲友来置酒相送，如林冲刺配沧州，董超、薛霸"二人领了公文，押送林冲出开封府来。只见众邻舍并林冲的丈人张教头，都在府前接着，同林冲两

---

① （明）施耐庵：《水浒传》，人民文学出版社1997年版，第264页。
② 同上书，第810页。

个公人，到州桥下酒店里坐定"①。武松被张都监陷害流配恩州，"两个公人监在后面。约行得一里多路，只见官道旁边酒店里钻出施恩来，看着武松道：'小弟在此专等。'"②宋江刺配江州，"当下两个公人领了公文，监押宋江到州衙前。宋江的父亲宋太公同兄弟宋清都在那里等候，置酒相请管待两个公人，赍发了些银两与他放宽。教宋江换了衣服，打拴了包裹，穿上麻鞋"③。

（二）接风洗尘

在山东、河北一带，有两个地方是江湖好汉最喜造访的，一是横海郡柴进庄院，一是郓城宋家庄。原因在于柴进、宋江不管客人是什么身份，一律热情接纳，好酒好饭管待，临行再送银两。梁山泊上的头领下山，回来后也都摆酒迎接。宋江流落江湖后，凭借他在江湖上的人脉，从横海郡到孔家庄、清风寨，所到之处无不盛情款待。

（三）挽留客人

一再挽留客人是待客热情的表现，武松流配孟州路经十字坡，留在张青家里，"次日，武松要行，张青那里肯放，一连留住，管待了三日"④。宋江要去清风寨探望花荣，"自此两个（宋江、武松）在孔太公庄上，一住过了十日之上，宋江与武松要行，相辞孔太公父子。孔明、孔亮那里肯放，又留住了三五日。宋江坚执要行，孔太公苦留不住，只得安排筵席送行了"⑤。

（四）行走的禁忌

在《水浒传》中，好汉路上相见，互相行礼，下拜只能称"剪拂"，取吉利之意。在饮食方面的禁忌，只有戴宗不吃荤酒，拴上甲马后要念咒语，到晚"投客店安歇。解下甲马，取数陌金钱烧送了"。中途休息时，"脱下杏黄衫，喷口水"。他的这些仪式不能改动，也不能冒犯。

二 行走的工具

《水浒传》中的行走多是靠步行，其原因除了古代水陆交通不便、好

---

① （明）施耐庵：《水浒传》，人民文学出版社1997年版，第113页。
② 同上书，第394页。
③ 同上书，第469页。
④ 同上书，第367页。
⑤ 同上书，第419页。

汉们的身份特殊（僧、道、犯人等）外，步行无疑更能表现他们武艺高强的一面。从客观上说，步行会延长小说的叙事时间，使故事场景的轮换不至于过快。所以走路简捷、快速也会是一项特殊的才能，如戴宗，绰号神行太保，"原来这戴院长有一等惊人的道术：但出路时，赍书飞报紧急军情事，把两个甲马拴在两只腿上，作起神行法来，一日能行五百里；把四个甲马拴在腿上，便一日能行八百里"①。至于"甲马"，周宝珠先生以为，"纸马，古又称甲马，是画在纸上供神佛用的马""……《天香楼偶得》（清代虞兆隆著）云：'俗于纸上画神佛涂以红黄彩色而祭赛之，毕即焚化，谓之甲马。以此纸为神佛之所凭依，似乎马也。'"梁山英雄排名榜上的地劣星活闪婆王定六，也是"因为走跳得快"②。戴宗的座次也高于张顺兄弟和阮氏三雄这些水上英雄。除了步行，行走的工具有轿、车、船、马等。

（一）轿

轿子是一种比较高级的交通工具，一般除了官员外，平民不能坐轿，《宋史》记载，绍圣二年"六月壬辰，禁京城士人舆轿"。《水浒传》中的轿多是二人抬轿，渭州府尹去拜访老种经略相公，"府尹随即上轿，来到经略府前，下了轿子，把门军士入去报知"。宿太尉去西岳华山时除了坐船就是坐轿；女子外出也可坐轿，潘巧云去报恩寺是坐轿；好色的王英听得说有轿子从山下过，"想此轿子必是妇人，便点起三五十小喽啰，便要下山"③。果然是刘知寨的夫人。坐轿的好汉并不多，鲁智深去五台山出家，"赵员外与鲁提辖两乘轿子抬上山来，一面使庄客前去通报"④。鲁智深在桃花庄，"太公叫庄客安排轿子，抬了鲁智深，带了禅杖、戒刀、行李。李忠也上了马。太公也坐了一乘小轿"⑤。晁盖等人上梁山泊入伙，"小喽啰抬过七乘山轿，（晁盖等）七个人都上轿子，一径投南山水寨里来"⑥。

---

① （明）施耐庵：《水浒传》，人民文学出版社1997年版，第494页。
② 王同舟：《地煞天罡——〈水浒传〉与民俗文化》，黑龙江人民出版社2003年版，第202页。
③ （明）施耐庵：《水浒传》，人民文学出版社1997年版，第424页。
④ 同上书，第58页。
⑤ 同上书，第82页。
⑥ 同上书，第244页。

(二) 车

除了装运货物，车也可以坐人。最有代表性的是"太平车"和"江州车"。

太平车在第十六回和第六十一回中都出现过，第十六回梁中书给蔡京送生辰纲，就想"着落大名府差十辆太平车子"，第六十一回写卢俊义去泰山烧香，管家李固按照他的安排，"讨了十辆太平车子"。这种太平车，据孟元老《东京梦华录》卷三《般载杂卖》条记载："东京般载车，大者曰太平，上有箱无盖。箱如构栏而平，板壁前出两木，长二三尺许，驾车人在中间，两手扶捉鞭绥驾之，前列骡或驴二十余，前后作两行，或牛五七头拽之。车两轮与箱齐，后有两斜木脚拖夜，中间悬一铁铃，行即有声，使远来者车相避。乃于车后系驴骡二头，遇下峻险桥路，以鞭唬之，使倒坐睡车，令缓行也。可载数十石。"① 由这段记载我们可以大体得知太平车的样子，基本跟北方现在仍在广泛使用的地排车差不多。因为这种车比较大，装载的货物比较多，而且用人力或者畜力都可以拉得动，所以在北方得到了广泛应用。卢俊义装货物用的太平车子，是鲁西南及其周边地区千百年来使用的一种四轮无盖木制大车，可套牲口驱使。因为它行走缓慢、乘坐舒适。直到"文化大革命"前，鲁西南及北方平原的许多地方，还有人仍然使用这种交通工具。不过现在太平车远没有古代那么大了，一般都是一个人或者一头牲畜拉，装载的货物也就要少得多。随着农村机械化的普及，这种古老笨重的交通工具也逐步在向淘汰阶段过渡。

《水浒传》中还有一种车子，叫作江州车。第十六回杨志在松林里遇到晁盖等七人时，"只见松林里一字儿摆着七辆江州车儿"②，第十八回里何清也跟他哥哥何涛讲"有七个贩枣子的客人，推着七辆江州车儿来歇"③。这个江州车，实际上就是独轮车。不过这个"江州"可不是宋江被发配到的地方江西江州，而是四川江州。宋代高承《事物纪原》的《舟车帷幄·小车》中记载："蜀相诸葛亮之出征，始造木牛流马以运铜，盖巴蜀道阻，便于登险故耳。木牛即今小车之有前辕者，流马即今独推者

---

① (宋) 孟元老：《东京梦华录》，邓之诚注，中华书局1982年标点本，第113—114页。
② (明) 施耐庵：《水浒传》，人民文学出版社1997年版，第204页。
③ 同上书，第224页。

是。"① 江州车都是一个人来推，也可以再加一个人在前面拉。因它方便翻山越岭，所以使用的范围非常广泛。在山东的鲁中山区，妇女或者是老人出门，一般多由丈夫或兄弟、晚辈用手推车迎送。在广大农村地区，手推车更是几乎每家都必备的劳动工具。至今在山东各个农村，一家一户劳作的时候，一些笨重物品仍由青壮年男劳力用手推车来推。这种江州车不是山东所产，但在山东的使用相当广泛，且历史非常悠久。

（三）船

船也是《水浒传》里重要的交通工具，渡江过河，运输货物都要靠船。古代多用帆船。杨志从江南运花石纲、郭盛贩水银都是走黄河这条水路（黄河可能是淮河之误），都离不开船；宋江过浔阳江、张顺过扬子江也是靠船；至于梁山泊用船更是常事。《水浒传》里的船，官船相对民船要好得多，也大一些，特别是有一种海鳅船，供官军征梁山泊用。

（四）马

在古代主要用作军事作战（在整个宋代，朝廷用马是严重不足的），在平民旅行中也有很大的作用，但也局限于大户人家，对于江湖行走中人来说，骑马代步的机会并不多。王进私走延安府时，家里应该只有一匹马，只能让母亲骑乘，"王进自去备了马，牵出后槽，将料袋袱驼搭上，把索子拴缚牢了，牵在后门外，扶娘上了马。家中粗重都弃了，锁上前后门，挑了担儿，跟在马后"②。鲁智深走到代州雁门县，遇到金氏父女，赵员外"先使人去庄上，叫牵两匹马来。未及晌午，马已到来"③。施老管营听得武松打败蒋门神、儿子施恩重霸得快活林酒店后，"自骑了马直来店里相谢武松，连日在店内饮酒作贺""当日施恩正和武松在店里闲坐说话，论些拳棒枪法。只见店门前两三军汉，牵着一匹马，来店里寻问主人道：'那个是打虎的武都头？'"④ 张都监是军方官员，军队马匹尽有，用来请武松也合情理。除了马外，驴、骡、牛也是重要的代步工具。如晁盖等人在火并王伦后，"晁盖与吴用、公孙胜、林冲饮酒至天明，只见小

---

① （宋）高承：《事物纪原》，李果订，金圆、许沛藻点校，中华书局1989年标点本，第404—405页。
② （明）施耐庵：《水浒传》，人民文学出版社1997年版，第23页。
③ 同上书，第57页。
④ 同上书，第387页。

喽啰报喜道：'三阮头领得了二十余辆车子金银财物，并四五十匹驴骡头口。'"①

三　行走的设施

行走设施包括道路、桥梁、渡口等。

(一) 道路

《水浒传》里的道路可分为驿道和小道。驿道又称官道，为大路，安全性高，也有酒店旅馆驿馆可供来往客人安歇食宿；而小路就危险得多了，"小路走，多大虫，又有乘势夺包裹的剪径贼人"②。

(二) 桥梁

《水浒传》里涉及桥梁之处的描写比较多，就其种类来说，有独木桥、阔板桥、石桥、浮桥（又称滑桥）、吊桥等。就其名目来说，汴梁城有天汉州桥（杨志卖刀处）、金梁桥（董将士在桥下开生药铺）等；泰安城有迎恩桥（任原住在桥下面的客店里），渭州的状元桥（郑屠店），阳谷县的狮子桥（西门庆在桥下的酒楼里吃酒被杀）等。小说中常用"桥下"一语，大约是指桥的高度来说的，《清明上河图》里的桥，称之为"虹桥"的，比两岸的地面要高出许多。至于乡间的桥，一般比较简陋，不是很高，如武松等五人"行至浦边一条阔板桥，一座牌楼上，上有牌额，写着道'飞云浦'三字"③。

(三) 渡口

《水浒传》里的渡口，较为有名的有梁山泊渡口，位于金沙滩，供梁山泊人员来往之用；双林渡口（燕青射雁处）；浔阳江、扬子江、渭河、黄河皆有渡口。④ 一些做私商买卖的强人也会沿江边拉些客商上船，称为"私渡"，"有那一等客人，贪省贯百钱的，又要快，便来下我船"。这些不从渡口上船的客商往往有性命之虞。

---

① （明）施耐庵：《水浒传》，人民文学出版社1997年版，第253页。
② 同上书，第568页。
③ 同上书，第396页。
④ 杜朝伟、王鹏编著：《水浒文化概论》，山东人民出版社2011年版，第147页。

第三章 《水浒传》中的行为民俗

第一节 《水浒传》中的节日民俗

中国民间有无数节日,影响较大的有春节、元宵节、端午节、中秋节等,《水浒传》中对这些节日的描绘就非常详细和精彩,比如它对元宵节的描写,就在第三十三回、第六十六回中分别描写了清风寨和东京的元宵节庆典盛会。第七十一回中写众英雄重阳节时饮酒庆祝,也是对节日民俗描写比较突出的地方。还有第三十回中对中秋节风俗的描写,展现了古人中秋节的赏月风俗。

一 元宵节

《水浒传》中记述了元宵节的盛况,文章中多处提到元宵节灯棚、鳌山灯景等情况。

农历正月十五,是我国民间的传统节日——元宵节,元宵节又叫"上元节""灯节"。它相传始于西汉,盛于唐、宋。早在两千多年以前,汉文帝(公元前179—前157)靠周勃、陈平等人戡平"诸吕之乱",因为戡平之日是正月十五,所以,每到这天晚上,汉文帝就微服出宫与民同乐,以示纪念。"夜"在古语中又叫"宵","正月"又称"元月",于是,汉文帝就把正月十五日这一天定为元宵节,这一夜就叫元宵。从此以后,代代相传,每年的正月十五便成为普天同庆的日子。[①]

民间正月十五闹元宵,这是旧时农历新年的高潮,也是一年中最热闹的时候。每到正月十五晚上,城乡到处灯火通明,宛如白昼。无论你走进哪一个村庄,都会看到窗台上、马棚前、猪圈里、水井边、十字路

---

① 杜朝伟、王鹏编著:《水浒文化概论》,山东人民出版社2011年版,第4页。

口、马路边，到处都点灯。儿童们手持大人做的五彩缤纷的灯跳着、蹦着，跟随着扭秧歌、跑旱船、耍龙灯、舞狮子的队伍，欢歌笑语，好不热闹。

《水浒传》中写元宵节的地方较多，如：第三十三回《宋江夜看小鳌山　花荣大闹清风寨》，第六十六回《时迁火烧翠云楼　吴用智取大名府》等都对当时人民群众过元宵节的盛况进行了详细生动的描述。[①]

（一）灯棚

在小说第三十三回中，宋江到清风镇上看灯时，只见家家门前搭起灯棚，悬挂花灯，不计其数。[②]灯棚是结扎各式花灯的彩楼或者百戏艺人献艺的灯棚。《西湖老人繁盛录》所记，南宋庆元年间，每逢元宵灯节，杭州"南至龙山，北至北新桥，四十里灯光不绝。……州府扎山棚，三狱放灯""亲王府第、中贵宅院。奇巧异样细灯，教人睹看"[③]。又如《梦粱录》"元宵"条下记"大内前缚山棚，对宣德楼，悉以彩结，山沓上皆画群仙故事，左右以五色彩结文殊、普贤，跨狮子、白象，各手指内五道水出"[④]。可见，元宵灯节出现在城市中的繁华热闹之处。

在《水浒传》中，宋元时元宵节家家门前搭山棚的盛况有生动细致的描写。小说中有好几次写到了这种盛况。

小说第六十六回，"家家门前扎起灯棚，都要赛挂好灯，巧样烟火。户内缚起山棚，摆放五色屏风炮灯，四边都挂名人画片并奇异古董玩器之物"[⑤]。

灯棚是大小不一的，有简单的，小型的，也有比较宏伟、壮丽的。显然，除了装饰在灯棚的花灯，也有各式的"巧样烟火"。

小说第六十六回，写时迁"正月十三日，却在城中往来观看居民百姓打缚灯棚，悬挂灯火"[⑥]，也是写到了灯棚，这里只是简要地描述了一下。

小说第七十二回，小说中描写了宋江、戴宗、柴进、李逵四人，特别

[①] 王同舟：《地煞天罡——〈水浒传〉与民俗文化》，黑龙江人民出版社2003年版，第5页。

[②] （明）施耐庵：《水浒传》，人民文学出版社1997年版，第431页。

[③] （宋）西湖老人：《西湖老人繁盛录》，中国商业出版社2007年版，第98页。

[④] （宋）吴自牧：《梦粱录》，符均、张社国校注，三秦出版社2004年标点本，第21页。

[⑤] （明）施耐庵：《水浒传》，人民文学出版社1997年版，第869页。

[⑥] 同上书，第871页。

是宋江执意去元宵灯节观看东京的灯景。东京是繁华热闹的大都市,元宵灯节气氛更是浓郁,市民们都沉浸在热闹欢快的节日气氛中。只见"家家门前扎缚灯棚,赛悬灯火,照耀如同白日"①,可看出元宵节的热闹氛围。人们闲来无事,或者带着娱乐消遣的喜悦心情来观赏元宵灯节。

(二) 鳌山灯景

在《水浒传》中,作者对元宵赏灯风俗做了细致而精彩的刻画,其中对鳌山上的灯景做了生动的描述。作者施耐庵在描述东京、北京、清风镇繁华的都市灯景时,也侧重描写了鳌山上的灯彩。

一是东京元宵灯节时,先后描绘了二处鳌山。其一御街上的鳌山:"鳌山排万盏华灯;夜月楼台,凤辇降三山琼岛。"② 其二天汉桥的鳌山:"鳌山彩结蓬莱岛,向晚色双龙衔照。"③

二是北京元宵灯景时,也描绘了三处鳌山。"市中心添搭两座鳌山""在大名府留守司州桥边搭起一座鳌山,上面盘红黄纸龙两条,每片鳞甲上点灯一盏,口喷净水"④,等等。

三是清风镇的元宵灯景时,也写了鳌山。小说中这样描述,天色已晚的时候,东边推出那轮明月上来。宋江去观赏清风镇市中心的灯景,只见:

玉漏铜壶且莫催,星桥火树彻明开。鳌山高耸青云上,何处游人不看来。⑤

由此可见,元宵节最主要的娱乐活动就是放灯,人们成群结队地去赏灯。鳌山是作者描述的具有象征意义的灯景。值得指出的是,作者刻画了细致、生动的灯景,对宋元时期的元宵时节的风俗做了深刻的描绘,具有重要的文学和民俗价值。

作者在小说中用惟妙惟肖的笔法展现了宋代真实的社会背景和历史状况,为了故事情节的发展和人物的塑造更真实地融合进社会这个大背景

---

① (明) 施耐庵:《水浒传》,人民文学出版社 1997 年版,第 941 页。
② 同上书,第 938 页。
③ 同上书,第 945 页。
④ 同上书,第 869 页。
⑤ 同上书,第 431 页。

中，作者也把宋元以来的节令风俗作为素材写进了作品里。作者描述元宵灯节用了大量的笔墨和篇幅，有五千多字的记载。

时值元宵佳节，人们悬挂各式各样的花灯，供市民观赏，显示节日气氛。在小说中，关于色彩斑斓的花灯，也多有记述。第三十三回写到宋江去清风镇观看元宵灯景，在那里看到的景象：

> 只见家家门前搭起灯棚，悬挂花灯，不计其数。灯上画着许多故事，也有剪采飞白牡丹花灯，并荷花芙蓉异样灯火。①

当宋江去小鳌山看灯景时，作者写了一首诗来描绘元宵佳节的灯景，诗是这样写的：

> 山石穿双龙戏水，云霞映独鹤朝天。金莲灯、玉梅灯，晃一片琉璃；荷花灯、芙蓉灯、散千团锦绣。银蛾斗采，双双随绣带香球；雪柳争辉，缕缕拂华幡翠幕。村歌社鼓，花灯影里竞喧阗；织女蚕奴，画烛光中同赏玩。虽无佳丽风流曲，尽贺丰登大有年。②

小说中提到的"金莲灯""玉梅灯""荷花灯""芙蓉灯"等都是市民在元宵佳节时常所见的，其实。在宋元时期，元宵佳节，花灯的种类已经很多，各式各样的花灯已经应有尽有了。③ 元宵之夜的都市，热闹的街市两旁全都装饰着五光十色的彩灯。

由此可见，每逢元宵节，从官府到普通百姓，从老人到儿童都要出外观赏花灯。这些娱乐性的节日，参与性、社会性是很高的，也吸引了许多的娱乐民众，带动了商业经济的发展，促进了传统节日的繁荣。

二 端午节

端午节在《水浒传》中的描写并没有元宵节那样隆重热烈。端午节在第十三回中出现过，第十三回中说梁中书与夫人端午节时家宴，酒席间

---

① （明）施耐庵：《水浒传》，人民文学出版社1997年版，第431页。
② 同上书，第432页。
③ 王同舟：《地煞天罡——〈水浒传〉与民俗文化》，黑龙江人民出版社2003年版，第7页。

商量给岳父蔡京送生日贺礼生辰纲的事情。正因为如此探讨《水浒传》中端午节的山东地域特色，未免有些牵强。但作为岁时民俗里比较重要的一个节日，也是有必要对其作一番考察的。"端午"一词的起源，最早见于晋代周处的《风土记》，而绝大多数中国人所认同的端午节是为纪念战国时期大诗人屈原而设立的节日的说法，最早见于南朝梁代吴均的《续齐谐记》和宗懔的《荆楚岁时记》，《荆楚岁时记》记载"按五月五日竞渡，俗为屈原投汨罗江，伤其死所，故命舟楫以拯之"①。还有一种说法是迎神说，此说见于东汉《曹娥碑》，《荆楚岁时记》中也有相关记载，同样是见于纪念屈原说条"邯郸淳《曹娥碑》云'五月五日，时迎伍君。逆涛而上，为水所淹"②。闻一多则提出了第三种说法，认为端午节是起于古代吴越地区的"龙"的图腾崇拜。其实在《荆楚岁时记》中也有记载，同样在这一条中，"《越地传》云，起于越王勾践，不可祥矣"③。这三种说法基本上都是与长江中下游一带尤其吴越一带有关。类似的记载在宋代高承的《事物纪原》中也有论述。还有一种说法，在先秦时期，五月是毒月，五日是恶日，五月五日出生之人，男害父，女害母。《史记·孟尝君列传》记载孟尝君是五月五日出生，其父曾要求其母不要生下他"五月子者，长与户齐，将不利父母"④。宋徽宗也是五月五日出生，从小被寄养在宫外。文人笔记对这个禁忌也有记载，鲁迅《古小说钩沉》中《裴子语林》部和《小说》部分别记载了这样两则故事"胡广本姓黄，五月生，父母置诸瓮中投之于江，胡翁见瓮流下，闻有小儿啼声，因以为子。遂登三司。广后不治本亲服，世以为讥"。"胡广以恶月生，父母恶之，藏之胡卢，弃之河流，岸侧居人收养之。"⑤ 可见胡广同孟尝君、宋徽宗一样，因为是恶月出生，而被父母遗弃或者寄养。五月端午在门上插艾，趋吉辟邪，也是与中国这一古老的迷信有关。

不过，从《水浒传》第十三回中描写端午节的那段赋来看，倒可以看出一些山东地区的端午风俗。首先，山东百姓一般不知道屈原为何许人，他们的端午节是为了纪念山东本地的神祇秃尾巴老李的。相传秃尾巴

---

① （梁）宗懔：《荆楚岁时记》，宋金龙校注，山西人民出版社1987年标点本，第15页。
② 同上书，第25页。
③ 同上书，第29页。
④ 《史记》，中华书局2006年标点本，第458页。
⑤ 鲁迅：《古小说钩沉》，齐鲁书社1997年版，第3、64页。

老李的母亲生下他之后，没有人看到他是什么东西，后来他父亲发现是条黑蛇，就砍断了他的尾巴。他就飞到黑龙江里去了，并打败了江里的白龙，成为黑龙江的水神。黑龙江之名据说就是由此而来。之后在黑龙江，要坐船过河，船工都会习惯性问一句"船上有没有山东人"，不管有没有，渡河者一般都会回答"有"，传说就是秃尾巴老李暗中保护着山东人。五月五日正是秃尾巴老李回来给他父母上坟扫墓的时间，山东人遂在这一天纪念他。在端午节的时候，家家门框都要插艾，迷信以为能够辟邪。不过《荆楚岁时记》里也记载，南方端午节也是在门框插艾。所以说《水浒传》中的这个风俗，到底是南方的还是北方的，或者说就是山东的，还不好妄下定论。

三 盂兰盆会

盂兰盆会本来应该是个佛教节日。在中国农历七月十五是中元节，俗称鬼节，本是个道教节日，却与佛教的盂兰盆节相结合了。《水浒传》第五十一回中提到了盂兰盆会。其实按照汉族人的传统，七月十五应该是中元节，不过盂兰盆会的风头远压过了中元节。与前面几个汉族传统节日不同的地方，就是它吸收、融合了很多宗教元素在里面。盂兰盆会的宗教意味，甚至已经超过了中元节单纯的汉族传统节日的意味。

中元节的名称来源于道教，又称鬼节，与上元节、下元节并称"三元"。前面已论述过上元节，中元节是为纪念"中元二品七气地官清虚大帝"的，吴自牧《梦粱录》卷四《解制日》篇就说"是日又值中元地官赦罪之辰"[①]。道教教义认为，从农历七月初一起，阴间打开鬼门，放出孤魂野鬼到人间来接受奉祭。上元节是人间的元宵节，人们张灯结彩庆元宵。"中元"承接上元而来，虽然中元节是鬼节，也应该张灯，为鬼庆祝节日。不过，人鬼有别，所以，中元张灯和上元张灯不一样。人为阳，鬼为阴；陆为阳，水为阴。水下神秘昏黑，使人想到传说中的幽冥地狱，鬼魂就在那里沉沦。所以，上元张灯是在陆地，中元张灯是在水里。《水浒传》写沧州中元节，"年例各处点放河灯，修设好事"，即为此风俗。盂兰盆会的名称则来源于佛教，与佛教故事目连救母有关。目连僧法力宏大，其母堕落饿鬼道中，食物入口，即化为烈焰。目连无法解救母厄，于

---

① （宋）吴自牧：《梦粱录》，符均、张社国校注，三秦出版社2004年标点本，第47页。

是求教于佛，为说盂兰盆经，教于七月十五日作盂兰盆以救其母。随着佛教于东汉时传入中国，盂兰盆会也开始在中国流行开来。南朝时佛教大盛，梁武帝萧衍于大同四年（538）在同泰寺设盂兰盆斋，此后民间举行盂兰盆会开始兴盛起来。北朝颜之推在《颜氏家训·终制篇》中记载"若报周极之德，霜露之悲，有时斋供，及七月半盂兰盆，望于汝也"①。可见北方的盂兰盆节兴起时间跟南方相差并不长。梁代宗懔的《荆楚岁时记》也记载"七月十五日，僧尼道俗悉营盆供诸寺"②。这个记载也可以看出盂兰盆节的佛、道共具的特色。随着盂兰盆节的流传开来，汉族道教意味的传统的中元节也就逐渐被佛教的盂兰盆会取代了。唐宋以后，就几乎只有中元节或鬼节的虚有名目，而完全是盂兰盆会的庆祝方式了。

盂兰盆本来是在七月半时，供于寺庙中，以祈求超度亡故亲人的，宋以后，还用来祭祀祖先。有关盂兰盆的记载，在很多宋代文人笔记中都有，宋代高承《事物纪原》卷八描述其样式为"以竹为园架，加其首以荷叶，中贮杂撰，陈《目连救母》画像，致之祭祀之所"③。孟元老的《东京梦华录》卷八《中元节》条则记载"以竹竿祈成三脚，高三五尺，上织灯窝之状，谓之盂兰盆。挂搭衣服、冥钱在上焚之"④。陆游的《老学庵笔记》卷七记载"织作盆盎状，贮纸钱，乘以一竹焚之。视盆所倒向以占气候，谓向北则冬寒，向南则冬温，向东西则寒温得中。谓之盂兰盆"⑤。说明在宋代，供奉盂兰盆还是很流行的。

盂兰盆节的主要活动就是祭祀祖先、孤魂野鬼和放河灯。一般在这一天，都要举行家祭，也有很多地方要去坟地祭祀。南方很多地方要去坟地祭祀，山东也有地方要去坟地祭祀。《梦粱录》卷四也记载"有就家享祀者，或往坟所拜扫者"⑥。如今在南方，家祭和祭祀孤魂野鬼的风俗保存得比较完整，每年盂兰盆节的时候，各家都要去祠堂供奉，还要烧纸钱之类的东西，而且时间一般要持续好多天，并不仅仅在七月十五这一天举

---

① （北朝）颜之推：《颜氏家训》，余正平、梁明译注，广州出版社2001年标点本，第279页。
② （梁）宗懔：《荆楚岁时记》，宋金龙校注，山西人民出版社1987年标点本，第57页。
③ （宋）高承：《事物纪原》，李果订，金圆、许沛藻点校，中华书局1989年标点本，第437页。
④ （宋）孟元老：《东京梦华录注》，邓之诚注，中华书局1982年标点本，第211—212页。
⑤ （宋）陆游：《老学庵笔记》，杨立英校注，三秦出版社2003年标点本，第240页。
⑥ （宋）吴自牧：《梦粱录》，符均、张社国校注，三秦出版社2004年标点本，第47页。

行。而在北方，不管是中元节、鬼节，还是盂兰盆节，现在基本上都不搞什么大型的活动了。不过《水浒传》第五十一回中有关盂兰盆会的描写，似乎更像是山东本地盂兰盆会的庆祝方式。

第五十一回的盂兰盆节庆祝方式是山东本地的，首先是从七月半举行祭祀的时间来看，山东地区一般都是在盂兰盆节这一天举行，一般不会提前或者延后。而南方的祭祀活动，一般会在七月半前十天或者后十天举行，以七月半之前十天举行为多。第五十一回中说，"时过半月之后，便是七月十五日盂兰盆大斋之日"①，时间恰好是在七月半这一天，书中也没有提到提前和延后的情况，与南方不同。明代谢肇淛在其《五杂俎》卷二中记载"是月之夜，闽中家家具斋，馄饨、褚钱，延巫于市上，祝而散之，以施无祀鬼神，谓之'施食'。家贫不能办，有延至八九月者"②。这是说福建地区整个七月甚至是八九月都可以举办盂兰盆会。这些都与《水浒传》第五十一回的描述相异。而山东的盂兰盆节祭祀，则只在七月十五这一天举行。由此可以推断，第五十一回对盂兰盆会的描述，当是以山东本地民俗为依据，虽然故事发生地是在河北的沧州。

至于放河灯，山东人也只是在七月十五当夜去放灯，而没有提前和延后的，与南方不同。这一点，同样可以证明第五十一回中盂兰盆会的山东特色。另外，第五十一回有一篇短赋，来描述寺庙里的祭祀活动，其中有一句"盘内贮诸般素食"，这一句也暗合了山东民俗。《山东民俗》记载"中元节祭祖的习俗在山东较为普遍……单县的祭品尤为丰盛，有竹子作的盂兰盆、纸做的衣帽和一桌素食等"③。单县就属于鲁西南，与梁山相近，"一桌素食"也与《水浒传》所说相符合。这一天也是忌杀生的，故第四十回中蔡九知府手下黄孔目说"后日又是七月十五中元之节，皆不可行刑"，从而救了宋江一命。

从《水浒传》第五十一回中的那段赋的内容来看，盂兰盆会的主要内容是超度孤魂野鬼，没有祭祀先人的。盂兰盆会专门祭祀孤魂野鬼，而不再祭祀亡故的亲人和祖先，这种风俗是明清时代才确立的，确切说是元代以后才逐渐形成的。从这个地方，也可以看出《水浒传》成书不早于

---

① （明）施耐庵：《水浒传》，人民文学出版社1997年版，第684页。
② （明）谢肇淛：《五杂俎》，郭熙途点校，辽宁教育出版社2001年标点本，第28页。
③ 山曼、李万鹏、姜文华、叶涛、王殿基：《山东民俗》，山东友谊出版社1988年版，第44页。

元末的一些端倪来。

四　中秋节

"中秋"一词，最早见于《周礼》。《周礼·天官冢宰第一》记载了很多祭祀类的官职，其中有一个官职叫作"司裘"，其职责为"司裘掌为大裘，以共王祀天之服。中秋，献良裘，王乃行羽物"。这是有关中秋的最早的记载。同样在《周礼·春官宗伯第三》中也有记载，"籥章掌土鼓、幽籥……中秋，夜迎寒亦如之"①。但一直到唐初，中秋才成为固定的节日，此前的典籍中未见有记载，以描写民间习俗为主要内容的《荆楚岁时记》中也没有收录有关中秋节的记载，可见六朝时并未有中秋节这个节日。等到中秋节在民间大盛的时候，已经是到宋代了。确切地说，中秋节是从宋以后，才在民间开始成为举国欢庆的节日。在此之前，虽然中秋早就成为传统节日，但仅仅在上层社会流行，没有进入普通百姓生活中。中秋节的庆祝活动，一般就包括赏月和拜月两项。宋时，中秋节赏月活动极盛，吴自牧《梦粱录》卷四《中秋》篇曾做过描述"王孙公子，富家巨室，莫不登危楼，临轩玩月，或开广榭，砒筵罗列，琴瑟铿锵，酌酒高歌，以卜竟夕之欢"②。这是记载南宋时杭州一带中秋赏月活动的，可见赏月活动之盛。

《水浒传》第二回和第三十回中，都写了赏月。第二回写史进与少华山三位好汉中秋节赏月、饮酒，第三十回则写张都监借中秋之际与武松饮酒赏月，并设计陷害武松。两处都写到了赏月。中秋赏月的风俗在全国各地非常普遍，至今仍得以保存。而拜月的风俗，《水浒传》中没有提及。事实上，中秋赏月的风俗在全国各地几乎都有，形式也大同小异。但中秋拜月的风俗则有地域上的差异。在山东，拜月允许男子参加，但不允许男子叩拜，俗云"男不拜月，女不祭灶"③。拜月的风俗其实就是起源于北宋时期。在第三十回中，张都监请武松饮酒赏月，又叫丫鬟玉兰来唱歌助兴。现在的研究者多关注张都监将玉兰配与武松，但玉兰的出场，已经暗含了中秋拜月的风俗在里面。

---

① 《周礼译注》，上海古籍出版社2004年标点本，第105、348页。
② （宋）吴自牧：《梦粱录》，符均、张社国校注，三秦出版社2004年标点本，第49页。
③ 王同舟：《地煞天罡——〈水浒传〉与民俗文化》，黑龙江人民出版社2003年版，第74页。

五 重阳节

《水浒传》第七十一回《忠义堂石碣受天文　梁山泊英雄排座次》中曾有一段梁山英雄过重阳节的描写：

> 不觉炎威已过，又早秋凉，重阳节近，宋江便叫宋清安排大筵席，会众兄弟同赏菊花，唤做"菊花之会"。但有下山的兄弟们，不拘远近，都要招回寨来赴筵。至日，肉山酒海，先行给散马步水三军，一应小头目人等，各令自去打团儿吃酒。且说忠义堂上遍插菊花，各依次坐，分头把盏。堂前两边筛锣击鼓，大吹大擂，笑语喧哗，觥筹交错，众头领开怀痛饮。马麟品箫，乐和唱曲，燕青弹筝，不觉日暮。[①]

当年英雄好汉过节的景象，和现在人们过重阳节的习俗大致相同。

农历九月初九是重阳节。我国古代以六为阴数，九为阳数。九月初九正好是两个阳数重合，称为"重阳"，也叫"重九"。我国素有重阳登高、赏菊、喝菊花酒、插茱萸等习俗。重阳节的起源，最早可以推到汉初。汉高祖刘邦的爱妃戚夫人被吕后残害后，侍候戚夫人的宫女贾某也被逐出宫，嫁与贫民为妻。贾某传出：在皇宫中，每年九月初九，都要佩茱萸、饮菊花酒，以求长寿。于是重阳之俗便在民间盛行。明代皇宫初一起吃花糕，九日重阳，皇帝亲自到万寿山登高。这种风俗一直流传到清代。如今，重阳之际，已成为人们郊游登高、丰富生活的黄金季节。

重阳登高是重阳节的重要活动之一。金秋九月，天清云淡，秋高气爽，登高远眺，五谷飘香，金风送爽，令人心旷神怡。古人也有"振衣千仞冈，濯足万里流"的诗句，站在高高的山冈上登高望远，在清澈的流水中洗去污垢，顿觉神清气爽。唐代大诗人王维也有一首描写重阳节登高的著名诗篇："独在异乡为异客，每逢佳节倍思亲。遥知兄弟登高处，遍插茱萸少一人。"重阳赏菊是我国古时就有的习俗。菊花，不仅以它的娇容姿色、千姿百态令人倾慕，而且更以其傲然性格、刚强气质令人折腰，置身于霜寒月冷仍姿容不改，而且开得更加茂盛、鲜艳。所以人们爱

[①]　（明）施耐庵：《水浒传》，人民文学出版社1997年版，第934页。

菊、赏菊、敬菊、赞菊，文人以菊咏志、咏菊抒怀的名篇佳作不断，脍炙人口，唐代诗人孟浩然有"待到重阳日，还来就菊花"的诗句。[①] 另外，重阳节还有饮菊花酒的风俗，孟浩然就有"何当载酒来，共醉重阳节"的名句。

第二节 《水浒传》中的礼仪民俗

《水浒传》中对人物礼仪的描写，既能体现出当时的地域特色，也有助于刻画人物的形象，具有重要的研究价值。一般来说，人的一生要经历四大礼仪，即诞生礼、成年礼、婚礼、葬礼。《水浒传》中对其中的婚礼和葬礼进行了详细的描写，另外，小说还提到了寿礼。因此我们将探讨寿礼、婚礼和葬礼，并对与其相关的水浒人物的社会交往习俗进行研究。

一 《水浒传》中的寿礼习俗

《水浒传》中提到寿礼的最有名的地方，应该就是梁中书提到的权奸蔡京的寿礼了。第十三回蔡夫人提醒丈夫梁中书要给自己父亲蔡京准备寿礼，梁中书说"下官如何不记得泰山是六月十五日生辰"[②]，并特意搜刮了十万贯生辰纲，派杨志送到东京去，这才有了黄泥冈智取生辰纲事件。可以说蔡京的一个寿礼，推动了《水浒传》很多故事情节的开展。

不过，《水浒传》并没有专章的篇幅来描写北宋时如何庆祝个人的寿辰。小说提到的过寿诞的，也就蔡京一个，而且也没有描述他是如何来庆祝六十五岁寿诞的。梁山众英雄，不管是出身高贵还是贫贱，好像都不在意自己的生日。其实，在古代，庆祝诞辰，一般都是给老人来过的，年轻人即使知道自己的生日，也不会去庆祝，而专门给老人庆祝，以示对老人的尊重。《礼记注疏》第二十八《内则》记载了中国古代就有的尊老传统"凡五十养于乡，六十养于国，七十养于学，达于诸侯……五十始衰，六十非肉不饱，七十虽帛不煖，八十非人不煖，九十虽得人不煖矣。五十杖于家，六十杖于乡，七十杖于国，八十杖于朝，九十者，天子欲有问焉，则就其室，以珍从"。并给子女以规定"八十者，子不从政九十者，其家

---

① 陈进轩编著：《水浒人文》，山东人民出版社2011年版，第60页。
② （明）施耐庵：《水浒传》，人民文学出版社1997年版，第171页。

不从政,警亦如之。凡父母在,子虽老不坐"①。这与《论语》的"父母在,不远游,游必有方"是一致的,都是讲对老人和自己父母尤其是上了年纪的父母的尊重。

关于祝寿,宋人周煇在其《清波杂志》中有《寿酒》和《生日押场》条。《清波杂志》卷五《寿酒》条载:"洪守番江日,先人为郡幕,时祖母留乡里,洪每值正、至,必以书送寿酒,外踢状上太夫人,凡僚属有亲者皆然。"②这个寿酒,祝寿的含义不甚明显,而是对老人的尊重。《清波杂志》卷七《生日押场》条则是记载王安石的事迹,"王荆公当国,值生日,差其子雱押送礼物。雱言例有书送物,图门缴,申枢密院取旨,出割子许收,乃下牓子谢恩。缘父子同财,理无馈遗,取旨谢恩,一皆作伪。窃恐君臣父子之际,为礼不宜如此,乞自今应差子孙弟侄押赐,并不用此例。从之。至当之论,后皆遵行"③。这是说生日礼物该由谁押送的问题。这些记载都反映了过生日庆寿诞,是给老年人举行的。在很多古代典籍中,也都是多见新生儿庆祝诞生礼和给老年人庆祝寿诞,而不见给年轻人过生日。

梁山好汉年龄大者也不过如晁盖、宋江,三十多岁,远不到老年,自然不会去庆祝生日。在山东地区,给老人庆祝生日,多从五十岁或者六十岁开始,以六十岁开始庆祝的居多。《水浒传》中说给蔡京庆祝六十五岁寿诞,是完全合乎这个标准的。给老人庆祝寿诞,子女、晚辈是一定要给老人送礼物的,子女也多以礼物贵重程度和多寡来相互攀比,以显示对老人的孝心,故梁中书送给蔡京十万贯生辰纲,这应该是子女辈给蔡京的比较贵重的礼物了。

寿诞礼仪在《水浒传》中不是重要的人生礼仪,小说也仅出现了蔡京这一次寿诞描写,且并没有涉及如何庆生,过寿诞的礼仪过程等,故很难对其进行时间和地域上的归类。

二 《水浒传》中的婚礼习俗

《水浒传》中提到婚姻倒是比较多,其中出现的几次婚礼描写,是很

---

① 《礼记注疏》,北京大学出版社2000年标点本,第994—995页。
② (宋)周煇:《清波杂志校注》,刘永翔校注,中华书局1994年标点本,第221页。
③ 同上。

有代表性的。小说中提到的婚姻很多,像金翠莲嫁给赵员外,周通强娶桃花村刘太公之女,林冲与妻子张氏的婚姻,潘金莲与武大郎的婚姻,杨雄与潘巧云的婚姻,扈三娘与王英的婚姻,柴进与金芝公主的婚姻,等等。这些婚姻的形式不尽相同,但涉及婚礼描写的场面很少。这里主要探讨《水浒传》中对婚礼场面和礼仪过程的描写,即探讨的是个人生活礼仪中婚礼的形式,而不是婚姻的形式。以婚礼论,虽然《水浒传》写了多个婚姻,但是对婚礼的过程和形式进行具体描绘的,几乎没有。最明确的,也不过是第五回小霸王周通强抢刘太公女儿时迎亲场面的描写。但周通的婚姻,应归入招赘婚的行列,对婚礼的过程描写也不甚清晰。不过就这个不甚清晰的描写,仍可以看出宋元婚礼的一些风貌来。

(一)婚礼的过程

婚礼的过程,在《仪礼·士昏礼》中有比较详细的记载,后来就成为中国古代婚礼的基本礼仪程序了。婚礼一般分为六步,即纳采、问名、纳吉、纳征、请期、亲迎。在中国古代,要完成一桩婚姻,这六步一般是要严格遵守的。

不过,《仪礼》的这婚姻六步,在民间一般不是这样来称呼的。古代的婚礼,是从议婚开始的。所谓议婚,就是由媒人来往于双方家长之间,商量缔结婚姻关系。这个过程实际上就是《仪礼》中所说的纳采。在这个阶段,媒人起着重要的作用,中国古代就有"父母之命,媒妁之言"的说法,"非媒不婚"。《诗经》就有诗句"伐柯如何?匪斧不克。娶妻如何?匪媒不得"[1]。后人就常用"伐柯""执柯""作伐"来代称做媒。《梦粱录》中就将媒人叫作"伐柯人"。可见早在两千多年之前,媒人就已经成为婚姻中不可或缺的重要一环了。不过在《水浒传》中,婚姻中出现的媒人极少,就有个王婆自称会做媒,却还是为潘金莲和西门庆通奸做媒。像周通这样招赘加抢亲的,也用不着媒人。不过订婚和送日子的程序,即纳征和请期,倒没有省去,刘太公说周通"撒下二十两金子,一匹红锦为定礼,选着今夜好日,晚间来入赘老汉庄上"[2]。这几项倒与山东民俗暗合,"撒下二十两金子,一匹红锦",其实就是订婚纳征的形式

---

[1] 《诗经》,齐鲁书社2000年标点本,第293页。
[2] (明)施耐庵:《水浒传》,人民文学出版社1997年版,第76页。

"选着今夜好日",就是送下了日子请期。① 虽然周通是强盗,其婚礼简单,但是仍不敢违背人伦之礼,基本的婚礼程序还是要走的。

议婚、订婚、送日子的程序其实非常烦琐,吴自牧《梦粱录》卷二十有一章名为《婚娶》,专门描述了宋代的婚礼,从议亲到婚礼结束的过程。"婚娶之礼,先凭媒氏,以草帖子通于男家。男家以草帖问卜,或祷忏,得吉无勉,方回草帖。"② 往下还有"相亲""订婚""选日""铺房""迎亲""回门"等烦琐的程序。这些程序在现在的山东,仍比较完整地保存着。但《水浒传》写了一群江湖上的草莽英雄,他们极少有娶妻室的,即使娶,因为不受世俗的羁绊,又受自身文化水平的限制,自然没有这么多规矩,婚礼的过程自然就省去了很多程序。但不论多么简单的婚礼,再不受羁绊的英雄也要遵循基本的礼仪,也要基本按照《仪礼》的规定来进行自己的婚礼程序。《水浒传》在赞扬草莽英雄豪放不羁的同时,也基本按照封建礼仪来表现英雄豪杰的个人生活礼仪。

婚礼过程中最隆重的应该就是迎亲了。一般狭义上的婚礼,就是单指迎亲的过程。但《水浒传》中对迎亲的描写显得不够细致,仅仅就是第五回周通迎亲写得较为详细,其他地方并没有见迎亲场面的描写。像王英与扈三娘的婚礼,花荣妹妹与秦明的婚礼,仅仅就是具备纳采、请期、亲迎这三个过程。其中可能诸项事宜都具备,但小说中未见描写。也因为如此小说中的这些婚礼描写,其实并没有给读者带来多少有关宋代或者宋以后其他朝代的婚礼信息。而从地域特色上看,这些婚礼的描写,其实单纯的山东特色也不是非常明显。可以与山东婚礼民俗相符合的,是周通迎亲的过程中,一群小喽啰吹吹打打的,甚是热闹,这在山东地区自古即流行。但这也不仅仅是山东地区的风俗,所以地域特色仍然不明显。

另外还有迎亲的时间,周通是在晚上,天刚黑不久,"约莫初更时分"。王英和扈三娘的婚礼应该是在白天,因为"正宴饮间……林子前大路上一伙客人经过,小喽啰出去拦截,数内一个称是郓城县都头雷横"③。梁山泊是强人出没的地方,一般客商是不敢晚上经过的。④ 这个"正宴饮

---

① 王同舟:《地煞天罡——〈水浒传〉与民俗文化》,黑龙江人民出版社2003年版,第68页。
② (宋)吴自牧:《梦粱录》,符均、张社国校注,三秦出版社2004年标点本,第304页。
③ (明)施耐庵:《水浒传》,人民文学出版社1997年版,第676页。
④ 陈进轩编著:《水浒人文》,山东人民出版社2011年版,第19页。

间"的时间,应该是中午前后更合情理一些。这样,同一部作品中就出现了不同的婚礼时间。在山东的鲁南、鲁中地区,如济宁、泰安等地是在晚上迎亲,其他地区一般是在中午。这样的描写,倒是与山东民俗相符合。但不能就据此说这些描写完全是以山东民俗为蓝本的。不过应该说,这些婚礼场面的简单描写,很多地方与山东民俗相符。婚礼的地域特色,虽不明显,但还是有很多与山东民俗相符合的地方。

(二) 婚姻的形式

婚姻的形式,是与前面所提到的婚礼相区别的。婚礼只不过是一桩婚姻所要遵守的规范与所要走的程序,而婚姻的形式指的是各种各样的婚姻该如何来形成。可以说婚礼是婚姻的具体表达形式,正是通过婚礼的进行,人们才能区分各种不同形式的婚姻。

婚姻的形式,自古以来就有很多种。大体上说,汉族的婚姻,自文明社会开始,就不外乎门第婚、媒妁婚、抢夺婚、招赘婚、纳妾、改嫁婚、爱情婚,以及父母主婚、个人择婚等几种形式,还有婚姻的特殊形式离婚。在《水浒传》中,比较有代表性的婚姻形式,是门第婚、媒妁媒、抢夺婚、招赘婚、纳妾和改嫁婚,另外,小说中出现的妇女改嫁现象也比较多,即对改嫁婚的描写较多。

1. 门第婚

门第婚是封建婚姻主要形态之一,属政治婚姻范畴。其目的是通过婚姻关系,使两个家族结成联盟,借以扩大家族的势力,维护家族的利益。《礼记·昏义》:"婚姻者,合二姓之好,上以事宗庙,下以继后世。"[①]《尔雅·释亲》:"妇之父母,婿之父母,相谓为婚姻。"[②] 门第婚主要是结二姓之好而非二性之好,考虑的是双方家族的利益而非婚姻当事人的情感与意愿。门第婚贯穿于整个古代社会,西周时期已经出现,以魏晋南北朝与唐朝最盛,宋元时期仍然流行不绝。陈鹏《中国婚姻史稿》载:"武王克商,首封同姓为兄弟之国,以藩屏王室。继之婚姻结异姓诸侯,使化为甥舅,以资弼辅。郑康成亦曰:'同姓,兄弟之国,异姓,婚姻甥舅之国。'"[③] 门第婚主要盛行于上流社会,世俗社会受其影响,形成了封建

---

① 《礼记》,上海古籍出版社 1987 年标点本,第 1324 页。
② 周祖谟:《尔雅校笺》,江苏教育出版社 1984 年标点本,第 52 页。
③ 陈鹏:《中国婚姻史稿》,中华书局 1990 年版,第 62 页。

婚姻中最普遍的讲究门当户对的婚嫁观念。

《水浒传》中的许多婚姻描写可视为门第婚的世俗化，即讲究门当户对。最典型的是扈三娘与祝彪的婚约。扈家庄与祝家庄皆属庄园地主，双方缔结婚约的目的是结成军事联盟，共同对付梁山泊。其他诸如秦明为青州兵马统制，遂与清风寨花荣之妹结亲；林冲是东京八十万禁军教头，其妻张氏之父也是禁军教头；董平是东平兵马都监，其岳父程万里是东平太守；张清是东昌府军官，琼英是田虎伪朝国舅邬梨的养女；柴进是皇家子孙，金芝公主是金枝玉叶；等等，皆是以门当户对为婚姻基础的。《水浒传》肯定梁山好汉反抗朝廷的造反精神，却不能叛逆封建婚姻的等级观念，偷儿李小二、屠户曹正、菜户张青，皆世俗之辈，也只能入赘酒家做女婿，没有资格像柴进那样去做方腊的驸马娇客；草头王周通、王英，也不能强娶良家妇女刘高老婆与刘太公女儿做压寨夫人。这是门第婚的世俗化，其间人物多是破产农民、市井细民、落难英雄，他们可以冲破传统的社会秩序，杀尽社会的不平，在婚姻观念上，还必须按照传统的封建婚姻观念安排自己的终身大事，也撞不破封建道德的天罗地网。

2. 媒妁婚

封建时代最普遍的婚姻便是按"父母之命，媒妁之言"形成的媒妁婚。古代非媒不婚，上文已经论述过媒人在婚姻中的作用，可以说媒人既是古代女子婚姻的寄托，又是婚姻悲剧的起源。这种父母之命，加上媒妁之言，就成了封建礼教之下婚姻的基本形态。所谓的"门当户对"也就应运而生。这些都是古老婚姻的封建礼教的规定。从广义上看，《水浒传》中这类的婚姻最多，因为古代代行父母之命职能的还包括尊长、上级、主人等。潘金莲、扈三娘、花荣妹妹的婚姻等，都属于这种婚姻。代行潘金莲父母之命的是清河大户，扈三娘和花荣妹妹则是宋江做的主。这类完全符合封建礼教的婚姻，其实并没有什么特色可言。

3. 抢夺婚

抢夺婚，有周通强抢刘太公女儿，王英抢刘高妻子做压寨夫人，华州贺太守抢画工王义的女儿做妾，董平抢程万里女儿为妻，等等。郑屠强迫金翠莲典身为妾，也算是抢夺婚。这种抢夺成婚的习俗，古已有之。原始社会的氏族间通婚，男方经常会将不愿嫁过来的外族女子抢过来，另外部落间的战争也经常将战败部落的女子抢占为妻。这种抢夺婚的风俗，在山东的近现代历史上仍然得以保存，莫言《红高粱》里写的"我奶奶"的命运，就有几次被抢的经历，被"我爷爷"余占鳌抢，被土匪秃三炮抢。这是反映高密地区的婚俗。可见掠夺的古婚俗，在山东大地上一直都存在着。《水浒传》描写抢夺婚，一方面历史和现实中都有，另一方面则展示了"官逼民反"的社会现实和英雄好汉的英雄气概。

4. 招赘婚

招赘婚在《水浒传》中出现得最多，有周通强行入赘刘太公家，李小二、曹正、张青入赘酒家为婿，杨雄入赘潘巧云家为婿，孙新入赘顾大嫂家为婿，等等。柴进去方腊朝做卧底，后与金芝公主成婚，也是入赘婚的形式。入赘婚是母系社会时期从妻婚和服役婚的变种形式，《诗经》记载："古公亶父，陶复陶冗，未有家室……率西水浒，至于岐下。爰及姜女，聿来胥宇。"① 这反映的就是周朝始祖入赘从妻居的古风俗。从《水浒传》的描写来看，名义和事实上都符合招赘婚风俗的，一般发生在下层贫民中间。《汉书·贾谊传》记载"秦人家富子壮则出分，家贫子壮则出赘"。《汉书·严助传》亦载"数年岁比不登，民待卖爵赘子，以接衣食"②。像柴进做方腊驸马，是不用承担入赘婚女婿所要承担的责任。而按照山东风俗的记载，招赘婚的男人，是非常受歧视的，在家中也没有封建男权社会做丈夫应有的地位和尊严。这从《水浒传》中倒可以看出来，像孙二娘并不听张青的嘱咐，导致鲁智深差点被害，顾大嫂则"有时怒起，提井栏便打老公头"。入赘者子女要随妻姓，故入赘者多为贫寒人家而无力娶妻者，从《水浒传》中也可以看出这个特点来。小说中所写的这些入赘婚，既有传统的古婚俗特点，又掺杂了山东民俗的地方性特色。

5. 纳妾

男人纳妾一般不会像娶妻一样，举行盛大婚礼。妻只能有一个，而妾却可以是一个，几个，甚至十数个。一旦男人看中了，约定时日，一顶青轿将女人抬回来。小妾进门一定要在午刻时分，小妾下轿后，首先要来到客厅拜见正室。正室早已端坐在那里，等着小妾跪见，这叫下马威，免得小妾得宠不把正室放在眼里。小妾见了正室便要下跪，而正室则首先要赐个名字给她，这叫改名，并把一枝银花管插在她头上，这叫管住她，然后说些教诲之类的话。俗话说"有子是妾，无子为婢"，可见小妾在家中的

---

① 《诗经》，齐鲁书社 2000 年标点本，第 486—487 页。
② 《汉书》，中华书局 1962 年标点本，第 2244、2779 页。

地位。以下以鲁达见金翠莲，得知郑屠强行纳其为妾的过程，来分析纳妾这一古代婚姻形式。

渭州的经略府提辖鲁达，一日在潘家店与友人吃酒，听得隔壁有人哭泣，搅得鲁达心烦，叫来酒保问讯，酒保说是串酒楼卖唱的父女二人。

鲁达将二人叫来，前面一个十八九岁的妇人，背后一个五六十岁的老人。鲁达问父女因何啼哭，那妇人便说，她叫金翠莲，本是东京人氏，随父母来渭州投亲不遇，母亲病死，父女流落到此地，被郑大官人看上。

郑屠强媒硬保。郑屠本是渭州一霸，看上了金翠莲的姿色，不问他父女是否同意，硬要她给自己做妾。写下文书。文书上写用三千贯钱买金翠莲做妾，是"虚钱实契"，并未给金翠莲父女分文。金翠莲嫁到郑家不足三个月，可以想象她在丈夫霸道和正室鄙视的情况下，不会有好日子过。妻居正寝，即家屋的正房，所以妻又被称为"正房""正室"。妾只能居于侧室。金翠莲这样地位低贱的妾，既要做妾，又要服侍正妻，所以习惯上称"通房"。吃饭时，妻子陪丈夫坐于正席，妾只能坐侧席。如果家有数代夫妻，遇到重要节庆，或有内宾，下代正妻则要象征性地侍奉长辈吃饭，妾连侍奉的份儿都没有。即使像《金瓶梅》中西门庆那样不重礼仪的暴发户之家，妻与妾的等级也是颇为森严的，西门庆给吴月娘买东西，从来都比孟月娥、潘金莲之类要贵重得多。

郑家大娘子厉害，自己人老珠黄自然无法与年轻貌美的金翠莲相比，二人共侍一夫，郑大娘子肯定处于劣势。在过去，即使大娘子心里容不下丈夫的小妾，大多数也是忍气吞声，不敢反抗的，因为他们怕惹恼了丈夫而危及自己在家中的地位，尽管十分恼恨，也不敢出大气儿，心眼小的死在上面的也不稀罕。《红楼梦》中的王熙凤只生了个女儿，就成为贾琏娶尤二姐的借口。宋朝有个叫沈伦的官员，地位低下时，娶阎氏，无子。妾田氏生了一子，沈为官后，便立田氏为正室。郑大娘子或是性情憨泼，或是娘家有财，总之在家中是有地位的，眼中揉不进沙子，金翠莲很快就被郑大娘子打将出来。

郑屠还不放过金家父女，派店主人盯住父女要三千贯钱。金老父女是外乡人，又不敢和他理论，只得每日以泪洗面。从以上可以看出纳妾的主要程序：也要说媒、下聘礼、迎娶这些过程，只不过是一切从简，不似娶妻那样明媒正娶、大操大办、豪华张扬就是了。①

6. 改嫁婚

《水浒传》中另一个比较受关注的婚姻风俗，是妇女改嫁问题。封建礼教一直要求女子从一而终，不事二夫。《周易正义》云："妇人贞吉，从一而终。"②《礼记》也说："信，妇德也。一与之齐，终身不改，故夫死不嫁。"③ 不过，这样的规定在相当长的时间内并没有得到社会的普遍重视和认同。直到南宋程朱理学兴起之后，才开始成为妇女的束缚，但真正达到"吃人礼教"的巅峰，则是到明代的事情了。在明代之前，妇女改嫁是很正常的事情，如卓文君与司马相如私奔的时候，就是个寡妇，却留下了千古美名。曹丕的皇后甄氏，是抢的袁熙之妻。唐代公主改嫁者达二十多人。宋代吴处厚《青箱杂记》卷五记载了"范文正公幼孤，随母适朱氏。因冒姓朱，名说。后复本姓"④。同样的记载在宋代周煇的《清波杂志》卷十二《范文正复姓》也曾出现。李清照也在南渡夫亡后改嫁。甚至理学家程颐，既默许儿媳改嫁，又亲自操办外甥女改嫁之事。宋代的法律也不完全禁止妇女改嫁。由此看，《水浒传》写妇女改嫁，是社会的正常现象。

元代是水浒故事成形的重要时期，元代的很多风俗也影响了《水浒传》的创作。蒙古族是游牧民族，他们的社会生活，更像是处在奴隶社会时期。在他们统治天下的时候，他们的习俗不可避免地要影响汉族的生活。而蒙古族受汉族礼教的束缚很少，对妇女的贞节问题自然观念很淡薄。史载元太祖成吉思汗的女儿阿拉海吉别公主有七个名字，根据蒙古族出嫁从夫姓的风俗，可知她改嫁过很多次。受蒙古族风俗的影响，《水浒传》对妇女再嫁，总体上采取了比较宽容的态度。如潘金莲想嫁西门庆，王婆对她说"初嫁从亲，再嫁从身"，可见当时女子改嫁，是比较自由的，也不需要什么"父母之命，媒妁之言"了。杨雄甚至允许妻子潘巧云在自己家里为其前夫王押司设道场祭奠。

不过，南宋毕竟是理学兴起的时期，也是对妇女贞节观是否重视的一个分界点，从《水浒传》中还是可以看出一些对妇女贞节的要求，像第

---

① 陈进轩编著：《水浒人文》，山东人民出版社 2011 年版，第 22 页。
② 《周易正义》，北京大学出版社 2002 年标点本，第 170 页。
③ 《礼记》，上海古籍出版社 1987 年标点本，第 149 页。
④ （宋）吴处厚：《青箱杂记》，中华书局 1985 年标点本，第 47 页。

六十一回吴用赚卢俊义上山，骗他说百日内有血光之灾，卢俊义回答说"祖宗无犯法之男，亲族无再婚之女"①，可见"再婚之女"是为人所不齿的，而且迷信以为会给家族带来不幸。林冲在将被高衙内骗至樊楼的妻子张氏救出之后，首先问她"不曾被这厮玷污了"。从这些描写可以看出《水浒传》世代累积成书的一些特点。

郓城故事中写梁山好汉的家庭和婚姻都比较简单。晁盖"最爱刺枪使棒，亦身强力壮，不娶妻室，终日只是打熬筋骨"②。吴用好像也是孤身一个，他在乡村授课，将书斋门一锁就无牵无挂了。第五十一回雷横"收拾了细软包裹，引了老母，星夜自投梁山泊入伙去了"③，看来也是没有老婆孩子的。唯一有正常婚姻的是朱仝，第五十二回宋江劝他安心入伙，说"尊嫂并令郎已取到这里多日了"；可是，朱仝的家人也不多，因为前回书就说他"无父母挂念"。当然，这并不意味着梁山好汉有着天然的光棍倾向，他们家庭成员的多少和婚姻状况的好坏应是作者视情节需要而定的。元代陈泰在《所安遗集补遗》中记自己舟行过梁山故地，当地篙师介绍说："此安山也。昔宋江事处（按：此句有脱误）。绝湖为池，阔九十里，皆蕖荷菱芡，相传以为宋妻所植。"④可知在当时民间传说里，宋江是有家室的。可《水浒传》第二十一回王婆道："只闻宋押司家里在宋家村住，不曾见说他有娘子。在这县里做押司，只是客居。常常见他散施棺材药饵，极肯济人贫苦。敢怕是未有娘子。"⑤宋江年及三旬而无妻小显然很不正常，因此宋江接受阎婆惜似乎更方便并显得合理些。

阎婆惜不是作为正妻娶进宋家大门，而是如第二十二回阎婆所言，"典与宋押司做外宅"。尽管如此，宋江与阎氏的非正常婚姻也体现了一段原汁原味的宋代婚俗。外宅又称外室、外妇，即不与主妇同居的姬妾。虽然在宋代妻妾都是受法律约束的婚姻形式，但是妻是夫经过聘、迎等烦琐礼节的"礼娶"，并带着或多或少的嫁妆来到夫家。而妾往往是夫出钱所买，不仅进门无须迎娶，还要提前写立契约。据宋人袁采《袁氏世范》记载："买婢妾须问其应典卖不应典卖，如不应典卖，则不可成契。或果

---

① （明）施耐庵：《水浒传》，人民文学出版社1997年版，第806页。
② 同上书，第174页。
③ 同上书，第682页。
④ 金陵客：《直道铸史——金陵客历史随笔》，福建人民出版社2005年版，第22页。
⑤ （明）施耐庵：《水浒传》，人民文学出版社1997年版，第260页。

穷乏无所依倚,须令经官自陈,下保审会,方可成契。"① 可见宋时娶妾与买卖奴婢无异。第二十一回宋江"就县西巷内,讨了一所楼房,置办些家火什物"②,把阎婆惜包养了起来,还说阎氏"不是我父母匹配的妻室",即可见他并没有将这个女人当成自己老婆;而阎氏向宋江讨要典身文书的情节则更像一种买卖关系。阎婆在狂扇唐牛耳光时说:"破人买卖衣饭,如杀父母妻子。"③ 真可谓一语道破其中隐曲!

三 《水浒传》中的葬礼习俗

(一) 土葬

宋江人称"及时雨",他屡屡被人称颂的善行之一就是施舍棺材。棺材在丧葬中是不可或缺的东西,看看阎婆因此被逼得要卖女儿即可见人们对它的重视。宋江施舍棺材的对象不仅有无钱津送、停尸在家的亡人家属,还有大限不远而棺材无着的老人,像第二十一回卖汤药的王公就差点领到宋江给他的"棺材"。按照传统习俗,趁身体硬朗先做好棺材是旧时年长者的头等大事,通常这种生前就准备好的棺材称寿材。像王公这样垂老之年还需赶早市糊口的穷人,宋江的施舍无疑是莫大的恩典。难怪他会对这位"恩主"如此感恩戴德,立誓道:"今世报答不得押司,后世做驴做马报答官人。"④

第三十五回也有一段与丧葬习俗有关的情节。宋太公为防宋江落草为寇,让宋清谎报丧信诓宋江回家。宋江接到石勇转交的家书,只见:

> 封皮逆封着,又没平安二字。宋江心内越是疑惑,连忙扯开封皮,从头读至一半,后面写道:"父亲于今年正月初头,因病身故,见今停丧在家,专等哥哥来家迁葬。千万,千万!切不可误!宋清泣血奉书。"⑤

对"封皮逆封",程穆衡《〈水浒传〉注略》解释说,古时"凡封

---

① 张本一:《也说"行院"》,《艺海》2006 年第 1 期。
② (明) 施耐庵:《水浒传》,人民文学出版社 1997 年版,第 261 页。
③ 同上书,第 267 页。
④ 同上书,第 270 页。
⑤ 同上书,第 146 页。

书，右掩左为顺，左掩右为逆。吉事顺，凶事逆"①。而书皮上写"平安"也是古人写信的惯例，第三十九回蔡九知府写给蔡京的家信封皮上就写着"平安家信"等。明代诗人高启《得家书》有云："未读书中语，忧怀已觉宽。灯前看封箴，题字有平安。"宋清之信写的是报丧的内容，故而逆封且无"平安"字样。按照传统，子女在父母亡故而没能床前送终即是孝道有亏，死后不能及时赶回送葬更是为舆论所不容。故而宋江接信后捶胸顿足自责不已，抛下众人连夜归家奔丧。

第九十九回还写到了宋太公的葬礼：

> 宋江回到庄上，不期宋太公已死，灵柩尚存。……宋江在庄上修设好事，请僧命道，修建功果，荐拔亡过父母宗亲。州县官僚，探望不绝。择日选时，亲扶太公灵柩，高原安葬。是日，本州官员，亲邻父老，宾朋眷属，尽来送葬已了，不在话下。②

宋太公临终虽无人尽孝，但死后却备极哀荣。宋代有厚葬的习俗，衣锦还乡的宋江兄弟自然不能从简，葬礼不仅有僧道超度，而且还有官员送葬，场面盛大而隆重，亦称得上风光无限。

（二）火葬

《水浒传》中涉及的丧葬仪礼虽多为土葬，但也有火葬之例，如潘金莲谋杀亲夫武大郎之后将之火化，从其中出现的化人场、撒骨池等场所可以看出，当时的确有火葬之俗。

火葬在汉代之前就已有之，但从其产生到唐末这一漫长的时期之内，见于记载的火葬之例则凤毛麟角。到了五代时期，"入土为安"的传统观念在人们的意识形态里发生动摇。加之当时战乱频仍，生者尚且苟且偷生，死者后事只能从简。于是，火葬之俗在战乱中悄然形成。至两宋时期，火葬之俗发展到鼎盛时期。据统计，当时的火葬率全国因地而异在10%—30%，故而宋太祖曾云："近世以来，率多火葬。"

宋代火葬盛行，这是有多方面原因的。首先火葬之俗在五代时已经形成并深入人心。"行而既久"，人们又"习以为常"，具有了一定的稳定

---

① 金陵客：《直道铸史——金陵客历史随笔》，福建人民出版社2005年版，第22页。
② （明）施耐庵：《水浒传》，人民文学出版社1997年版，第1293页。

性,更何况其较之土葬又有着许多明显的优点,如节省、卫生等,因而移风易俗颇为不易。其次,讲究卫生,防止疾病流行,亦是宋代火葬盛行的原因之一。《夷坚志》记载:"江吴之俗,指伤寒为疫疠,病死气才绝,即殓而寄诸四郊,不敢时刻留""至秋将火葬"①,北方亦有此现象。最后,宋时人口暴涨,人多地少,再加上土地私有制进一步深化,是造成宋代火葬成风的最重要的原因。② 清人顾炎武曾云:"(两宋时)地窄人多,不能遍葬,相率焚烧,名曰火葬,习以为俗。"③

四 结盟习俗

在传统社会里,江湖人物中流行着一种结盟习俗,结拜异姓兄弟是他们人际交往的一种特色。《水浒传》里"结义"或"结拜",通常指两三人之间结为异姓兄弟;"聚义"则常常指众多好汉设誓结为异姓兄弟,同心一意反抗官府。小说提到数次"聚义",可以看作是梁山组织规模不断扩大的标记。从"结义"到"聚义",反映出江湖人物结盟习俗中的不同形式和不同目的。

(一) 结义

《水浒传》里写到两种"结义",一种是两个好汉结拜为异姓兄弟,一种是众多好汉一起结拜为兄弟。《水浒传》第一次写到两个好汉结为异姓兄弟,是在小说第七回。鲁智深沦落在东京大相国寺看管菜园子,那天和几个泼皮吃了酒,乘兴演武,将一条禅杖使得呼呼生风。路过此地的八十万禁军枪棒教头林冲忍不住喝彩,两人就此相识。

> 那林教头便跳入墙来,两个就槐树下相见了,一同坐地。林教头便问道:"师兄何处人氏?法讳唤做甚么?"智深道:"洒家是关西鲁达的便是。只为杀的人多,情愿为僧。年幼时也曾到东京,认得令尊林提辖。"林冲大喜,就当结义智深为兄。④

两人一见如故,加上鲁智深与林冲之父还有过一些交情,两人就结义

---

① (宋) 洪迈:《夷坚志》,中华书局1981年标点本,第98页。
② 陈进轩编著:《水浒人文》,山东人民出版社2011年版,第47页。
③ (清) 顾炎武:《日知录》,上海古籍出版社2006年标点本,第746页。
④ (明) 施耐庵:《水浒传》,人民文学出版社1997年版,第102页。

为异姓兄弟。结义怎样进行的，有什么仪式，小说一概没写。他们所在的地方，既无神可拜，也无法祭祖；而且紧接着就发生了林冲娘子在岳庙被人调戏的事，林冲匆忙赶往事发地点。就他们结拜的时间、地点来看，这种结拜的程序应该相当简略。不过，兄弟之情并不因此而淡薄，在林冲含冤受屈时，鲁智深大闹野猪林，一路将他护送到沧州，不愧是当兄长的。

接着，小说又几次侧面描写到好汉之间结为异姓兄弟的事。第十七回，鲁智深跟杨志说起自己大闹野猪林后的行踪，提到他路过十字坡时，曾与张青结义为兄弟。第十八回，宋江得知晁盖事发，想道："晁盖是我心腹弟兄。他如今犯了弥天大罪，我不救他时，捕获将去，性命便休了。"[①] 他打马前往东溪村，通知晁盖逃走。事后，晁盖向吴用等人介绍："他和我心腹相交，结义弟兄。……结义得这个兄弟，也不枉了。"[②] 可见他们曾结义为兄弟。

小说写结义比较细致的是关于武松结义的情节。第二十三回，武松在柴进庄上遇到宋江，得到宋江器重，每日带挈他一处饮酒相陪。后来，武松要回乡探视兄长，宋江十里相送。武松感念宋江的义气，临别之际，主动提出要拜宋江为兄：

> 三个人饮了几杯，看看红日平西，武松便道："天色将晚，哥哥不弃武二，就此受武二四拜，拜为义兄。"宋江大喜，武松纳头拜了四拜。宋江叫宋清身边取出一锭十两银子，送与武松，武松那里肯受，说道："哥哥客中自用盘费。"宋江道："贤弟不必多虑。你若推却，我便不认你做兄弟。"武松只得拜受了，收放缠袋里。[③]

这次结义发生在官道边一个小酒店里，小说里也没有写到别的仪式。第二十八回，武松发配孟州，在十字坡与张青夫妇相识，彼此情投意合。次日，武松要行，张青哪里肯放，一连留住，款待了三日。武松因此感激张青夫妻的厚意，论年齿，张青长武松五年，因此武松结拜张青为兄。

同回，武松来到孟州牢城营，受到施恩的礼遇，原来施恩与蒋门神争

[①] （明）施耐庵：《水浒传》，人民文学出版社1997年版，第227页。
[②] 同上书，第229页。
[③] 同上书，第290页。

地盘,吃了亏,想结交武松这个英雄人物来报仇。武松感念知己之情,遂与施恩定交,结为兄弟。小说是这样写的:

  老管营(施恩之父)亲自与武松把盏,说道:"……义士不弃愚男,满饮此杯,受愚男四拜,拜为长兄,以表恭敬之心。"武松答道:"小人年幼无学,如何敢受小管营之礼?枉自折了武松的草料!"当下饮过酒,施恩纳头便拜了四拜。武松连忙答礼,结为弟兄。①

把这些地方合起来看,不难发现,江湖人物之间结拜异姓兄弟,仪式相当简单,只要双方交情不错,一方提议,另一方没有异议,就可以结拜了。结拜时,年纪大的为兄,年纪小的一方向年纪大的一方拜上四拜,年纪大的一方回拜完,两人之间异姓兄弟的关系就确定下来了。

(二)聚义

好汉们说到的"结义",有时指举行一定的仪式,"誓有灾厄,各相援救",在结拜的规模上比两个人的结义要大,形式要更加庄重。这种形式的结义,小说里有另一种称呼为"聚义"。

  "聚义"仪式中一个重要内容就是发下毒誓。《水浒传》里写到多种发誓方法。第五回,小霸王周通到桃花庄抢亲,被鲁智深一顿痛打,事后,经李忠介绍,大家都是好汉,也就成了朋友。鲁智深劝周通不要再到刘太公家滋扰。周通答应之后,鲁智深又说:"大丈夫做事,休要翻悔。"周通即折箭为誓,意思说,假如违背誓言,下场就如这断箭。第十五回,吴用到石碣村劝三阮入伙打劫生辰纲,阮小二慨然立誓:"我弟兄三个,真真实实地并没有半点儿假。……我三个若舍不得性命相帮他时,残酒为誓,教我们都遭横事,恶病临身,死于非命。"② 这里是以残酒为誓。第八十一回,燕青与戴宗同往东京活动招安,戴宗怕燕青跟李师师打交道时心猿意马,燕青即道:"燕青但有此心,死于万剑之下。"戴宗笑道:"你我都是好汉,何必说誓。"燕青道:"如何不说誓!兄长必然生疑。"③ 好汉们说誓,包含两个内容,先要说出自己的承诺,接下来说如果违背承诺

---

① (明)施耐庵:《水浒传》,人民文学出版社1997年版,第377页。
② 同上书,第192页。
③ 同上书,第1049页。

将遭遇横事。

好汉们聚义盟誓,和上面的发誓用义相同,不过因为发誓的内容与好汉们的安危关系更大,所以在仪式上更加郑重。《水浒传》第二回第一次提到了这种聚义。少华山的三头领陈达被史进抓获,另外两名寨主朱武和杨春前来求情,他们用了苦肉计,表示要履行结义时"不求同日生,只愿同日死"的誓言,请史进将他们一起解往官府请赏。他们的义气果然感动了史进。从朱武的话看,他们结义之时,应当有一个相当郑重的仪式,三个人共同发誓,比上文讲到的结拜异姓兄弟时只拜四拜要复杂得多。这一形式可能是受到三国时刘备、关羽、张飞三人结义的影响。刘、关、张三人结义,在中国民间社会产生过极大的影响,这主要是三国故事在民间的广泛流传引起的。朱武提到的"桃园结义",《三国演义》是这样写的:汉末"黄巾倡乱",刘备、张飞、关羽三人都"有志欲破贼安民",同到张飞庄上,共议大事:

> 飞曰:"吾庄后有一桃园,花开正盛;明日当于园中祭告天地,我三人结为兄弟,协力同心,然后可图大事。"玄德、云长齐声应曰:"如此甚好。"次日,于桃园中,备下乌牛白马祭礼等项,三人焚香再拜而说誓曰:"念刘备、关羽、张飞,虽然异姓,既结为兄弟,则同心协力,救困扶危;上报国家,下安黎庶。不求同年同月同日生,只愿同年同月同日死。皇天后土,实鉴此心,背义忘恩,天人共戮!"誓毕,拜玄德为兄,关羽次之,张飞为弟。祭罢天地,复宰牛设酒,聚乡中勇士,得三百余人,就桃园中痛饮一醉。[1]

正史里并没有明确写到刘、关、张三人"结义"之举。《三国志·关羽传》提到三人之间"恩若兄弟",关羽被曹操所俘时,曹操曾派张辽探听关羽的去留意向,关羽这样回答:"吾极知曹公待我厚,然吾受刘将军厚恩,誓以共死,不可背之。吾终不留,吾要当立效以报曹公乃去。"所以他在斩颜良、解白马之围后,即封印而去,回到刘备的身边。[2] 正史简约,"誓以共死"究竟是当初他们共同发过这样的誓愿,还是关羽在内心

---

[1] (明)罗贯中:《三国演义》,云南人民出版社2011年版,第5页。
[2] 陈进轩编著:《水浒人文》,山东人民出版社2011年版,第50页。

立下这样的誓愿，无从得知。《三国演义》中"桃园结义"的情形，可能是按照宋元时代江湖人物结义的场面写的，或许，朱武等三人的结义仪式就是如此吧。第十五回，晁盖等六人聚义，小说写道：

> 晁盖大喜，便叫庄客宰杀猪羊，安排烧纸。……次日天晓，去后堂前面，列了金钱纸马，摆了夜来煮的猪羊、烧纸。三阮见晁盖如此志诚，排列香花灯烛面前，个个说誓道："梁中书在北京害民，诈得钱物，却把去东京与蔡太师庆生辰，此一等正是不义之财，我等六人中，但有私意者，天地诛灭，神明鉴察。"六人都说誓了，烧化纸钱。①

他们将聚义地点选在后堂，那里很可能就是佛堂一类祭祀神灵的地方。宋江家里即有一个佛堂，下面挖有地窖子，作为紧急时藏身之地。晁盖作为乡里大户，按宋时风俗，有个佛堂是很正常的事情。这次聚义的仪式，包括以猪羊、香花祭祀神明，在神明之前发下誓言等过程，比小说写到的两个好汉结拜异姓兄弟的仪式要郑重得多。小说里称这次聚义为"七星聚义"（实际上公孙胜在他们聚义以后才参加进来），盟誓的目的是保证在打劫生辰纲过程中没有人反水、告密，毕竟这件事极为凶险，犯下的是弥天大罪。好汉们所称的聚义，不同于一般的结拜异姓兄弟之处就在于，它含有鲜明的排斥异己力量、团体的意味。

《水浒传》写到各处山寨都有聚义厅，这意味着，即使小股的队伍，也有这种盟誓的活动。梁山泊是个大山头，经常有各地的江湖人物投奔入伙，新来的好汉加入，也要举行盟誓，这就是"重新聚义"。小说里一共写到六七次大规模的聚义。通常，聚义与山寨里的领导地位的调整结合在一起，重新聚义意味着重新排定座次。不过形式都差不多。如第二次："林冲等一行人请晁盖上了轿马，都投大寨里来。到得聚义厅前，下了马，都上厅来。众人扶晁天王去正中第一位交椅上坐定，中间焚起一炉香来。……梁山泊自此是十一位好汉坐定。"②首先也是新旧伙伴设誓结义："列两行坐下，共是二十一位好汉。中间焚起一炉香来，各设了誓。当日

---

① （明）施耐庵：《水浒传》，人民文学出版社1997年版，第193页。
② 同上书，第248页。

大吹大擂，杀牛宰马筵席。一面叫新到伙伴，厅下参拜了，自和小头目管待筵席。"最郑重的一次是第七十一回写到的"大聚义"：

> 宋江拣了吉日良时，焚一炉香，鸣鼓聚众，都到堂上。宋江对众道："今非昔比，我有片言。今日既是天罡地曜相会，必须对天盟誓，各无异心，死生相托，吉凶相救，患难相扶，一同保国安民。"众皆大喜。各人拈香已罢，一齐跪在堂上。宋江为首誓曰："宋江鄙猥小吏，无学无能，荷天地之盖载，感日月之照临，聚弟兄于梁山，结英雄于水泊，共一百八人，上符天数，下合人心。自今已后，若是各人存心不仁，削绝大义，万望天地行诛，神人共戮，万世不得人身，亿载永沉末劫。但愿共存忠义之心，同著功勋于国，替天行道，保境安民。神天察鉴，报应昭彰。"誓毕，众皆同声共愿，但愿生生相会，世世相逢，永无断阻。当日歃血誓盟，尽醉方散。看官听说：这里方才是梁山泊大聚义处。①

这次盟誓的内容，同样主要是表明"各无异心，死生相托，吉凶相救，患难相扶"的心迹，并且表明如果违背誓言，情愿遭受严厉的惩罚。② 从仪式上说，这一次聚义特别郑重。首先表现在盟誓的时间，特意选择了良辰吉日，而以往的几次聚义，都没有这一程序；盟誓的礼仪也比以往几次要庄重，先用祭物敬谢上苍，一人主持，众好汉拈香跪拜，并且这里还增加了"歃血"仪式。歃血是中国最古老的一种盟誓仪式。古时会盟，双方口含牲畜之血或以血涂口旁，称为歃血。春秋大国结盟，常常是割牛耳取血放入盘中，主盟的人拿着盘子让会盟的人分尝。《淮南子·齐俗》："故胡人弹骨，越人契臂，中国歃血也。所由各异，其于信一也。"即是说，盟誓形式虽因各地风俗之异而有所不同，但都旨在表明将信守誓约。③ 后世民间社会常有饮鸡血酒的习俗，是这种风俗的变异。结盟时，取鸡血滴入酒碗中，结盟的人立誓以后，饮下此酒。还有一种结盟方式与此相似，参与结盟的人都割破手指，将指血滴入碗中，与其他人的

---

① （明）施耐庵：《水浒传》，人民文学出版社1997年版，第933页。
② 王同舟：《地煞天罡——〈水浒传〉与民俗文化》，黑龙江人民出版社2003年版，第74页。
③ 陈进轩编著：《水浒人文》，山东人民出版社2011年版，第215页。

血融在一起，然后分而饮之。饮完此酒，异姓兄弟从此就成了亲兄弟，这种形式明显带着"交感巫术"的痕迹，在江湖人物中很流行。《水浒传》多次写到好汉聚义盟誓，以"大聚义"的仪式对后世江湖社会影响最大。

盟誓的作用在于表明心迹，加强彼此之间的信任。《水浒传》一再写到结拜、结义，真实地反映出民间社会，尤其是非主流社会中的普遍风气。这种风气的盛行，一方面，是江湖人物"义"的观念使然，另一方面也源于他们的生存环境。他们通过盟誓，获得了必要的安全感、认同感，这才有小说里所赞的梁山泊式的好处。

第三节 《水浒传》中的游戏民俗

《水浒传》中描写最多的两种游戏民俗是蹴鞠和博戏。蹴鞠是现代足球的源头，起源于山东淄博，是中国传统的游戏活动，水浒中的高俅就是因为蹴鞠而得到了宋徽宗的赏识。博戏是赌博的一种，也是许多水浒人物的共同爱好，因此在《水浒传》中描写赌博的场景甚多。从这些民俗的描写中依然可以看出很多宋元时期的民俗特点来。

一 蹴鞠

蹴鞠相当于现代的足球运动，只不过现代的足球是竞技体育活动，而中国古代的蹴鞠更多的是一种游戏活动。从最早的记载来看，蹴鞠是起源于山东临淄的，据《史记》记载苏秦游说齐宣王来答应自己的合纵计划，先夸赞齐国富裕，其中就说"临淄甚富而实，其民无不吹竽鼓瑟，弹琴击筑，斗鸡走狗，六博蹴鞠者。"[①] 蹴鞠即玩蹴鞠游戏，这是有关蹴鞠的现存最早的记载。可见战国时期就有了蹴鞠这种游戏。宋代高承的《事物纪原》中的《博弈嬉戏部》有《蹴鞠》篇，载"刘向《别录》曰蹴鞠者，传言黄帝早。或曰起战国时，蹴鞠，兵势也，所以练武事，知有材，皆因嬉戏而讲陈之。《博物志》曰黄帝所做也"[②]。以此为依据，蹴鞠早在黄帝时期就有了，只是没有确切的根据，而战国时用蹴鞠来演练兵法，并

[①] 《史记》，中华书局 2006 年标点本，第 426 页。

[②] （宋）高承：《事物纪原》，李果订，金圆、许沛藻点校，中华书局 1989 年标点本，第 488 页。

逐渐成为一种游戏。《史记·扁鹊仓公列传》里则有"处后蹴鞠"[①]的记载，说西汉项处抱病仍去玩蹴鞠，结果吐血而亡，从这个类似于笑话的记载中也可以看出蹴鞠在西汉时的流行。西汉时曾出现专门的有关蹴鞠的著作《蹴鞠》，共二十五篇，班固在《汉书·艺文志》里将其归入兵书类，可惜现在已经失传。《汉书·霍去病传》也有记载"穿域蹴鞠"[②]。后人有注曰"鞠以皮为之，实以毛，跳蹋为戏"。整个西汉，蹴鞠都非常流行，包括皇帝在内的社会各阶层都喜欢这种游戏。鲁迅在其《古小说钩沉》中曾记载这样一则故事"汉成帝好蹴鞠，群臣以蹴鞠劳体，非尊者所宜"[③]。可知在西汉时期，皇帝也喜欢蹴鞠游戏。晋葛洪的《西京杂记》记载了一则故事：刘邦登基后，将父亲刘太公接到长安享受荣华富贵，但其父反而没有在家时高兴了，因为皇宫里没有原先的那些人陪他玩了。于是刘邦就在长安东百里之外仿沛县丰邑建城，并迁丰邑居民去那里居住，陪老父玩耍，"斗鸡、蹴鞠为欢"，刘太公才又高兴起来。《汉书》记载，汉武帝在宫中经常举行以斗鸡、蹴鞠比赛为内容的"鸡鞠之会"，宠臣董贤的家中还专门养了会踢球的"鞠客"。可见，在西汉时期，足球活动的社会面更为扩大了。这些记载，就介绍了西汉以前的蹴鞠游戏的普及程度以及鞠的做法。蹴鞠到唐代经历了一次变革，首先是做法发生了变化，由里面填充羽毛改为充气的动物尿脬，外面的皮革增加至八片，形状更圆了。玩的方法也有了变化，有"白打""官场"等技巧。

这种游戏也普及到了民间，杜甫《清明》中就有诗句"十年蹴鞠将雏远，万里秋千习俗同"，也说明了蹴鞠习俗的普遍程度。宋代蹴鞠的玩法基本承袭唐代，并进一步发展完善。在宋代，球类游戏主要有两种，"一种是不设球门的，以个人技巧为主，称蹴鞠；一种是设球门的，称筑球。蹴鞠又有一般场户和白打场户之分"[④]。小说中描写的就是白打场户的踢法。

宋代的皇帝几乎都喜欢蹴鞠游戏，上海博物馆馆藏一幅宋画，名为《宋太祖蹴鞠图》，画的就是宋太祖与弟弟赵光义即宋太宗、宰相赵普等

---

① （宋）高承：《事物纪原》，李果订，金圆、许沛藻点校，中华书局1989年标点本，第612页。
② 《汉书》，中华书局1962年标点本，第2488页。
③ 鲁迅：《古小说钩沉》，齐鲁书社1997年版，第55页。
④ 施正康、施惠康：《水浒纵横谈》，学林出版社1996年版，第18页。

六人蹴鞠的场景。宋神宗也爱好蹴鞠游戏。《水浒传》中写高俅依靠会踢球而发迹，史有可循，据《宋史》记载，政和七年"庚子，以殿前都指挥使高俅为太尉"，宣和四年，"五月壬戌，以高俅为开府仪同三司"①。高俅依靠蹴鞠踢得好，就可以平步青云。南宋王明清的《挥麈后录》也曾记载，有官员对高俅升迁太快表示不满，结果宋徽宗问他们踢球有高俅那么好吗？由此也可以看出，《水浒传》对高俅依靠踢球发迹的描写，既有史可查，也可以从中看出宋代皇帝对蹴鞠的偏爱。周密的《武林旧事》也记载了皇宫内一次蹴鞠比赛的队员名单，相当于现代足球的首发名单。南宋陈元靓在其《满庭芳》词中，描述了宫廷蹴鞠活动的盛况，并将其当作皇帝的一大爱好，"若论风流，无过圆社，拐、臁、蹬、镊、搭齐全。门庭富贵，曾到御帘前。灌口二郎为首，赵皇上下脚流传。人都道齐云一社，三锦独争先"。这个"赵皇"，就是《水浒传》中的宋徽宗。这首词也记载了蹴鞠游戏的一些基本动作，像拐、臁、蹬、镊、搭等。在宋代，有很多类似于现代的足球明星那样的球技出众的蹴鞠高手，高俅就堪称当时的蹴鞠高手，初见宋徽宗时，他"使个鸳鸯拐"，后来放开踢了，"这气球一似鳔胶粘在身上的"。可见高俅蹴鞠水平之高，酷爱蹴鞠的宋徽宗不由得不喜欢他。就像后唐庄宗李存勖宠爱伶人一样，宋徽宗提拔高俅也就是顺理成章的事了。

除了皇室，蹴鞠在民间的普及程度也很高。宋元时期的很多文人笔记都有蹴鞠游戏的记载。在孟元老的《东京梦华录》里，有几处曾提到当时东京蹴鞠活动的频繁。在《东京梦华录》卷七《驾幸宝津楼宴殿》条，里面记载"殿之西有射殿，殿之南有横街，牙道柳径，乃都人击球之所"②。这是说宝津殿南边的横街，是东京人踢球的场所。《东京梦华录》卷九《宰执亲王宗室百官入内上寿》条中，还详细记载了当时蹴鞠比赛的盛况。周密《武林旧事》卷六《诸色伎艺人》条，则记载了很多各类艺人，其中从事蹴鞠的有黄如意、范老儿、小孙、张明、蔡润等人。吴自牧《梦粱录》卷十九《社会》条，记载杭州的各种社团，"更有蹴鞠、打球、射水弩社，则非仕宦者为之，盖一等富室郎君，风流子弟，与闲人所

---

① 《宋史》，中华书局1985年标点本，第397、409页。
② （宋）孟元老：《东京梦华录》，邓之诚注，中华书局1982年标点本，第193页。

习也"①。这个记录既说明了南宋时杭州蹴鞠类游戏的兴盛，又说明了蹴鞠游戏不仅仅是仕宦者的游戏，平民百姓也多参与其间。

在南宋，还出现了类似于现代足球俱乐部的组织——齐云社，又叫圆社。前面陈元靓的《满庭芳》词中就有"圆社""齐云社"的说法。在《水浒传》第二回中，当时还是端王的宋徽宗让高俅陪他踢球，高俅不敢，端王说"这是'齐云社'，名为'天下圆'，但踢何伤"。这个"齐云社"，又名"圆社"，就是古代专门进行蹴鞠活动的组织机构。不过齐云社最早的记载见于南宋，明代有人专门整理了有关蹴鞠的著作，名为《蹴鞠谱》，里面就记载了"圆社"起于南宋时期。据说当时如果加入了圆社，而当时全国各地都有圆社，就可以走遍天下都有人接待。这也说明了宋代蹴鞠活动在全国的普及。《水浒传》将圆社归到宋徽宗名下，是时间上的错误，也可以看出《水浒传》成书过程的一些特点。

但在元代之前，蹴鞠更多的是在上层社会流行。元代是蒙古族建立的政权，蒙古人作为游牧民族，更喜欢马背上的活动，对蹴鞠之类的汉族游戏就不感兴趣，所以有元一代，蹴鞠逐渐成为纯民间的游戏活动。元曲中就有很多描写当时市井闲人进行蹴鞠活动的情况，如大戏曲家关汉卿的散曲中有两首《女校尉》套曲，校尉是圆社中艺人的最高等级。到朱元璋建立明朝时，他本身也不提倡蹴鞠，蹴鞠逐渐就只在民间流行。清代在乾隆时，已经明令禁止蹴鞠活动，蹴鞠在中国就逐渐消亡了。《水浒传》对蹴鞠的描写其实并不是特别多，仅仅是第二回对端王和高俅玩蹴鞠游戏有一个比较细致的描写。作者也有意将这种游戏引发的一系列故事当作社会的不正常现象来描述了。从历史上看，元代之前的蹴鞠游戏，主要在上层社会流行，在宋代则是一个高峰期。从地域特色上看，这种蹴鞠游戏，起源于山东临淄地区，现代足球界也都接受这个事实。但《水浒传》中对蹴鞠的描写，山东特色并不是特别明显。虽然蹴鞠在《水浒传》的游艺民俗中占有重要地位，基本向读者展示了宋元时期尤其是两宋时期的蹴鞠盛况，但是具体到山东地区，除了从起源上可以查找山东本地的特色之外，宋元时期的山东特色，并不突出。

---

① （宋）吴自牧：《梦粱录》，符均、张社国校注，三秦出版社2004年标点本，第296—297页。

二 博戏

博戏，也就是赌博。《水浒传》中对赌博故事和场景的描写要比蹴鞠多得多。梁山一百零八将，爱好赌博的也很多，如阮小五、阮小七、白胜、李逵等人，还有很多本来就是开设赌坊的，如雷横"打铁匠人出身，后来开张碓坊，杀牛放赌"，施恩在孟州东门外开设了"二三十处赌坊"，还有顾大嫂"开张酒店，家里又杀牛放赌"。除梁山好汉之外，市井百姓也多喜欢博戏，比如第十八回何清说安乐村王家店内多有聚众赌博者，白胜还因此被捉。第三十八回李逵在江州小张乙赌坊里赌博，里面赌博者也是非常多。从小说的描述来看，赌博在当时是比较盛行的一种陋习，在宋代伴随着市民经济的发展而畸形发展起来。

赌博的陋习在山东各地曾经长期存在过，鲁西南梁山周围地区也不例外。《水浒传》所描写的雷横，是山东郓城县人，"杀牛放赌"正反映了宋元时期鲁西南地区的民风陋习。由于天灾人祸与异族入侵，鲁西南梁山一带堪称重灾区，经常民不聊生，导致这一带官逼民反的事情在各朝各代都不少见。民不聊生也就滋生了那些陈规陋习的盛行，像赌博这样的陋习，在鲁西南一直兴盛不衰。《水浒传》所提及的赌博习俗，有很多是乡野村间的赌博活动，虽然统治者很多时候明令禁止，但是偏远的农村是禁不住的。①《水浒传》所描写的赌博活动，合法的不多，这种兴盛也与鲁西南赌博之风的兴盛不无关系。《水浒传》所描写的多次赌博场景，与鲁西南非常相像。从这一点也可以看出，在小说成书过程中，鲁西南这些陈陋的民风民俗也对水浒故事的成形产生了非常大的影响。

赌博既为恶习，历来都在朝廷禁止之列，可是历朝历代常常是前紧后松，执行起来并不像律条上规定的那么严格。就在《水浒传》故事发生的年代，北宋末期徽宗朝时，赌博不仅在市民阶层中流行，而且文人士大夫中也有不少人热衷此道。宋人有关赌博的著述之丰，为前代所未有，《汉官仪》《七国象棋》《打马图经》《除戏谱》《促织经》《丸经》等，不少著作还是历史上大有名气的人物所著，如《七国象棋》由司马光著，《打马图经》由两宋之际的女作家李清照著，《促织经》是南宋时宰相贾

---

① 王同舟：《地煞天罡——〈水浒传〉与民俗文化》，黑龙江人民出版社2003年版，第210页。

似道所著。这一时期流行的赌博主要有双陆、彩选、打马、除红、弈棋，以及各类斗戏和球戏，其中比较盛行的是双陆、彩选、除红、斗促织、击鞠和捶丸等。① 从理论上说，通常的游戏竞赛都可以成为赌博的工具，比如，下棋本是一种"高雅"的活动，但博与弈不分家的情况也时有发生。据民间传说，宋代开国皇帝赵匡胤曾和《水浒传》里开头提到的道士陈抟下象棋，结果输了华山。后来的小说《飞龙传》将此事描写得绘声绘色。梁山好汉的大对头高俅，他的一手绝活儿踢球，也可以成为一种赌博。

《水浒传》为读者提供了宋时赌博的一些生动细节。《水浒传》里的许多情节就是靠着"赌"展开的。为智取生辰纲，吴用到石碣村"说撞筹"。他先找到了阮小二、阮小七，阮小二向他娘打听阮小五去了哪里，他娘回答说："说不得，鱼又不得打，连日去赌钱，输得没了分文。却才讨了我头上钗儿，出镇上赌去了。"② 听到这话，阮小二只是一笑，并不显得多么气愤，大概他也好赌吧。阮小七在后面就紧接着说："正不知怎地，赌钱只是输，却不晦气！莫说哥哥不赢，我也输得赤条条地。"③ 可以说，吴用来得正是时候。所以当三阮以残酒为誓，决心加入到劫取梁中书不义之财的行动中。

生辰纲的事发，也跟赌博有关。在负责查案的济州府巡检何涛焦头烂额之际，他的兄弟何清给他提供了一条宝贵的线索，何清道："不瞒哥哥说，兄弟前日为赌博输了，没一文盘缠。有个一般赌博的，引兄弟去北门外十五里，地名安乐村，有个王家客店内，凑些碎赌。……有七个贩枣子的客人，推着七辆江州车儿来歇。我却认得一个为头的客人，是郓城县东溪村晁保正。因何认得他？我此先曾跟一个闲汉去投奔他，因此我认得。……第二日，他自去了。店主带我去村里相赌，来到一处三岔路口，只见一个汉子挑两个桶来。我不认得他，店主人自与他厮叫道：'白大郎，那里去？'那人应道：'有担醋，将去村里财主家卖。'店主人和我说道：'这人叫作白日鼠白胜，他是个赌客。'……如今只捕了白胜，一问便知端的。"④ 何涛依他的指点，果然破了案子，逼得晁盖一行上了梁山。

---

① 陈进轩编著：《水浒人文》，山东人民出版社2011年版，第222页。
② （明）施耐庵：《水浒传》，人民文学出版社1997年版，第187页。
③ 同上书，第187页。
④ 同上书，第223页。

从生辰纲一案中，就能看出市井中、江湖上的赌博风气。仅在参与智劫生辰纲的八位好汉中，小说明确交代出好赌的就有三位，比例非常高。

从传统诗文和一些杂史笔记来看，江湖人物中的豪侠与赌博存在紧密的联系。侠的身上常常有强烈的反社会倾向，在主流社会中以家为重、以业为重的意识在他们身上相对淡漠，以赌为务，也就不奇怪了。再者，在侠者的角色意识中，"轻财好施"也是一项重要的内容，由"轻财"而纵赌，也在情理之中。唐代诗人李白身上有着侠者气质，《唐故翰林学士李君碣记》称其"少任侠，不事产业，名闻京师"，将"任侠"与"不事产业"并提，透露出侠的一种行为特征。李白自己有一篇《少年行》，他所写的侠客也具有不事产业的特征："君不见淮南少年游侠客，白日球猎夜拥掷。呼卢百万终不惜，报仇千里如咫尺。""呼卢"就是赌博，一掷百万，更是狂赌。

历代游侠诗中几乎都写到游侠纵赌豪赌、一掷千金的情形，以至于成为一个传统。北周王褒《长安有狭邪行》云："博徒称剧孟，游侠号王孙。"剧孟为汉时大侠，一些赌徒居然也称为剧孟，可见侠与博徒不易划清界限。唐代任侠之风大盛，《唐才子传》提到韦应物"尚侠""豪纵不羁"，并引其晚年《逢杨开府》诗中："朝持樗蒲局，暮窃东邻姬。"樗蒲即是掷骰子、赌博。迟至明代，作家屠隆《杂感六首》写豪侠之情："朝从博徒饮，暮向娼家宿。"这些诗人将游侠的赌博视为豪放不羁的人格体现，并为之倾倒，其实只是一种浪漫的想法。

回到历史中来认识侠与赌博的关系，我们会看到更多的事实。得天下与治天下不同，这在历史上早被概括为"逆取顺守"。在国家安定之时，侠是统治者所要防范的对象。在乱世之中，任侠之徒由于身具豪气、不拘小节，往往具有成就大业的性格优势；反过来，那些在治世中有可能出人头地的"规矩人"不易有所建树。在乱世中"逆取"的英雄，既然不拘小节，也就不乏纵酒赌博之举。如《三国志》说魏太祖曹操少年时"任侠放荡，不治行业"。《三国志》注引孙盛《异同杂语》解释说："太祖少好飞鹰走狗，游荡无度。"这里面可能就包括了赌博一项。《宋史·郭进传》记宋代游侠郭进，"倜傥任气，结豪侠"，纵酒赌博，无所不为，早年贫贱，为人帮佣，后历晋至宋，为西山巡检。这种情况，在宋元时代的"小说"里也有反映。这是有一门类专讲五代十国那种乱世间涌现出来的英雄，他们一般都有些"侠"气。这种侠气中包含着无赖气，其中一项就是好赌。如《喻世明言》第十五卷《史弘肇龙虎君臣会》写郭威（后周太祖）与史弘肇未发迹前住在孝义店时，"日逐趁赌，偷鸡盗狗，一味乾颡不美，蒿恼得一村疃人过活不得，没一个人不嫌，没一个人不骂"①。第二十一卷《临安里钱婆留发迹》写五代钱塘钱镠（吴越王）发迹前的作为。"婆留到十七八岁时，……十八般武艺，不学自高。……在里中不干好事，惯一偷鸡打狗，吃酒赌钱。家中也有些小家私，都被他赌博，消费得七八了。"②

在朝政混乱之时，敢于拉起队伍造反或者向官府抗议的侠，往往胆气过人，他们不受束缚，在日常生活中也爱干平常人不愿为之的赌博之行。宋人刘斧《青琐高议·王寂传》所载，侠者王寂在杀掉邑尉之后，"置剑于地，呼其常与饮博侪类"，可见他本身即是一个博徒。明初高启《书博鸡者事》中，讲到一个行侠的人，他素以斗鸡为业而"闾里之侠皆宗之"，揭示出这些闾里之侠的博徒身份。

虽然梁山好汉好赌者甚多，但是《水浒传》直接写到赌博场面的并不多。《水浒传》里只有李逵博钱一处比较详细：

> 当时李逵慌忙跑出城外小张乙赌房里来，便去场上，将这十两银子撒在地下，叫道："把头钱过来我博。"那小张乙得知李逵从来赌直，便道："大哥，且歇这一博，下来便是你博。"李逵道："我要先赌这一博。"小张乙道："你便傍猜也好。"李逵道："我不傍猜，只要博这一博。五两银子做一注。"……李逵劈手夺过头钱来，便叫道："我博兀谁？"小张乙道："便博我五两银子。"李逵叫一声，肐膝地博一个叉，小张乙便拿了银子过来。李逵叫道："我的银子是十两！"小张乙道："你再博我五两快，便还了你这锭银子。"李逵又拿起头钱，叫声："快！"肐膝的又博个叉。③

李逵参加的博钱活动叫什么名目，小说没有交代。我们根据这里的一段文字，可以约略知道李逵玩的是"撅钱"。撅即掷，是赌者将若干枚铜

---

① 杜朝伟、王鹏编著：《水浒文化概论》，山东人民出版社2011年版，第196页。
② 此两篇当是宋时作品，故可体现当时的风尚。
③ （明）施耐庵：《水浒传》，人民文学出版社1997年版，第497页。

钱摊在掌心，向外簸出，落在地上，视钱正反两面的多少定输赢。小说写李逵抢过"头钱"就掷，"头钱"是用于掷出的钱。他一下注就是五两银子，该是相当大的赌注。这里写到的"快"和"叉"都是采名，钱掷于地，完全是正面（有字的一面）的叫"叉"，完全是背面的叫"快"。在"叉"和"快"以外，当然还应该有别的采名，具体到几正几反叫什么采名，不同的采名之间输赢关系如何，当时必定有专门的规定，可惜小说没写。小说这里用了夸张的手法：李逵两次赌"快"，却连掷出两个"叉"来，须知一掷成"快"或一掷成"叉"，这种概率都不会太高，小说这样写是为了造成一种滑稽的效果，写出李逵的晦气。不如此，怎能让他第一次同宋江见面就出尽洋相，怎能见出宋江对江湖朋友"及时雨"一样的关怀？

有人认为李逵所赌的是"摊钱"，但从宋人及后人有关记载与小说的描写看，应该不是"摊钱"。"摊钱"也称为"意钱"。南宋人洪迈《容斋随笔·俗语有出》云："今人意钱赌博，皆以四数之，谓之摊。案《广韵》'摊'下云：'摊蒱，四数也。'"① 摊钱的赌法是：庄家随手取数十枚钱，纳于器中，开时数其数，以每四枚为盈数，然后统计余数，或一，或二，或三，或成数，分为四组，以压得者为胜。这种赌法显然类似后世的押钱，和西方的轮盘赌压点数也很接近。这些记载表明，李逵所赌并非摊钱或意钱。

"撷钱"，其赌法与小说里提到的"关扑"相当接近。宋时有"扑卖"一事，扑即是博，小商贩以赌博招揽生意，宋元称这种做法为"关扑"或"扑卖""博卖"等。② 多以掷钱为之，视钱正反两面的多少定输赢。赢者得物，输者失钱。《水浒传》里火眼狻猊邓飞的职业"关扑"，即是此种。

宋人孟元老《东京梦华录》卷三《诸色杂卖》条记载，宋时东京汴梁有从事"扑卖"的生意人。该书卷七《池苑内纵人关扑游戏》所记宋徽宗时禁苑中的关扑游戏，"以至车马、地宅、歌姬、舞女，皆约以价而扑之"，则已是赌注很大的赌博行为了。除了这些日常的"扑卖"活动

---

① （宋）洪迈：《容斋随笔》，北京燕山出版社2010年标点本，第60页。
② 王同舟：《地煞天罡——〈水浒传〉与民俗文化》，黑龙江人民出版社2003年版，第215页。

外,北宋末年,逢年过节,官府纵人关扑,成为节日的游戏项目。《东京梦华录》卷六《正月》记载:"正月一日年节,开封府放关扑三日。……至寒食冬至三日亦如此。"这时,举国若狂,一般小民拿些小物件来进行关扑游戏,有钱人则拿出极贵重的东西来赌,甚至贵族妇女也可以暂时抛掉"闺范",跑到关扑棚里去观赌。

　　回头再说小说里写到的赌博场面。王庆所赌,名叫"猪窝儿",是一种掷骰子的赌戏。这不是小说家的杜撰,据李清照《打马图经》中提到:"打褐、大小猪窝、族鬼、胡画、数仓、赌快之类,皆鄙俚不经见。"李清照为大家闺秀,虽然"性喜博,凡所谓博者,皆耽之昼夜,每忘寝食",但是所尚者为"闺房雅戏",故未曾见过"猪窝""赌快"一类博戏。"赌快"一戏,可能与小说第三十八回李逵所赌者有关,而"猪窝"一戏,从《水浒传》的描写看,的确鄙俚。因为王庆赌"猪窝"时,就在乡下的麦场上,其俗可知。李清照没说"猪窝"的赌法,元末明初,避乱于吴地的文人杨维桢将猪窝戏的骰采重新立谱,撰成《除红谱》。据杨维桢所说,"猪窝"本名"除红","后世讹其音,不务其本始,谓之猪窝者,非也"。据《除红谱》,这种赌戏用四枚骰子以供投掷,一份骰谱供查阅以便决定何种色该赏,何种色该罚。每种点色还配有文雅的名称。如掷出四个四点,名为"满园春",四个六点称"混江龙",四个五点为"碧牡丹",四个三点为"雁行儿",另有"巫山一段云""一剪梅""雪儿梅"。……当时骰子,以幺点、四点为红色,"除红"之戏的得名即因为它以四红为主,除幺四点以外,但以其余三色计算点数,玩法比较复杂,但还是要凭运气,归于一般的骰戏也无不可。拿《除红谱》里所说跟《水浒传》的描写对照,发现二者有较大差别:与王庆赌"猪窝"的人,"两手靠着桌子,在杌子上坐地。……一个色盆,六只骰子"。既然点出有六只骰子,他和王庆赌的又是"猪窝",看来他们赌时当是六骰齐掷了,与《除红谱》所载不同。或者这种赌法本来就很自由,骰子数目可以有所不同。同时,采名也有雅俗之分。小说里写到掷出的几种采名,有"三红四聚""绝""塌脚""小四不脱手""倒八"等,与《除红谱》所载的采名,雅俗之别迥然分明。[①] 民间的"猪窝"到底如何赌法,看来

　　[①] 王同舟:《地煞天罡——〈水浒传〉与民俗文化》,黑龙江人民出版社2003年版,第217页。

或许失传了，或许换了个名目被保留下来了。

第四节 《水浒传》中的竞技民俗

竞技民俗与游戏民俗的不同之处体现在，游戏民俗以愉悦身心为目的，而竞技民俗的目的是分胜负，重点在竞争。《水浒传》中的竞技民俗以相扑和武术最具有代表性，武术是梁山好汉生存和立足的根本，他们的武器多用枪和朴刀，有了武术的人物和故事都给人留下了深刻的印象，也体现了宋元时期的民众生活。

一 卖艺江湖

在《水浒传》第四十回里，梁山好汉化装成各种人物，混进江州城劫法场：

>只见法场东边一伙弄蛇的丐者，强要挨入法场里看，众士兵赶打不退。正相闹间，只见法场西边一伙使枪棒卖药的，也强挨将入来。士兵喝道："你那伙人好不晓事！这是那里，强挨入来要看？"那伙使枪棒的说道："你倒鸟村！我们冲州撞府，那里不曾去！到处看出人。便是京师天子杀人，也放人看。你这小去处，砍得两个人，闹动了世界。我们便挨入来看一看，打甚么鸟紧！"……闹犹未了，只见法场南边一伙挑担的脚夫，又要挨将入来……只见法场北边一伙客商，推两辆车子过来，定要挨入法场上来。[①]

好汉们扮成乞丐、使枪棒卖药的、脚夫、客商，混到江州城中，正说明这四种人到处都有，行走江湖不会引人注意。梁山好汉中，来源于这些江湖人物的不在少数。我们先说使枪棒卖药的一种。这里，燕顺、刘唐等人扮成使枪棒卖药的，说："我们冲州撞府，那里不曾去！"听起来，冲州撞府是很威风的事情。实际情形又是怎样呢？

《水浒传》第三回写到两个任侠的好汉，史进和鲁智深，两人一见如故，相约到潘楼酒店开怀畅饮。路上碰上另一位江湖好汉李忠：

[①] （明）施耐庵：《水浒传》，人民文学出版社1997年版，第532页。

两个挽了胳膊,出得茶坊来,上街行得三五十步,只见一簇众人围住白地上。……分开人众看时,中间里一个人,仗着十来条杆棒,地上摊着十数个膏药,一盘子盛着,插把纸标儿在上面,却原来是江湖上使枪棒卖药的。史进看了,却认的他,原来是教史进开手的师父,叫作打虎将李忠。①

史进是史家庄的少庄主,鲁智深是关西五路廉访使,两位好汉自然都有钱财,在他们看来,好汉就应当"大块吃肉,大碗喝酒"。见到李忠,鲁智深邀请他一道去喝几杯时,李忠却不愿领情:"待小子卖了膏药,讨了回钱,一同和提辖去。""小人的衣饭,无计奈何。提辖先行,小人便寻将来。贤弟,你和提辖先行一步。"② 鲁智深火了,赶走围观的人,李忠没了生意,敢怒不敢言,只得收拾了行头药囊,寄下枪棒,跟着一块儿来到潘楼酒店。有了这些描写,再看在资助金翠莲时,李忠只能从怀里摸出二两银子,读者一点也不会感到意外了。

李忠的行头里,有十来条枪棒,卖艺时,先刺枪使棒舞弄一阵子,如果观众满意,他就能得到一些赏钱。借着卖艺,他还要出售一些膏药,这些膏药一般是专治跌打损伤的。上面插着纸标儿,宋时习俗,表示这些东西是要出售的,跟乡村小酒店插着草帚儿一样的用意。靠卖艺卖药,收入一般比较微薄。鲁智深请他喝酒,而他还想着多卖几贴膏药,就是这个原因。③ 在资助金翠莲时,他只能从怀里摸出二两银子,鲁智深瞧不起他,把二两银子"丢还"给他,当面说他:"也是个不爽利的人。"可是读者不能跟着鲁智深一起下结论,因为李忠收入微薄,说不定这二两银子已经尽了他的全力。至于后来他在桃花山占山为王,仍然出手不大方,我们不妨说,以前在江湖上靠使枪棒卖艺过日子,穷惯了,再也养不出那种豪放劲头儿来。

在和史进、鲁智深一起时,李忠给人的印象是不怎么说话,那是因为,跟着两个出手豪放的人,他一个寒酸之辈只好少开口。但是讲到说话

---

① (明)施耐庵:《水浒传》,人民文学出版社1997年版,第44页。
② 同上。
③ 杜朝伟、王鹏编著:《水浒文化概论》,山东人民出版社2011年版,第112页。

的本领，他应该很好，因为行走江湖卖艺，一半靠本事，一半靠吆喝。旧时行走江湖卖艺的人有一句行话：光说不练假把式，光练不说傻把式。又要会练，又要会吆喝，说得本事震天响，这才有人肯出赏钱。不仅如此，还要会察言观色，说出的话让人听着高兴，听着入耳。

小说第三十六回写宋江流配江州的经过，其中写到病大虫薛永在揭阳镇上卖艺的事情，要比李忠在渭州城里卖艺场面写得详细：

> （宋江等）三个人行了半日，早是未牌时分。行到一个去处，只见人烟辏集，市井喧哗，正来到市镇上。只见那里一伙人围住着看。宋江分开人丛，也挨入去看时，却原来是一个使枪棒卖膏药的。宋江和两个公人立住了脚，看他使了一回枪棒。那教头放下了手中枪棒，又使了一回拳。宋江喝采道："好枪棒拳脚！"那人却拿起一个盘子来，口里开呵道："小人远方来的人，投贵地特来就事。虽无惊人的本事，全靠恩官作成，远处夸称，近方卖弄。如要筋重膏，当下取赎；如不用膏药，可烦赐些银两铜钱，赍发咱家，休教空过了盘子。"那教头盘子掠了一遭，没一个出钱与他。那汉又道："看官高抬贵手！"又掠了一遭，众人都白着眼看，又没一个出钱赏他。①

这里的描写，补充了一些内容：艺人所卖膏药叫作"筋重膏"，艺人不仅使枪棒，还会"使拳"，表演徒手武术套路……最重要的补充是，卖艺者每到一地，先要问问这里有没有地头蛇，如果有，就要去"拜码头"②。薛永此回在揭阳镇卖艺，就是因为没到地头蛇穆春、穆弘兄弟那里拜码头，所以尽管表演得很好，也没有观众敢给他钱。宋江路过此地，不明就里，看着薛永可怜，掏出五两银子赏给他，没想到惹火烧身。他刚给薛永赏钱，揭阳镇上的恶霸穆春就来找他们的麻烦："这厮那里学得这些鸟枪棒，来俺这揭阳镇上逞强！我已分付了众人休采他，你这厮如何卖弄有钱，把银子赏他，灭俺揭阳镇上的威风？"③因为薛永没到他那里拜码头，他不仅不许本镇的人赏薛永钱银，还不许路经此处的外地人赏薛永

---

① （明）施耐庵：《水浒传》，人民文学出版社1997年版，第477页。
② 王同舟：《地煞天罡——〈水浒传〉与民俗文化》，黑龙江人民出版社2003年版，第194页。
③ （明）施耐庵：《水浒传》，人民文学出版社1997年版，第479页。

银子，甚至不许镇上的客店接待他们。哪家客店接待了他们，穆春就会带人把哪家店砸个粉碎。这些事情，在穆春和他父亲交谈中说得很清楚：

> 那汉道："阿爹你不知，今日镇上一个使枪棒卖药的汉子，叵耐那厮不先来见我弟兄两个，便去镇上撒呵卖药，教使枪棒，被我都分付了镇上的人，分文不要与他赏钱，……我已教人四下里分付了酒店客店，不许着这厮们吃酒安歇，先教那厮三个今夜没存身处。随后吃我叫了赌房里一伙人，赶将去客店里，拿得那卖药的来，尽气力打了一顿，如今把来吊在都头家里。明日送去江边，捆做一块抛在江里，出那口鸟气！"①

"冲州撞府"，行走江湖卖艺，触犯了地方恶霸，甚至连小命都保不住，江湖好汉们这种生涯是极为艰辛的。

《水浒传》写薛永在街市吃喝卖艺，用的词是"开呵"，穆春也将卖艺称为"撒呵"，这些都是宋人所用字眼。②宋元时代，由于市民社会的发达，在大都市尤其是宋元的京城，卖艺的，包括卖笑的，一般在勾栏这等场所表演。一些没有名气、没有地位的民间艺人，他们在勾栏这些地方占不了一席之地，往往就在大街的热闹处或交通要道路口上"作场"表演，赚点小钱。社会上把这些不在固定场所表演的民间艺人称为"路歧"，也叫作"路歧人"。这样称呼，可能因为他们与那些在勾栏里表演的艺人不同路。《武林旧事》卷六《瓦子勾栏》条亦载道："或有路歧不入勾栏，只在耍闹宽阔之处作场者，谓之'打野呵'。"③"打野呵"，指路歧人只能在野地里、空场上吃喝卖艺。

即使在勾栏里表演，也需要到地方上有势力的人那里拜码头。小说第五十一回写到行院人家白秀英，因为跟郓城县新任知县有关系，来到郓城县勾栏里表演。尽管如此，她还要到雷横处"拜码头"，"那妮子来参都头，却值公差出外不在"④，雷横跑到梁山泊打秋风去了。这下两不相识，

---

① （明）施耐庵：《水浒传》，人民文学出版社1997年版，第482页。
② 杜朝伟、王鹏编著：《水浒文化概论》，山东人民出版社2011年版，第191页。
③ 王同舟：《地煞天罡——〈水浒传〉与民俗文化》，黑龙江人民出版社2003年版，第195页。
④ （明）施耐庵：《水浒传》，人民文学出版社1997年版，第678页。

后来惹出一场大风波。在勾栏里表演，靠观众的赏钱，所以勾栏艺人也要会说话，说得动听，才能多讨赏钱。小说写白秀英表演一阵之后，拿起盘子说道："财门上起，利地上住，吉地上过，旺地上行。手到面前，休教空过。"① "财门""利地""吉地""旺地"这些词，意在激发观众的虚荣心，让他们乐意掏出银子。

这些卖艺的人，如果他的功夫被哪家看上，也会被请去做枪棒教师，李忠就曾做过史进的"开手师父"。第九回，被林冲棒打的那个洪教头，也是被柴进看上，在庄上做枪棒教师。有些艺人被大户人家聘去看家护院，从此有个稳固的生活收入，也算是一个美差，比起流浪江湖要好多了。功夫真的不错，就可以到勾栏里卖艺，有的还能开馆授徒，比如相扑高手任原，就教着许多徒弟。这些都不妨看作"使枪棒卖药"的艺人的出路。

除行走江湖"作场"卖艺外，打擂比武也是江湖卖艺者的谋生方法。打擂比武，多半是在庙会、集市上与人争夺"利物"，是一种特殊的卖艺。每逢大型庙会集市，地方官府为壮观地方，润色治绩，地方"上户"为表达敬神之心，常常拿出"利物"来吸引各地的武林高手相搏，获胜的高手，除了获得彩头之外，还可以提高知名度，为以后增加表演收入做好铺垫。宋时盛行相扑，在大型庙会、集市上，相扑高手最出风头。行走江湖卖艺，艺人们有时也不能不和人相斗。《水浒传》写到一个叫庞元的汉子，裸着上身在街市上卖艺，得了两贯赏钱，路过此地的王庆笑话他使的是"花棒"，旁边的观众起哄，要他们比试比试，就以那两贯赏钱作为"利物"。结果庞元失利，受伤不说，自己所得的两贯赏钱也被王庆夺去了。

《水浒传》里写到的几个在江湖上使枪棒卖药的好汉，似乎功夫都不高明，比如李忠，他教给史进的功夫，在行家王进眼里，是"花棒"。"花"的意思，是中看不中用，"赢不得真好汉"②。史进能把一条棒"使得风车儿似转"，王进不当一回事就把他打翻在地。江湖上使枪棒卖艺人的功夫为什么"花"？江湖上卖艺，讲究的是好看、惊险、刺激，有没有

---

① （明）施耐庵：《水浒传》，人民文学出版社1997年版，第679页。
② 王同舟：《地煞天罡——〈水浒传〉与民俗文化》，黑龙江人民出版社2003年版，第89页。

真功夫倒在其次。所以,卖艺者的武术表演中,多半包含一些杂技表演的成分。他们有意用些看似危险、实则华而不实的功夫赢得喝彩。其中一些杂技性的表演后来融入戏曲里,成为刀马旦、武生的拿手好戏,让人看得眼花缭乱。可是谁也不会把刀马旦、武生当成武术高手,原因就在于那功夫是"花"功夫。

二 武术

在《水浒传》中,武术似乎实在算不上是什么民俗内容,因为作为一部英雄传奇小说,里面所描述的绝大部分人物,即使不是身怀绝技的,最起码也是会一点功夫的。《水浒传》塑造了很多武术水平很高的人物形象,比如"善使棍棒,天下无对"的卢俊义,忍与狠兼备的豹子头林冲,三拳打死镇关西郑屠的花和尚鲁智深,赤手空拳打死老虎的武松,使两把板斧的黑旋风李逵,关胜、林冲、呼延灼、秦明、董平组成的马军五虎将,等等。甚至几乎不会武功的宋江,居然也可以教孔明、孔亮兄弟武术。可以说一部《水浒传》,就是一部武术家的赞歌,将高强的武术作为表现众好汉英雄气概的基本元素。

梁山众好汉的功夫虽高,小说却很少点明各个好汉身上武术的来源,仅仅有几个,略作过交代,比如史进的功夫,是打虎将李忠教的,东京八十万禁军教头王进指点的。操刀鬼曹正,是林冲的徒弟,林冲则是家传的功夫。宋江教过孔明、孔亮兄弟。但大部分好汉,一出场就是身怀绝技的。作者并没有交代他们的功夫出自何门何派,小说中也没有出现像后世武侠小说中所说的那些武术门派。书中描写好汉功夫高强,一般都是在两军对阵或者两个人交手的时候,以"交战……回合"来表现的。《水浒传》描写的武术,竞技性很强,但从民俗学所涉及的方方面面来看,似乎又略显不足。

不过,从地域特色来看,却可以将遍布全书的武术,与山东民俗找到联系。虽然武术不是山东本地特色,不是山东所独有的,但是围绕水泊梁山,围绕《水浒传》的成书过程,依然可以看出山东本地的武术对《水浒传》的影响。[①] 山东武术历史非常悠久,在春秋时期的齐国,就已经举国尚武成风。唐代大诗人李白,曾到山东任城即今济宁地区学习剑术。在

---

① 杜朝伟、王鹏编著:《水浒文化概论》,山东人民出版社2011年版,第112页。

北宋末年宋江起义之后，梁山地区就有了现在被称为中国武术四大门派之一的子午门，他们的功夫即叫作梁山功夫，自称是宋江起义时的众好汉流传下来的。这种说法自然不可考证，也很难说真假，但梁山周围习武的习俗一直得以流传。梁山地区被称为中国武术四大发祥地之一，与河南少林寺、湖北武当山、四川峨眉山齐名。至今在梁山县境内还流传有拳术燕青拳，传说就是燕青所创。梁山自古习武的风俗对《水浒传》的成书有影响。作为一部英雄传奇小说，在成书过程中，这种故事发生地的民间习武风俗，自然对小说的英雄气概有着比较大的影响。

《水浒传》所写好汉的十八般武艺，包括两套功夫，一套是战阵之上的弓马功夫，一套是江湖之上的拳脚器械功夫。之所以有两种功夫，是因为小说既写到好汉单独行走江湖的故事，也写到好汉聚义与官军对抗和征辽国、征方腊的故事，后者涉及战阵，不能不写到好汉的战阵功夫。

（一）枪

我们先说说战阵之上的功夫。这套功夫，小说里写得最突出的是"枪"。梁山好汉们个个都爱"刺枪使棒"，枪法出众者极多，这与宋代长兵以枪为主、名色繁多的事实非常吻合。其中，林冲身为东京八十万禁军枪棒教头，他的枪上功夫在好汉中可列为第一。小说常常将他的武器称为"蛇矛"。林冲绰号叫"豹子头"，这是《三国演义》中张飞"豹头环眼"的翻版。林冲用的武器叫作"蛇矛"也使人想起张飞的"丈八蛇矛"。第四十八回，在两打祝家庄时，林冲勇擒扈三娘，用的就是"蛇矛"，他出场时，有词为赞："丈八蛇矛紧挺，霜花骏马频嘶。满山都唤小张飞，豹子头林冲便是。"[①] 很显然，在梁山五虎将中，林冲就是以张飞为原型的。将林冲写得像张飞，无疑替林冲增色不少。梁山五虎将之中，关胜是依照《三国演义》中关羽的形象来加工的，他所使用的长兵器是"青龙偃月刀"。骑射之技是军人最要紧的功夫。历代武举，都以骑射为能。梁山好汉中，以射技出名的，有小李广花荣。花荣射技出神，号为"小李广"，又称"神臂将军"。而花荣在梁山射雁，小试身手，"自此梁山泊无一个不钦敬花荣"。至于燕青，他的射弩之技在梁山好汉中要数第一，后来也

[①]（明）施耐庵：《水浒传》，人民文学出版社1997年版，第648页。

学会了射箭，使他这个"浪子"带上了更多的英武色彩。①

　　好汉们战阵之上的功夫，据刘唐自己说过："小弟不才，颇也学得本事，休道三五个汉子，便是一二千军马队中，拿条枪，也不惧他。"② 听他的口气，俨然如同《三国演义》里张飞、关羽一流人物，于百万军中取上将首级如探囊取物般容易。可是正因为如此，我们并不欣赏好汉们战阵之上的功夫，因为小说在这方面模仿的痕迹太浓厚了，真正别开生面的还是小说中对好汉单打独斗的描写。

　　《水浒传》对江湖好汉武功的描写，迥别于唐人剑侠传奇小说和近代侠义小说，显示出其独特的面目和江湖人物武功的真实情况。

　　（二）朴刀

　　好汉们使用较多的武器还有朴刀。朴刀与杆棒是宋元小说话本里经常提到的两种武器。朴刀为一种窄长有短把的刀，刀法凶悍泼辣。《水浒传》不怎么写用朴刀上阵的情形，可见，这种刀主要用于步战和单打独斗。李逵沂岭杀四虎，用的正是朴刀。

　　　　（李逵）心头火起，赤黄须竖立起来，将手中朴刀挺起，来搠那两个小虎。这小大虫被搠得慌，也张牙舞爪，钻向前来，被李逵手起，先搠死了一个。那一个望洞里便钻了入去，李逵赶到洞里，也搠死了。……放下朴刀，胯边掣出腰刀……把刀朝母大虫尾底下，尽平生气力，舍命一戳，正中那母大虫粪门。……李逵却拿了朴刀，就洞里赶将出来。……忽地跳出一只吊睛白额虎来，……那大虫朝李逵势猛一扑，那李逵不慌不忙，趁着那大虫的势力，手起一刀，正中那大虫颔下。③

　　军官和公人，他们可以公开佩刀行走，一般江湖人物佩刀行走则属于违禁之举。所以，小说写到哪位好汉们携带朴刀时，一般暗示他已经落草或者是一个凶徒。

　　水浒好汉的拳脚功夫怎样，见于描写的，突出的有几处：武松醉打蒋

---

　　① 王同舟：《地煞天罡——〈水浒传〉与民俗文化》，黑龙江人民出版社2003年版，第105页。
　　② （明）施耐庵：《水浒传》，人民文学出版社1997年版，第178页。
　　③ 同上书，第574页。

门神,武松斗杀西门庆,燕青智取任原。鲁智深的拳脚功夫,怒打镇关西,只是一个"阔绰",三拳两拳解决战斗,并无什么招法;他倒拔垂杨柳,是一股神力,也无招法。武松讲究招法,除了景阳冈打虎和抛石墩的神力以外,在醉打蒋门神时有招有式:

> 蒋门神见了武松,心里先欺他醉,只顾赶将入来。说时迟,那时快,武松先把两个拳头去蒋门神脸上虚晃一晃,忽地转身便走。蒋门神大怒,抢将来,被武松一飞脚踢起,踢中蒋门神小腹上,双手按了,便蹲下去。武松一楦,楦将过来,那只右脚早踢起,直飞在蒋门神额角上,踢着正中,望后便倒。武松追入一步,踏住胸脯,提起这醋钵儿大小拳头,望蒋门神脸上便打。原来说过的打蒋门神扑手:先把拳头虚晃一晃,便转身,却先飞起左脚,踢中了,便转过身来,再飞起右脚。这一扑有名,唤做"玉环步,鸳鸯脚"。这是武松平生的真才实学,非同小可![1]

《水浒传》描写梁山好汉的武功,基本反映的是江湖上打打杀杀的场面,与市井中打架斗殴以及绿林中打斗的原始状况很接近,只是好汉们的气力更大一点,作风更泼辣、生猛一些罢了。[2] 他们基本没有什么招法,却体现出一种原始的力量,生命的力量。这才是梁山好汉的真功夫。现代武侠小说中的武功描写,招式新奇得多,反映的是武侠小说对侠的塑造越来越脱离生活真面目的趋势。这些招式,是艺术的想象和创造。实际上,豪侠、好汉,他们的武功到底高到什么程度,《水浒传》的描写更为可靠。

《水浒传》中的梁山好汉习武之风极为普遍,他们各有一身武功,有些人更是十八般武艺样样精通,人人身上都表现出尚武尚勇的精神。作为水浒故事发源地的郓城、梁山一带,这种尚武之风一直源远流长,盛而不衰。北宋末年水泊梁山成为各路绿林豪杰、武林高手的集聚之地,宋江带领总好汉十分注重战后休整,战前练功,相互切磋武艺。传说鲁智深投奔

---

[1] (明)施耐庵:《水浒传》,人民文学出版社1997年版,第383页。
[2] 王同舟:《地煞天罡——〈水浒传〉与民俗文化》,黑龙江人民出版社2003年版,第105页。

梁山时，途经梁山北部的六工山建福寺，曾与建福寺的僧人比武，尊方丈圆通为师，宋江带领武松、李逵、林冲、燕青等人前往六工山邀圆通入伙，被婉言谢绝，但圆通大师表示明不入伙，暗里可以相助。从此宋江等人每在战后，便到六工山休整演练，交流和切磋武艺，至今在这一带民间流传的就有孙膑拳、水浒拳、大洪拳、小洪拳、阴阳掌等六十个拳种。其中水浒拳已形成了像武松拳、武松醉拳、林冲枪、智深拳、智深棍、李逵斧、杨志刀、燕青拳、时迁轻功、孙二娘双刀等拳功的规范和完整的套路，其中动作名称有宋江穿靴、花荣背箭、李逵拽旗、燕青望月等。

郓城及鲁西南民间，男女老幼普遍习武、善拳脚确实是不争的事实。正是基于此，清代后期，这一带才成为大刀会、义和拳、红灯照的发祥地。郓城及鲁西南民间的尚武之风，直到民国仍很兴盛，并涌现出赫赫有名的武林高手。

民间流传的俗语是"喝了郓城梁山水，都能伸伸胳膊踢踢腿"，新中国成立后至"文化大革命"前的秋末春初的农闲时节，天暖时凑村头、街心、树下、场院，天冷时找闲屋、挖地窖，几乎村村练武号子不绝于耳，各种兵器撞击之声响闻，男女老少各显英姿，每天晚上，七八岁的孩童，二三十岁的青壮年人，都要在村里会武功的老人的指点下学习"趟子"，鲁西南的农村，几乎每个村庄都有一种拳术或器械在传承。即便是到了21世纪的今天，这一带崇尚武力的余波似乎还在下层民间涌动，原来季节松散式的教场被当今民间的各种武馆、武校所代替就是这种尚武习俗存在的实证。

崇武尚义精神，使得鲁西南人喜欢练武和打斗，在一定程度上推动了当地武术文化的发展。勇武的性格使得当地人喜欢竞争激烈的运动项目，从儿童少年的"斗拐"，青年人的"顶牛"，无不显示出水浒文化对他们的熏陶。广为普及的尚武精神越来越成为一种情感，流淌在人们的血液之中，铿锵豪爽之度、尚武豪侠之风在鲁西南田野乡间依然可见。

第四章 《水浒传》中的精神民俗

第一节 《水浒传》中的语言民俗

《水浒传》中用到山东方言、土语、俗语、谚语、歇后语的地方有很多，可谓丰富多彩，恰到好处。而巧妙地运用特定地域的生活习惯、风俗人情、村言俚语，则是衡量一个现实主义作家的尺度。可以看出，作者对山东及梁山泊一带的生活习惯、风俗人情、语言表达都十分熟悉，在创作中能运用自如，准确而又形象生动地表达自己的思想感情，刻画人物的性格，突出作品的主题，这也是《水浒传》的艺术成就之一，实在难能可贵。

一 俚语

"俚语"的意思是"通俗的口语词，属于俗语的一种，常带有方言性"。这是《辞海》为"俚语"做的解释。但是，带有"俚语"成分的方言俗语，却构成了一部千年奇书《水浒传》。

在《水浒传》第十九回中，宋江几次对刘唐说"不是耍处"。这个"耍"就是鲁西南方言中"玩"的意思。山东从郓城到沂水不少地方都将"玩"说"耍"，意思是这里"不是好玩的地方"，有"危险"之意。

在第二十一回中，宋江对阎婆说："端的忙些个，明日准来"①，这是标准的郓城一带古时方言。"端的"即"真的"，"准来"即"一定来"。"直恁地这等"，是"怎么能这样，真是烦人"的意思。宋江暗忖道，"那虔婆倒先算了我"，是"那老婆子却事先算计了我"的意思。唐牛儿说，

---

① （明）施耐庵：《水浒传》，人民文学出版社1997年版，第262页。

"我喉急了",是他被生活所迫,"逼急了"的意思,现在的郓城口语还在用。① 那婆子"张家长,李家短,说白道绿"和"口里七十三、八十四只顾嘈",都是纯粹的鲁西南方言。"欢娱嫌夜短,寂寞恨更长"系山东俗语。"你女儿忒无理","忒无理"即"太不讲理",鲁西南一带现在也常用"忒"字来表示形容词"太"的意思,比如"忒狠""忒黑""忒可恶""忒厉害""忒不讲理""忒气人"等。

在第二十二回中,宋太公说:"不孝之子宋江自小忤逆,不肯本分生理……他与老汉水米无交,并无干涉"② 中的"本分""生理",即"安分过日子"。"忤逆"则是不顺从父辈,不安分守己之意。③ "干涉"是"关系"之意。"那张三又挑唆阎婆去厅上披头散发来告"中的"挑唆""披头散发"都是浅显易懂的郓城方言。"不会周全人"中的"周全"是"关心照顾"之意,现在郓城人说话还会经常用到"周全"一词。"干连的人"即"有牵连的人",也是鲁西南方言。武松说:"你是什么鸟人?敢来消遣我!"④ 这句话中的"鸟"字,是鲁西南一带骂人的粗语,"鸟"指的是男性生殖器。在第二十二回中,武松在与酒家对话和遇虎前的自言自语中,就一连用了七次。

在第二十三回中武松与宋江分别之后,"寻思道,江湖上只闻说及时雨宋公明,果然不虚,结识得这般弟兄,也不枉了"⑤。其中的"寻思"是"考虑","闻说"是"听说","不虚"是"不假","结识"是"结交","不枉"是"不亏"之意,都是鲁西南民间方言。"不要你贴钱"现在也是民间通用语,"贴钱"的意思是"添补""倒贴"。还有,"休要引老爹性发,通教你屋里粉碎,把你这鸟店子倒翻转来"句中的"老爹",是鲁西南、鲁西北一些地方对父亲的背称,如同北方语言中的"老爷子""老头子";"性发"即"发脾气","通教"是"全部"之意。⑥ 武大郎说武松"如何不看见我则个",其中的"看见"是"看望"之意,

---

① 王同舟:《地煞天罡——〈水浒传〉与民俗文化》,黑龙江人民出版社2003年版,第6页。
② (明)施耐庵:《水浒传》,人民文学出版社1997年版,第279页。
③ 陈进轩编著:《水浒人文》,山东人民出版社2011年版,第76页。
④ (明)施耐庵:《水浒传》,人民文学出版社1997年版,第286页。
⑤ 同上书,第291页。
⑥ 王同舟:《地煞天罡——〈水浒传〉与民俗文化》,黑龙江人民出版社2003年版,第7页。

"则个"是语尾助词,相当于"呢",其是寿张、阳谷一带的民间方言,在旧时的梁山泊一带十分流行。

小说中说潘金莲嫁给武大,"倒无般不好,为头的爱偷汉子",这个"为头的"就是最主要的(毛病)意思。潘金莲对武松说:"奴家平生快性,看不得这般三答不回头,四答和身转的人。"① 这是梁山一带的民间俗语,意思是说看不起武大郎这样呆头呆脑、软弱无能之人。西门庆"央了间壁王婆"中的"央"字,是"央求","间壁"是"隔壁",均为鲁西南方言。"武二是个顶天立地,噙齿戴发男子汉",山东人常用"顶天立地,噙齿戴发"来形容光明磊落、一身正气的热血男儿。"表壮不如里壮"是山东西部古今通用的地方俗语,意思是,丈夫在外能干,不如有个安分勤快的媳妇。"拳头上立得人,胳膊上走得马,人面上行得人,不是那等捌不出的鳖老婆。"这是山东西部许多地方用来形容正直、好强之人的群众语言,其中的"捌"字更是山东中西部土语。王婆说:"自古道'骏马却驮痴汉走,巧妻常伴拙夫眠',月下老偏生是这般配合!"② 这里的"偏生"一词,更是典型的鲁西南方言。"约莫未及半个时辰,又趱将来王婆店","约莫"是"估计""大约"之意。王婆自夸:"虽然人不得武成王庙,端的强似孙武子教女兵,十捉九着。"③ 这也是山东一些地方的歇后语,表示自己(或他人)的本事,能达到目的。"却说西门庆巴不到这一日",这里的"巴不到"等同于"巴不得",是急切盼望之意,鲁西南一带至今还在用。"好事不出门,恶事传千里",几乎是山东民间通用俗语。西门庆听那妇人一说,"却似掉在冰窖子里",其意思是冷,郓城民间常把地窖叫作"地窨子",说里边"阴凉"。

二 称谓

职业称谓,也就是指对从事不同职业的人的称谓。《水浒传》中所写人物有农民、地主、商贩、僧道、艺人、娼妓等不同的身份地位。他们的职业各不相同,职业称谓千差万别。首先是各级文武职官的称谓。如王进、林冲都曾做过八十万禁军"教头"。《通考·兵考》谈及宋代兵丁人

---

① (明)施耐庵:《水浒传》,人民文学出版社1997年版,第303页。
② 同上书,第313页。
③ 同上书,第318页。

数的变化,"庆历之籍,总一百二十五万九千,而禁军马步八十二万六千。视前募兵浸多,自是稍加裁制,以为定额"。可见,八十万禁军一说确有实在的根据。王进意欲投奔老种"经略"相公。"经略"之官职乃唐朝时所设,亦名"经略安抚使"。《宋史·职官志》云:"经略安抚使以直秘阁以上充之,掌一路兵民之事,皆帅其属而听狱讼、颁禁令、定赏罚、稽钱谷、甲械、出纳之名籍,而行之以法。"鲁智深、杨志皆做过"提辖"。《宋史·职官志》关于"提辖"的职能载:"守臣带提举兵马巡检都监及提辖兵马者,掌统治军旅、训练校阅,以督捕盗贼而肃清治境,凡诸营尺籍赏罚皆掌之。"朱仝、雷横、武松三人是"都头"出身;忘恩负义的陆"虞候";陷害武松的张"都监";宋江曾为刀笔吏、人所共知的宋"押司"。

其次是下层百姓的行业称谓。如在第二十四回中,王婆向西门庆自我介绍道:"老身为头是做媒,又会做牙婆,也会抱腰,也会收小的,也会说风情,也会做马泊六。"① 一句话中便包含了四五种"职业"。看来,王婆为了自身的利益没少花心思做"兼职"。"做媒"也便是后面说的"撮合山";"牙婆"指女性买卖中间人,通过买卖双方赚钱,与今天的中介类似;"抱腰"是指做接生婆的助手,专管抱持产妇的腰部;"收小的"亦是指接生;"马泊六"俗指不正当男女关系的说合人。清褚稼轩《坚瓠广集》载:"俗呼撮合者曰'马泊六',不解其话,偶见《群碎录》:'北地马群,每牡将十余牝而行。'愚合计之,每百马用牡马六匹,故称'马泊六'。"可见,"马泊六"与"撮合山"皆指为人做媒之事。② "三姑六婆"往往是人们所厌弃的对象,而王婆却同时兼任了"媒婆""稳婆""牙婆"三职。从作者为王婆安排的出场白里面,我们便大致可以推出她是个怎样的角色,后来做出帮助西门庆与潘金莲勾搭成奸并药死武大郎之事,也就见怪不怪了。对年轻女子卖艺或卖身者,《水浒传》中的称谓也各不相同。如第二十回中的"有几个上行首,要问我过房几次"③。"上行首"也就是"上厅行首"之意,是宋元时代官妓的称呼。第二十四回有"不是老身路岐相央……""路岐"宋元时代指的是江湖上的卖唱艺人,

---

① (明)施耐庵:《水浒传》,人民文学出版社1997年版,第317页。
② 陈进轩编著:《水浒人文》,山东人民出版社2011年版,第112页。
③ (明)施耐庵:《水浒传》,人民文学出版社1997年版,第261页。

他们在表演完毕后往往请求观众给予酬资。① 这里所谓的"路岐相央"就是"仿效路岐人向观众要钱的样子"的意思。同样在第二十四回中,有"腌那粉头时,三盅酒下肚,哄动春心"②。这里的"粉头",指娼妓或者行为不正当的夫人。此外,有"养娘"(第三十回)、"梅香"(第五十六回)指"婢女","顶老"(第二十九回)、"烟花"(第三十二回)、"花娘"(第五十一回)指娼妓,"阴阳人"(第三十九回)指"占卜星相的术士","小闲"(第七十二回)指"帮闲的","角妓"(第七十二回)指"能歌善舞的官妓",等等,在此不再赘言。

三 诨号

诨号,也称诨名,也写作混号、混名或浑号、浑名,实际是一种绰号。从《后汉书·朱㑺列传》等记载中可以看出,绿林豪杰起诨名的现象从汉末绿林起义时便有不少,后来一直兴盛不衰。在水浒故事的时代,江湖人物取诨名的习俗相当流行。宋元话本《错斩崔宁》中写到一个绿林强人,一出场就喝道:"我乃静山大王在此。行人住脚,须把买路钱与我!""静山大王"一称,可谓先声夺人,一下子就能唬住来往客商。另一篇《万秀娘仇报山亭儿》中写到两个贼人,一个人称作"大字焦吉",另一个自称"十条龙苗忠"。小说家的描写,折射出当时绿林人物与江湖人物起诨号的习俗。宋人周密《齐东野语》卷九《李全》条记载了南北两宋之交"大盗"李全的事迹:起初,他"结群盗为义兄弟,任侠狂暴,剽掠民财,党羽日盛,莫敢谁何,号为李三统辖"。后来,他得到一杆铁枪,"日习击刺,技日以精,为众推服,因呼为李铁枪"。占山为王的人物有响亮的诨号,在市井中称霸的人物也不例外。宋人周密《武林旧事》卷六《游手》条记载当时市井顽徒,"如'拦街虎''九条龙'之徒,尤为市井之害"③。此风在行走江湖卖艺,尤其是以卖武为生的人中也相当流行。如相扑高手名为"张关索""撞倒山""赛关索""王急快""韩铜柱""韩铁僧""武当山""严铁条",这些名字,一看即知为诨号。《水

---

① 王同舟:《地煞天罡——〈水浒传〉与民俗文化》,黑龙江人民出版社2003年版,第55页。
② (明)施耐庵:《水浒传》,人民文学出版社1997年版,第326页。
③ 王同舟:《地煞天罡——〈水浒传〉与民俗文化》,黑龙江人民出版社2003年版,第112页。

浒传》中写江湖人物各有诨号，真实地反映了宋元时代江湖人物的习尚。

我们可以从《水浒传》的描写中发现江湖人物的诨号是怎么来的。江湖诨号，一种是好汉自己取的，这种诨号一般带有自夸自赞的成分。比如"镇三山"黄信，原是青州兵马都监，因为青州地面所管之下有三座恶山，清风山、二龙山、桃花山，都是好汉们"聚义"的所在，他自夸要捉尽三山人马，因此唤作"镇三山"。其实他的功夫比起桃花山的周通、清风山的王英固然要高，但比起二龙山的鲁智深、杨志还差一截。一种是江湖朋友或者民众"送"给他们的，这种诨号有表达赞美之情的，也有表达厌恶之感的。宋江号为"及时雨"，是江湖上朋友把他仗义疏财的行为，看得好比天上的及时雨一样。这是极大的赞美。解珍号为两头蛇，解宝号为双尾蝎，古代传说，见过两头蛇的人就会死掉；双尾蝎，古人传说，徐州、下邳一带多蝎，蝎尾有双钩，左钩螫人全身痛，右钩螫人半身痛。当地谣谚说："徐州不打春，邳州不开门；若还打春与开门，两尾蝎子咬杀人。"这样的诨号就说不上有赞美之意。第四十九回写解珍、解宝兄弟的故事，其中一个细节颇能说明他们绰号的含义和由来：

  却说解珍、解宝押到死囚牢里，引至亭心上来见这个节级。……包节级喝道："你两个便是甚么两头蛇、双尾蝎，是你么？"解珍道："虽然别人叫小人们这等混名，实不曾陷害良善。"包节级喝道："你这两个畜生，今番我手里教你两头蛇做一头蛇，双尾蝎做单尾蝎！且与我押入大牢里去！"①

从这一番对答不难看出，两人的诨号给人的印象是，解家兄弟属于陷害良善之辈。这种带有贬义色彩的诨号，反映的是一般百姓和其他江湖人物的警惕甚至厌恶的情绪。

谈梁山好汉的诨名，我们不妨先挑出"病尉迟""病关索"和"病大虫"三个诨号。"病关索"是杨雄的诨号，其中"关索"是宋元时代民间艺术家虚构出来的一个了不起的英雄，关羽的儿子，而"病"字又作何解释呢？小说第四十四回写道："因为他一身好武艺，面貌微黄，以此人

---

① （明）施耐庵：《水浒传》，人民文学出版社1997年版，第654页。

都称他做病关索杨雄。"① 出场诗里也说："微黄面色细浓眉,人称病关索。""病尉迟"是好汉孙立的诨号,"尉迟"是唐代名将尉迟恭,至于"病"字的含义,小说第四十九回写孙立"淡黄面皮,……绰号病尉迟"②,出场诗里也用了"脸阔似妆金"一句来描写他的黄脸皮。看来,小说两处都是用面色微黄、带有病容解释"病"字。其实"病"字的意思是"让人难过""跟人为难","病关索"就是"赛关索"③,"病尉迟"就是"赛尉迟",这才是这两个诨号的真实含义。小说里没有解释薛永诨号"病大虫"的来历,因为不好解释——"面皮淡黄"的老虎是什么?实际上,薛永这个诨号跟李忠的诨号"打虎将"异曲同工。小说这样解释几个人物的诨号,说明现实生活中确实存在大量诨号,作者信手拈来写进小说里,有时把它们的意思也理解错了。

江湖诨号的由来,一般是取其特长或特点,尤其突出好汉的神威之力和非同凡响的本领。因此,江湖诨号喜欢以凶猛有力之物为喻,以龙虎豹为号的好汉很多。龙是灵异之物,在人间则是天子的象征,好汉们不怕触犯天子的权威,照样用龙为喻:出林龙邹渊、独角龙邹润、混江龙李俊、出洞蛟童威、翻江蜃童猛……都是与龙有关的诨号。虎为兽中之王,好汉以虎为诨号的有十几位:锦毛虎燕顺、跳涧虎陈达、插翅虎雷横、花项虎龚旺、中箭虎丁得孙、矮脚虎王英、青眼虎李云、笑面虎朱富、金眼彪施恩等,直接以虎为号;打虎将李忠、病大虫薛永的诨号则以打虎英雄自居;甚至在女好汉中,还有母大虫顾大嫂。以豹为号的有豹子头林冲、金钱豹子汤隆、锦豹子杨林等。其他天上飞的地上走的水里游的,好汉们兴之所至,也拿来当自己的诨号。扑天雕李应、摩云金翅欧鹏,以天上飞的猛雕为号;火眼狻猊邓飞,以地上走的异兽"狻猊"为号;旱地忽律朱贵,是以水里游的凶猛的鳄鱼为号,"忽律"就是鳄鱼。④ 好汉们还拿以往的好汉为诨号:花荣号为小李广,孙立号为病尉迟,周通号为小霸王(项羽),杨雄号为病关索,孙新号为小尉迟,吕方号为小温侯(吕布),

---

① (明)施耐庵:《水浒传》,人民文学出版社1997年版,第590页。
② 同上书,第659页。
③ 在宋人龚圣与所作的《宋江三十六人赞》中,杨雄的诨号就叫"赛关索",赞词里也说:"关索之雄,超之亦贤。"可见,"病关索"是梁山好汉故事流传过程中给杨雄的另一个诨号,两个诨号意思相同。
④ 王同舟:《地煞天罡——〈水浒传〉与民俗文化》,黑龙江人民出版社2003年版,第118页。

郭盛号为赛仁贵（薛仁贵）。好汉们还以各种鬼神命名：刘唐号为赤发鬼，阮小二号为立地太岁，阮小五号为短命二郎，阮小七号为活阎罗，孙二娘号为母夜叉，王定六号为活闪婆，李立号为催命判官。

一些诨号在突出好汉的神威之力时，也显出他们勇猛的气质，如青面兽、赤发鬼、旱地忽律、催命判官等。特别是阮氏三兄弟的诨号，"立地太岁""短命二郎""活阎罗"，更让人有毛骨悚然之感。明末清初的金圣叹解释这三个诨号，说："合弟兄三人浑名，可发一叹。盖太岁，生方也；阎罗，死王也；生死相续，中间又是短命，则安得又不著书自娱，以消永日也。"① 金圣叹以为太岁神管生，阎罗王管死，中间是个短命二郎，三个诨号合起来说明人生苦短。从几个充满江湖意味的诨号中读出人生苦短的意味，他是借题发挥，实则三个人的诨号表明他们性格刚狠、手段毒辣。阮小二一脸凶相，"臂膊有千百斤气力，眼睛射几万道寒光。人称立地太岁，果然混世魔王"②。阮小五，"面皮上常带些笑容，心窝里深藏着鸩毒。……何处觅行瘟使者，只此是短命二郎"③。阮小七，"休言岳庙恶司神，果是人间刚直汉。村中唤作活阎罗，世上降生真五道"④。用"混世魔王""行瘟使者"和"真五道"（一种恶神）来比喻三个人物，表现了这几个人物的刚狠气质，与几个诨号同趣。⑤

江湖诨号的由来，清楚地说明江湖人物崇尚勇力、不守规矩的性格，这与主流社会士人作风大异其趣。传统社会里，不少文人雅士在名、字之外又给自己取一"别号"，如晋代陶渊明自号五柳先生，唐代李白号青莲居士，苏轼号东坡居士，都是极显著的例子。这种号往往表现出人物的情趣与追求，带有浓郁的文人气息，因此又被称为"雅号"。江湖好汉的诨号，是没有雅趣的。明人祝允明《猥谈》记载，江西一县令审讯盗贼，盗贼忽然说了一句："守愚不敢。"县令感到惊奇，左右胥吏说："'守愚'是他的别号。"此书议论说："乃知今日，贼亦有别号矣。此等风俗，不知何时可变。"这里所说的别号，当然是指文人雅士的雅号，江湖人物取雅号，并没有成为风气。"守愚"是个雅号，可是这个盗贼说"守愚不

---

① （明）金圣叹：《金圣叹批评水浒传》，凤凰出版社2010年版，第260页。
② （明）施耐庵：《水浒传》，人民文学出版社1997年版，第185页。
③ 同上书，第187页。
④ 同上书，第186页。
⑤ 同上书，第119页。

敢"，是把自己的号拿来当名使用了，看来，他连最基本的礼仪常识都不懂，还是雅不起来。

从主流观点看，江湖诨号中犯忌讳的字眼特别多。据清人查继佐《罪惟录》记载，在明末天启年间，阉党为了陷害东林党人，弄出一本《东林点将录》的小册子交给明熹宗御览。上面将东林党中著名人物李三才、顾大章等人配上梁山好汉的诨名，他们这样做，就是因为好汉的诨名带有犯忌讳的字眼，可以引起皇帝的杀机。清末侠义小说《七侠五义》中有一段故事，也说明了这一点。在《七侠五义》中"五义"里，卢方的诨号是钻天鼠，蒋平的诨号是翻江鼠。该小说第四十八回，包拯领着卢方、蒋平到宋仁宗面前献艺时，却称钻天鼠为"盘桅鼠"，"翻江鼠"为"混江鼠"，小说写道："包公为何说盘桅鼠、混江鼠呢？包公为此筹划已久，恐说出'钻天''翻江'有犯圣讳，故此改了。这也是怜才的一番苦心。"

在弄清这一点以后，我们能够更深入地领会《水浒传》中与江湖诨号有关的问题。可以想象，梁山泊好汉的诨名还不能全面反映江湖好汉的诨名的情况。小说写到梁山好汉最后归顺朝廷，成了忠义之士，因此，梁山好汉的诨名，一般没有特别触犯忌讳的字眼。前面讲过南宋初年的大盗李全，他一号"李三统辖"，这是自封的一个官职；又号"铁枪王"，"王"字也透露出妄自尊大的成分。话本小说《错斩崔宁》中一个不成气候的剪径贼，也敢于自号"静山大王"。可是梁山好汉中却没有这样的诨号。只有晁盖的诨号是"托塔天王"，显示出不逊服的态度，而梁山好汉中只有他没赶上招安就死了。《水浒传》在大聚义一回中说，"在晁盖恐托胆称王，归天及早"，这说是他死得早，没有把梁山泊带到方腊那样的道路上。①《水浒传》的作者觉得，那些诨号中带有无法无天气息的江湖人物，到底是没法成为朝廷的忠义之士。为了把梁山好汉写成一群忠义之士，而不是要图王霸之业的起义军，《水浒传》中省略了江湖中特别触犯忌讳的诨号，因而反映这一风俗不够全面。

《水浒传》写到宋江诨号的变化，也要从这个角度来理解。宋江有几个诨号，孝义黑三郎、及时雨，这些都好理解。在大聚义以后，他又突然

---

① 王同舟：《地煞天罡——〈水浒传〉与民俗文化》，黑龙江人民出版社2003年版，第120页。

多了个新诨号:"呼保义",并取代了以前的诨号。忠义堂前两面红旗,一面上写着"山东呼保义",一面上写着"河北玉麒麟";在分定职守时,"梁山泊总兵都头领二员"以下分明写着:呼保义宋江、河北玉麒麟。这个诨号是什么意思呢?第七十一回这样解释:"在晁盖恐托胆称王,归天及早;惟宋江肯呼群保义,把寨为头。"把"呼保义"的意思解释为"呼群保义",指带领一群好汉行忠义之事。早期水浒故事中所记宋江的诨号本来就是"呼保义"。

"保义"是宋代一种低级武官的名称。保义校尉是武官正八品,保义副尉是武官从八品,一些权臣门下的奴仆也能弄个"保义郎"当当。宋时人们还用"保义郎"来称呼那些没有实际官职的人,就像把人称为"员外"一样。南宋庄绰《鸡肋编》卷中《徽宗微行估人呼为保义》条记载:金兵南侵之时,宋徽宗匆忙让位给宋钦宗,自己带着幸臣蔡攸和几个近侍,微服乘花石纲船逃到泗上。在那里,他和蔡攸徒步到集市上买鱼,和鱼贩子讨价还价,争论中,贩子称他为"保义"。徽宗回头对蔡攸说:"这汉毒也!"一个太上皇,被人呼作"保义",难怪他说那汉子"毒"了。[①] 从这条记载不难看出,人们当时确实把"保义"当作一种通称。在宋室南渡之后,一些北方豪杰率领义军抵抗金兵,为了表示效忠宋室,也自呼为"保义郎"。照此看来,宋江称为"呼保义",应该是说他自称保义郎,表示无意于僭称王号、公然造反才对。

无论是哪种解释,都可以看出一点,这个诨号没有僭王称尊的意味。在第七十一回以前,宋江号为"及时雨",重在他对江湖朋友的爱惜;第七十一回以后,宋江的身份由一个江湖豪杰变成一个力求回到主流社会的忠义之士,这个时候,更改他的诨号,或许是一种策略。

不难想象,如果删去这些五花八门的诨号,《水浒传》将会变得多么的索然无味。除了人物诨号,书中还提及了一些当时流行的特殊称谓,如用"腌臜泼才"指流氓无赖(第三回),"上下"指公人(第八回),"孤老"指娼妓对长期的客人,以及非正式关系中女子对男子的称呼(第四回),等等。[②]

[①] 杜朝伟、王鹏编著:《水浒文化概论》,山东人民出版社2011年版,第120页。
[②] 王同舟:《地煞天罡——〈水浒传〉与民俗文化》,黑龙江人民出版社2003年版,第123页。

此外，《水浒传》中还出现了一些当时的行话和隐语，如第二回的"相脚头"和"蹑盘"皆是当时的江湖隐语，前者指窥探，后者指窃贼作案前事先探明路线；第四十五回的"入钹""出钹"是娼家隐语，即"入门""出门"，本应写作"入跋""出跋"，此处因为表明与和尚有关，故改作"钹"；第三十七回的"板刀面""馄饨"则是水上劫匪的黑话。

第二节 《水浒传》中的思想理念民俗

"忠义"是《水浒传》的核心思想，水浒英雄的侠义观念中无不是忠义的真实写照。《水浒传》表现出的侠义观念有：替天行道、仗义疏财、忠肝义胆，这些不仅使当时的英雄好汉为人称颂，也得到了山东人民不断的传承和发扬，梁山好汉的江湖态度和江湖情义都对后世产生了巨大的影响。

一 侠义观念

中国古典四大名著之一的《水浒传》之所以广为流传，因为它不但讲忠，尤其讲义。闻一多先生《关于儒、道、匪》一文曾引用英国学者韦尔斯《人类的命运》中的话说"在大部分中国人的灵魂里，斗争着一个儒家、一个道家、一个土匪。"儒家告诉人们如何去积极地面对生活，服从社会秩序。而当这种秩序一旦解体，或者社会上出现不公正的现象时，道家告诉人们要超脱和回避，而墨家则主张用强力讨回公道。道家的回避态度尽管不够积极，但是可以与儒家思想相互补充，成为古代士人的常规心态。而墨家的主张和做法对社会的危害作用较大，所以在先秦时期曾经红极一时的墨家，在秦汉以后就被取消了在社会上流传的权利。然而它的思想和意识却仍然在民间蔓延滋长，并经常以极端的方式表现出来，这就是历代社会上绿林土匪及其意识产生的渊源。《水浒传》所表现的正是这样的侠义精神。

（一）替天行道、天下为公

梁山聚义厅前有一面杏黄大旗悬在空中，上书"替天行道"四个大字。除了以自身的力量抗争天命外，梁山好汉还懂得借助上天和神明的力量。小说中几次写到梁山好汉祈祷神灵佑护，还几次写到呼风唤雨的战法，特别是宋江在还道村接受九天玄女赐书并面授机宜一节，形象地写出宋江起义与天神佑护之间的依存关系，很有一点象征的意味。小说在第四十二回《还道村受三卷天书　宋公明遇九天玄女》中写九天玄女在还道村第一次出面就救了宋江，又接着写到娘娘法旨："宋星主，传汝三卷天书，汝可替天行道，为主全忠仗义，为臣辅国安民。去邪归正，他日功成果满，作为上卿。吾有四句天言，汝当记取，终身佩受，勿忘于心，勿泄于世"。娘娘法旨道："遇宿重重喜，逢高不是凶。北幽南至睦，两处见奇功"。宋江听毕，再拜谨受。娘娘法旨道："玉帝因为星主魔心未断，道行未完，暂罚下方，不久重登紫府，切不可分毫失忘。若是他日罪下丰都，吾亦不能救汝。此三卷之书，可以善观熟视。只可与天机星同观，其他皆不可见。功成之后，便可焚之，勿留在世。所嘱之言，汝当记取。目今天凡相隔，难以久留，汝当速回"[1]。梁山好汉理直气壮提出"兀自要和大宋皇帝做个对头""杀去东京，夺了鸟位"等口号，因为他们感到有天意、神明和抗争精神在给自己撑腰。

替天行道代表的正是墨家天罚的思想。墨子对代表国家权力的天子并不盲从，他认为评价天子好坏的标准，看他是否顺应天意。顺应者便可受到奖赏，反叛者便会受到惩罚。虽然墨子未明确提出用人力去教训天子，但是他的思想已经隐含这样的意思。与儒家"畏天命"的说法相反，墨子提出"非命"的主张，认为贫穷、贵贱、寿夭等都是非命所决定，可以人力改变。这就是古代墨家集团扶弱除暴之举的动因所在。而替天行道的"道"就是墨子所提倡的"兼爱""尚同"等乌托邦理想。在《水浒传》第七十一回里，描绘了"八方共域，异姓一家"的社会理想。相貌语言，虽然东南西北各不相同，但是忠诚信义并无差。其人则有帝子皇孙，富豪将吏，并三教九流，乃至猎户渔人，都一般哥弟相称，不分贵贱。其人又有同胞手足，夫妻叔侄，以及跟随主仆，争斗冤仇，皆一样的酒筵欢乐，无间亲疏。[2] 这是封建社会里农民所追求的理想境界，这种天下为公在政治上要求一律平等和经济上的平均主义理想，同墨子设计的乌托邦极为相似，但是在封建社会里只是不可能实现的乌托邦。

（二）英雄发迹、仗义疏财

《水浒传》中充满着一夜发迹的冒险精神，平均分配财富至关重要。

---

[1]　（明）施耐庵：《水浒传》，人民文学出版社1997年版，第559页。
[2]　陈进轩编著：《水浒人文》，山东人民出版社2011年版，第109页。

仗义疏财不仅解决了下层民众的温饱和生存问题，更让他们看到生活的光明和希望，使人们不仅被梁山好汉的侠义所感动，而且也十分乐意过上这种生活。在第十五回里，有这样几句对话。阮小七道："我虽不打得大鱼，也省了若干科差。"吴用道："怎地时，那厮们倒快活。"阮小五道："他们不怕天，不怕地，不怕官司，论秤分金银，异样穿绸锦，成瓮吃酒，大块吃肉，如何不快活！我们弟兄三个，空有一身本事，怎地学得他们。"吴用听了，暗暗地欢喜道："正好用计了"[1]。能够仗义疏财的侠客，不是拥有自己的庄园，就是在官府担任着一官半职。宋江不仅有着自己的庄园，而且还担任郓城的押司，柴进也有自己的庄园等。这使他们能够拿出银子来救济那些处于困境中的江湖朋友。宋江就是一个典型的例子，他一出场，作者就交代了他仗义疏财的性情。宋江在江湖上有好几个绰号，如孝义黑三郎、呼保义、及时雨等，但是最为人所熟知的就是"及时雨"，原因就在于宋江不仅能疏财于那些落魄江湖而来投奔的江湖人士，而且他还经常帮助那些生活困苦的百姓。第三十八回里，写"黑旋风"李逵赌博赌输了，宋江听说之后当即给了李逵十两银子，让他还赌账。李逵得到了这个银子，寻思道："难得宋江哥哥，又不曾和我深交，便借我十两银子，果然仗义疏财，名不虚传。如今来到这里，却恨我这几日赌输了，没一文做好汉请他。如今得他这十两银子，且将去赌一赌，倘或赢得几贯钱来，请他一请也好看"[2]。同样，"小旋风"柴进也是仗义疏财的人，在第九回里有相关描述。店主人称颂柴进"你不知，俺这村中有个大财主，姓柴名进，此间称为柴大官人，江湖上都唤做小旋风。他是大周柴世宗嫡派子孙，自陈桥让位有德，太祖武德皇帝敕赐予他誓书铁券在家中，谁敢欺负他。专一招待天下往来的好汉，三五十个养在家中。常常嘱咐我们酒店里如有流配来的犯人，可叫他投我庄上来，我自资助他"[3]。除了他们之外，还有晁盖等人。仗义疏财也是侠义文化的一个重要方面。

（三）快意恩仇、忠肝义胆

快意恩仇、忠肝义胆是《水浒传》里描写较多的内容。其中以第二十六回武松复仇最具代表性。

---

[1] （明）施耐庵：《水浒传》，人民文学出版社1997年版，第190页。
[2] 同上书，第497页。
[3] 同上书，第124页。

西门庆见来得凶，便把手虚指一指，早飞起右脚来。武松只顾奔入去，见他脚起，略闪一闪，恰好那一脚正踢中武松右手，那口刀踢将起来，直落下街心里去了。西门庆见踢去了刀，心里便不怕他，右手虚照一照，左手一拳，照着武松心窝里打来。却被武松略躲个过，就势里从胁下钻入来，左手带住头，连肩胛只一提，右手早掯住西门庆左脚，叫声："下去！"那西门庆一者冤魂缠定，二乃天理难容，三来怎当武松勇力，只见头在下，脚在上，倒撞落在当街心里去了，跌得个发昏章第十一。街上两边人都吃了一惊。武松伸手去凳子边提了淫妇的头，也钻出窗子外，涌身往下一跳，跳在当街上，先抢了那口刀在手里。看这西门庆已跌得半死，直挺挺地在地下，只把眼来动，武松按住，只一刀，割下西门庆的头来。①

而下文对此复仇的评语是"古今壮士谈英勇，猛烈强人仗义忠"。显然对此持肯定态度。而宋江怒杀黄文炳、鲁达拳打镇关西等情节，同样是充满着暴力与快意。快意恩仇作为侠义文化的一部分在小说里得到了很好的体现，但是暴力在小说里是把双刃剑，过分地宣扬暴力，一方面烘托了英雄气概，另一方面不合于人情。② 但是如果进入阅读语境，便会觉得痛快。梁山好汉复仇是民间权利干预政治干预文化的一种特殊形式。当社会不公、天道沦丧时，民间权利起来干预，反对迫害。小说细致而生动地描写了农民起义如何由零碎的复仇星火发展到燎原之势的过程，快意恩仇、忠肝义胆不容忽视。

二 江湖文化

《水浒传》描绘的无疑是一个纷繁复杂的江湖世界，这个世界的主体是以宋江为首的江湖流派，作为江湖文化的一个支脉具有典型意义。在江湖文化的深化过程中，出现了两类江湖人群：一类人希望祈求上苍，祈愿神灵护佑，他们往往结成江湖秘密教派；另一类人却明白地知道一切要靠自己，他们往往结成江湖秘密帮会。秘密教门映射在江湖文化中，有

---

① （明）施耐庵：《水浒传》，人民文学出版社1997年版，第354页。
② 王同舟：《地煞天罡——〈水浒传〉与民俗文化》，黑龙江人民出版社2003年版，第56页。

"魔教"的影子；秘密帮会在江湖文化中，是"帮派"的影子。教门具有很强的神性，有时远离人世，不顾扰扰红尘。帮会主要体现的是人性，其目标便在现实。

(一) 江湖本领

在江湖行走，除了表现出作风行事外，还需要特殊的本领，这种本领并不一定武功盖世，力举九鼎，更多的是只要有特定的属于自己的"一招"就可以随心所欲地行走江湖。这在《水浒传》里有非常明确的体现。水泊梁山，尽管都以好汉相称，但是真正有万夫不当之勇的并无几个。更多的好汉主要是以自己的独到本领在梁山取得一席之地："鼓上蚤"时迁惯偷，"神行太保"戴宗擅走，"浪里白条"张顺熟悉水性，"圣手书生"萧让写得一手好文章，"玉臂匠"金大坚工金石，"神算子"蒋敬算盘拨得快，"玉幡竿"孟康会造船，"铁叫子"乐和专精民歌，"操刀鬼"曹正能像庖丁那样解牛，"菜园子"张青及"母夜叉"孙二娘善于加工人肉……这些人的武艺都不怎么出色，却有独特一招，因此他们并不妄称好汉。此外，在梁山泊落草的好汉中，还有既打不过人家，也写不过人家，既不会偷，又走不快的好汉，只凭着一张长得富于特色的面貌，或干过几件莽撞勾当，或穿着打扮不同于流俗，从而给人以不同凡响气质，横生一种江湖特征的人。如"青眼虎"李云、"矮脚虎"王英、"笑面虎"朱富、"花项虎"龚旺、"美髯公"朱仝、"紫髯伯"皇甫端、"鬼脸儿"杜兴、"没面目"焦挺、"九纹龙"史进、"赤发鬼"刘唐等。最没来头的，要数梁山泊坐头把交椅的宋江。其貌不惊人，面黑身矮，虽号称"爱学使枪棒"，却一无长进，从未见他打翻过任何对手。一生最有胆气的事不过是一时性起，杀死阎婆惜，以及喝醉酒时题了两首反诗。[①] 但宋江身上自有其独到特色和魅力，这就是"仗义疏财、济困扶危"，人称"及时雨"。他早年在县衙门里当差的时候，已经是江湖上交口称誉的孝义黑三郎，所以在后来他多次遇险时，别人一听其名便磕头跪拜，连官场中的同事，也对他的人格充满尊敬，以至于在他犯罪遭到缉捕时，都争相将他"义释"。在上梁山之后，他立即就得到仅在晁盖之下的位置，而且晁盖一死，马上被推为首脑。这足说明在江湖行走，只要有一看家本领就可以在这块领地上驰骋纵横。

---

① 施正康、施惠康：《水浒纵横谈》，学林出版社1996年版，第149页。

(二) 江湖态度

人在江湖身不由己，尽管如此，江湖上活动的人，其人生态度却是豁达、乐观，有时又近乎天真。他们没有士人的汲汲事功、没有官吏的深深城府，没有市民百姓的小心翼翼，没有哲学家对于社会人生的焦虑。他们更多注重的是行动、是作风、是扶危济困、是功成弗居，所以他们笑对人生，无忧无虑，快乐天真。这种人生态度在《水浒传》中有非常形象的表现。有学者说《水浒传》写了一群天真乐观、永远长不大的孩子。这话很有些道理。《水浒传》用众多的好汉事迹表现了天真、乐观的人生态度，因此成为中国古代江湖文化中人生态度的缩影。这里最突出的形象应该是李逵。在第五十三回《戴宗智取公孙胜 李逵斧劈罗真人》、第五十四回《入云龙斗法破高廉 黑旋风探穴救柴进》和第七十三回《黑旋风乔捉鬼 梁山泊双献头》中，李逵充分地表现出了自己的天真乐观的生活态度和人生表现。他原是一个心地单纯的农民，因为脾气暴躁杀了人而亡命江湖，在流入游侠的行列以后，他表现出突出的爽直、诚实、天真和近乎傻气的率直和鲁莽。[①] 他在江州时与人赌博，因为总是输，便一怒之下将所有赢家的钱都抢走；在与戴宗聘请公孙胜时，他忍受不了公孙胜师傅对公孙胜的阻挡和对让他上梁山事情的再三推诿，便斧劈罗真人；他到枯井里去救柴进，而特别怕别人将井绳割断；他也曾经误信别人的说话，以为宋江是个拐带妇女的小人而上山要杀死宋。当然在这些天真、活泼的形象里，鲁智深也是一个突出的角色，他不顾自己的安危而行侠仗义，他好酒贪杯又常常因此惹是生非。武松出身于社会下层，因为在景阳冈打死猛虎而被提拔为县里的都头，可是，在知道了他的嫂子与西门庆通奸并杀了其兄武大郎以后，便精心策划了一系列的复仇，杀死了奸夫淫妇，接着便是入狱和发配。所要注意的是，尽管是在发配中，武松也还没有忘记表现自己的游侠作风，这在他醉打蒋门神和大闹飞云浦中有非常突出的体现。武松年轻、乐观，他几乎从未感觉到还有困难，对于任何事情都表现得胸有成竹。在景阳冈，他谢绝了酒店主人的诚心劝阻，吃了十八碗酒后，依然前行；在孟州牢城，管营要打他的杀威棒，他一直坚持要打就认真打、不要看面子。《水浒传》的作者就是这样以他那非同凡响的笔写出了这样一群生龙活虎的游侠骑士，他们在没有进入梁山之前，大多是像李

[①] 乌丙安：《中国民俗学》，辽宁大学出版社1985年版，第44页。

逵、武松、鲁智深那样各自以游侠的身份活动在社会上，并表现出特有的天真、乐观和率直。①

（三）江湖情义

《水浒传》所描写的好汉所以团结如一，其机制就是兄弟情义。不同的社会阶层所标榜的义有不同的内涵：统治阶层在社会生活中所提倡的义，与江湖行走之人所秉持的义有别。就江湖文化中的义而言，可以称为特殊的义。义属于伦理道德的范畴，在中国古代，儒家文化传统的伦理道德，不管被宣扬得怎样天花乱坠，在实践层面上总要受到两个方面的制约：一方面是费孝通所讲的差序格局的递减效应，另一方面是因人不同而变化。这就是说儒家的义是因人而异的，他们对朋友、亲属、陌生人、敌人等，所要实施的义各有不同。这样的思想传统也深刻地影响到江湖文化中义的内涵。江湖文化中的义也表现出非常复杂的内容和形态，其中兄弟情谊是最基本形态。

兄弟情谊一般用结拜的方式证明和巩固下来。由于江湖伦理对于兄弟情义的过分看重，就很容易使兄弟情义变成兄弟间的无条件友好，这样的兄弟情义过渡到帮派性就是非常方便的事情。帮派性的前提条件是眼中只有自己的兄弟，千方百计维护自家兄弟小团体自身的利益，把其他所有规则和考虑都可以抛于脑后。帮派性张扬的是个别的义，也就是派别内部之义。这种帮派的个别义，是以可以对江湖其他成员不义为前提的。帮派性的存在，很有可能会对江湖道义与江湖伦理造成伤害。② 显然，兄弟情义是江湖文化中义的主要表现形态，也是江湖的一条无形规则。兄弟情义张扬的是一种伟大的江湖伦理。这种江湖伦理有一个伟大的企图，就是要建立一个与男女之爱同样伟大的感情，那就是男人与男人之间的情谊。在这个情谊里，江湖好汉们最看重"义"。但是，这个"义"的概念仍然是很模糊的。它似乎并不是"正义"。梁山好汉杀人越货、强娶民女、打家劫舍，并无正义可言，亦非儒家的"仁义"，有时他们杀贪官豪强，也往往株连无辜，连丫鬟仆役都不放过，这也无"道义"可言。③ 尽管梁山群体打着"替天行道"的旗号，但是对于道义并无真正的实行，目的却为了

---

① 欧阳健、萧相恺：《水浒新议》，重庆出版社1983年版，第67页。
② 湖北省《水浒》研究会主编：《水浒争鸣》第四辑，长江文艺出版社1985年版，第15页。
③ 汪远平：《水浒拾趣》，北岳文艺出版社1987年版，第226页。

等朝廷来招安，然后边关立功，封妻荫子。与之相近的只剩下"情义"，不过也仅仅是与义相近的质素而已。"情"和"义"毕竟两回事。

第三节 《水浒传》中的信仰民俗

《水浒传》中的信仰民俗不同于宗教民俗，它没有一套完整的体系，甚至没有自己的组织，而是同时深受中国传承千年的儒家、道家、佛家三种思想的影响，这也是中国大多数人近千年来的信仰状况。《水浒传》中的信仰民俗表现在宗教信仰、岁时信仰和迷信禁忌等多个方面，并且具有鲜明的地域特色，如九天玄女、泰山神祇等，都是山东独有的民俗文化。

一 《水浒传》中的信仰诉求特点

《水浒传》的信仰诉求主要有以下几个特点：

（一）以道抗儒，由道入儒

儒学、道学、佛学在传统中国都有兼学术与宗教于一身的功能，其结构是以儒为主，道、佛互参，这里不再详细论述此问题。但《水浒传》体现出来的与这种传统宗教结构有些不同。

以道抗儒是《水浒传》的终极理想。《水浒传》开篇说，嘉祐三年三月三日，京师瘟疫盛行，宰相赵哲、参政文彦博出班奏曰："伏望陛下释罪宽恩，省刑薄税，以禳天灾，救济万民。"[1] 天子虽依此行事，但没有效果，"其年瘟疫转盛"。仁宗天子闻知，复会百官计议。参知政事范仲淹奏曰："目今天灾盛行，军民涂炭，日夕不能聊生，人遭缧绁之厄。以臣愚意，要禳此灾，可宣嗣汉天师星夜临朝，就京师禁院修设三千六百分罗天大醮，奏闻上帝，可以禳保民间瘟疫。"[2] 此后，"天师在东京禁院，做了七昼夜好事，普施符箓，禳救灾病，瘟疫尽消，军民安泰"[3]。可见，道比儒高明、实用。而宋徽宗则被称为"道君皇帝"也显示了这一点。至于《水浒传》中的道士，更是个个身怀绝技，身手不凡。正是儒学失败的社会后果，导致道学的兴起，承担起拯救社会的责任和功能。

---

[1] （明）施耐庵：《水浒传》，人民文学出版社1997年版，第5页。
[2] 同上。
[3] 同上书，第16页。

就儒学而言，其所谓的道为人道。曾子曰："夫子之道，忠恕而已矣。"子贡又说："夫子之文章，可得而闻也；夫子之言性与天道，不可得而闻也。"可见孔子从来不说什么天道。

然而，无论是梁山泊的社会秩序和社会结构，还是《水浒传》的结局，都是"由道入儒"。梁山泊的宗旨是表忠义，盼招安。至于"替天行道"的旗帜，只可以理解为在现实的社会层面上替皇帝行仁政之道，而不是道家思想所宣扬的神秘主义。以道抗儒和由道入儒体现了以道教为主旋律的传统大众文化对待以儒学为核心的精英文化的一种矛盾心态，也体现了传统社会结构下大众理想与现实的冲突。

（二）神秘主义的宿命论

《水浒传》开篇写水浒英雄之由来，并非由于社会矛盾尖锐、自然灾害所引发的百姓生存问题，而是由于太尉洪信一意孤行的恶果：

> 千古幽扃一旦开，天罡地煞出泉台。
> 自来无事多生事，本为禳灾却惹灾。
> 社稷从今云扰扰，兵戈到处闹垓核。
> 高俅奸佞虽堪恨，洪信从今酿祸胎。[1]

这不是对政治黑暗、官贪吏腐的反讽，而确实是传统社会中劳苦大众的绝望和无助的一声叹息。另一个例子是：梁山泊排座次，发现一个石碣：

> 蕊笈琼书定有无，天门开阖亦糊涂。
> 滑稽谁造丰亨论？至理昭昭敢厚诬。[2]

这首石碣清楚地表明了一种神秘主义的宿命论。同时，其清楚地表达了当时人们一种强烈的、非理性的情绪化倾向，为不幸而深深哀叹，为偶尔幸运而欣喜若狂。总之，无论逆境还是顺境，均能坦然处之，逆来顺受之心态跃然纸上。

---

[1] （明）施耐庵：《水浒传》，人民文学出版社1997年版，第16页。
[2] 同上书，第925页。

(三) 善有善报、恶有恶报的因果报应论

在故事情节安排和结局处理上，《水浒传》独具匠心。奸臣贼子如高俅，地痞无赖如牛二、郑屠，奸夫淫妇如西门庆、潘金莲，皆终得其报，得其恶果。而仁人志士，侠义英雄，个个都是敢说大众所不敢说的，做大众不敢做的，真的是大快人心。[①] 当然，其也有浑厚的悲剧色彩，如林冲妻离子散、家破人亡，梁山英雄们最后也是鸟散兽离，甚至兄弟相残。作者叹李逵之死："宋江饮毒已知情，恐坏忠良水浒名。便约李逵同一死，蓼儿洼内起佳城。"这是社会现实使然，也是故事感人的地方。惜憾之处，亦终有所补报，小说最后仍是天理昭然：

> 后来宋公明累累显灵，百姓四时享祭不绝。梁山泊内，祈风得风，祷雨得雨。又在楚州蓼儿洼，亦显灵验。彼处人民，重建大殿，添设两廊，奏请赐额。妆塑神像三十六员于正殿，两廊仍塑七十二将，侍从人众。楚人行此诚心，远近祈祷，无有不应。护国保民，受万万年香火。年年享祭，岁岁朝参。万民顶礼保安宁，士庶恭祈而赐福。至今古迹尚存。[②]

二 《水浒传》中儒、道、佛思想的解构

(一) 儒家思想

《水浒传》应该说是以儒家精神为核心来建构作者英雄理想的，但是英雄在被建构的同时又被解构。儒家文化以入世进取为目标，追求在自我完善的基础上忠君爱国、报效社会，最终实现人生理想。《水浒传》塑造了一系列体现着儒家核心价值观的"忠义"英雄，梁山英雄们虽然长期为社会主流文化所摒弃，但是其主要首领宋江却始终以主流文化倡导的"替天行道，保国安民"为己任，这实际上不仅体现而且超越了千百年来"穷则独善其身，达则兼济天下"的入世精神。宋江明知将被毒害，却视死如归，忠心不改，以自己的生命赢得了忠义美名，因此他备受作者赞扬。"义"则更全面地体现在整个英雄群体中：从史太公收留王进到史进

[①] 吴晓铃、范宁、周妙中：《话本选》，人民文学出版社1984年版，第82页。
[②] （明）施耐庵：《水浒传》，人民文学出版社1997年版，第1309页。

义释朱武等人，从鲁达拳打镇关西到柴进门招天下客，从宋江、朱仝舍命放晁盖到武松醉打蒋门神……直到吴用、花荣以死殉宋江，无一不体现着英雄们的"义"之风范。但全面审视整部作品，英雄们效忠的对象是奸佞当道、昏君当权的腐败朝廷，结果很少得到善终，在一百零八将中，大都作为朝廷的炮灰死于征讨方腊的战争中，仅有寥寥无几能够"自在过活"的如公孙胜等人远离朝廷和江湖。这不能不说是对儒家传统理想光辉的巨大反讽。在解构儒家传统文化的过程中，作品以冷峻的笔调揭示了英雄末路：神圣的英雄忠义之路要用市民手段去实现——靠娼妓和金钱的力量方能铺就，真正的社会精英沦落草莽……这样的叙事不仅是迎合市民阶层猎奇心理的需要，更符合他们追求人人平等、肯定个体生命存在价值和欲望的内心渴求。

1. 对忠君思想的继承

我们知道，一部诞生于封建社会制度下的文学作品首先要考虑的就是其与当时占统治地位的思想是否融合的问题。作品所表达的思想意识、是非观念、情感态度、道德标准等，必须既要符合统治阶级的利益和意志，又要适应普通人民群众的要求和趣味。自汉代以后，"儒家思想不仅被历代统治者尊奉为其统治思想的理论基础，而且作为一种伦理型的政治文化，在民间也有着广泛而深厚的群众基础"[①]。因此，尽管《水浒传》的题材、思想及人物具有十分明显的特异性，但是小说要保证其存在的合理性就不得不向在社会上占统治地位的儒家思想妥协。细细品读《水浒传》中的那些奇言异行，我们不难看出在其背后起着重要作用的一种动力，就是儒家的忠君思想。《水浒传》对儒家忠君思想的继承主要表现在以下两个方面：

（1）对最高统治者的绝对效忠

《水浒传》中对最高统治者的效忠也可以分为两个方面：

一方面，是对宋徽宗本人的忠心，也就是如荀子所说的"以礼待君，忠顺而不懈"。众所周知，宋徽宗沉溺享乐、不理朝政，致使奸臣当道、社会黑暗。但在《水浒传》中对宋徽宗却没有过多的批判，小说最后议论道："至今徽宗天子，至圣至明，不期致被奸臣当道，谗佞专权，屈害忠良，深可悯念。当此之时，却是蔡京、童贯、高俅、杨戬四个贼臣，变

[①] 曲家源：《〈水浒传〉新论》，中国和平出版社1995年版，第38页。

乱天下，坏国坏家坏民。"① 社会黑暗、政治腐败的原因就全部被归结到了四个贼臣的身上。宋江等人无论对朝廷怎样痛恨至极，也不过是斥责奸臣而已，却从不敢对皇帝有二心。这从宋江等人三番五次地试图面见皇上、请求招安就可见一斑了。又如，在迎战巡检何涛的战役中，阮小五唱道："酷吏赃官都杀尽，忠心报答赵官家。"② 阮小七则唱的是："先斩何涛巡检首，京师献与赵王君。"③ 这大概代表了梁山好汉们的共同心声吧。

另一方面，对最高统治者的效忠也间接地体现在了报效朝廷的坚定信念上。梁山上有不少好汉在上梁山之前就曾是朝廷官吏，对朝廷、对皇帝忠心耿耿。例如，秦明讨伐花荣时对其大喝："你是朝廷命官，教你做个知寨，掌握一境地方，食禄于国，有何亏你处，却去结连贼寇，背反朝廷？"④ 在这段话中我们可以看出，对朝廷忠或不忠已经俨然成了《水浒传》中判断人物善恶的标准了。这些人后来多被贪官污吏逼上了梁山，但他们无论受了多大冤屈，无论被昏昧的朝廷迫害多深，都始终不改报效朝廷的心。除了像李逵这样的少数人以外，多数人上梁山都只是抱着"权时避难"的想法的。宋江曾多次表明自己的心意："宋江原是郓城县小吏，为被官司所逼，不得已啸聚山林，权借梁山水泊避难，专等朝廷招安，与国家出力。"⑤ 这也是多数梁山好汉们共同的心意。后来他们接受了招安，征辽国、讨方腊，在战场上豁出了性命，这就以更加直接的方式表达出他们报效朝廷的坚定信念了。

（2）对皇室血统的尊崇

东汉时期的统治者将儒家的忠君思想进一步扩大，构筑了刘姓正统的意识形态。此后，对皇室血统的尊崇也就成了儒家忠君思想的一个组成部分，开始深入人心。例如《三国演义》中的"拥刘反曹"倾向就是这种思想的一个体现。在《水浒传》中，这一思想主要体现在一个人物身上，那就是——柴进。小旋风柴进并没有什么特别的德能，武艺也十分一般，但在江湖上却名声显赫，引得各路英雄好汉纷纷前来投奔。这除了因为他

---

① （明）施耐庵：《水浒传》，人民文学出版社1997年版，第1297页。
② 同上书，第237页。
③ 同上。
④ 同上书，第444页。
⑤ 同上书，第781页。

家资豪富且能够仗义疏财以外,更重要的则因为他是"大周柴世宗嫡派子孙"。仅这一条,就比任何美德贤能或万贯家财具有更强的号召力。当柴进被新贵、高唐州知府的妻弟殷天锡所欺凌、弄得家破人亡时,梁山好汉上下齐心、拼死相救,最终打死了殷天锡,将柴进请上了山。①

2. 对忠君思想的发展

虽然《水浒传》不能够摆脱儒家忠君思想对其潜移默化的影响,但是小说却大胆地对忠君思想进行了深化和拓展,这也是小说思想价值的一个重要方面。明代商品经济迅速发展,城市居民和江湖游民等队伍也在不断扩大,社会道德规范也随之悄悄发生着变化。另外,"心学与禅宗相结合在社会上广泛传播,促使人们在思想观念、思维方式上发生了变革,开始用批判的精神去对待传统、人生和自我"②。在这些因素的共同作用下,《水浒传》中的忠君思想呈现出了崭新的时代特点。《水浒传》对儒家忠君思想的发展主要表现在如下几点:

(1)打出了"替天行道"的大旗

从表面上看来,"替天行道"是以尊崇天——皇帝为前提的,也符合传统儒家忠君思想的。但仔细想来,就能发现两者是有很大差别的。在传统儒家思想中,皇帝是独断专行的,是绝不容许他人来"替"的。而梁山好汉却打出了"替天行道"的大旗,要替天子履行其职责,不能不说是一个很大的突破。"替天行道"四字将原本矛盾的两个事物——"造反"与"忠君"完美地统一起来,造反成了忠君的一种方式。③ 在《水浒传》中彭玘对前来进攻梁山泊的凌振说:"晁、宋二头领替天行道,招纳豪杰,专等招安,与国家出力。"④ 造反的目的是招纳豪杰,共聚大义,扫除贪官,辅国安民,因此也就具有正义的色彩。造反是在那样一个奸臣当道的特殊的时代环境中所生出的一种特殊的忠君方式,也是对于那些蒙受冤屈的英雄豪杰们来说唯一可行的忠君方式。这种方式为那些报国无门的仁人志士提供了一个实现理想的渠道,并且也在民间维护了正义,给那些谗佞奸臣以严重的威胁,因此相对过去"唯王命是从"的忠君方式来

---

① 王同舟:《地煞天罡——〈水浒传〉与民俗文化》,黑龙江人民出版社2003年版,第250页。
② 袁行霈:《中国文学史》(第4卷),高等教育出版社2005年版,第8页。
③ 陈进轩编著:《水浒人文》,山东人民出版社2011年版。
④ (明)施耐庵:《水浒传》,人民文学出版社1997年版,第739页。

说，有很大的进步性。

（2）包含强烈的民族感情

在经历了元朝统治之后，元末的农民起义终于将元朝政权推翻，建立起了由汉族人统治的明王朝。回顾历史，明代的文人们很容易生发出某种忧患意识和民族情感。《水浒传》的作者就是将这种民族情感放进了小说当中，寄托在了水浒英雄们的身上。北宋末年，由于朝廷腐败，国力衰微，不断受到外族的入侵并无力抗衡。水浒英雄们在这种背景下应运而生了，并且自然地将忠于君主、报效朝廷的思想与保卫国家、抵抗外族入侵联系起来。在小说当中，抗击辽国已经不仅仅是"为皇上分忧"了，而是由好汉们油然而生的爱国之情和民族自尊心作为后盾的。从这种民族情感和爱国思想出发，梁山好汉们主动请缨，攻打辽国，并且好汉不折一人就将辽国打得大败。这种描写似乎有些不太真实，但却可以从中看出作者对于征辽行为所赋予的神圣意义。

（3）体现出民本思想

仁政爱民本是儒家思想中对于统治者的一个基本要求，而社会上民心的安定也是统治者维护其统治的一个必要前提。在《水浒传》中，水浒英雄们却代替封建君主履行了"爱民"的职责。梁山好汉以"杀尽贪官""保境安民"为己任，虽然并没有直接地提出要为普通百姓造福，但是抵御外族侵略、铲除贪官污吏间接地给平民百姓带来了利益，使百姓免于战争之苦和贪官盘剥。当然，梁山也有一些好汉是绿林出身，难免做过一些偷鸡摸狗、打家劫舍的事，但梁山好汉作为一个集体，其主导思想却是安民的，例如，他们并不侵扰梁山周围的普通百姓，而只是向地主借粮，并且把劫来的钱粮施舍给贫苦人家。事实上这种安民之举也不单纯是为了给皇帝保天下了，而是出于其对无产阶级劳苦大众自然而生的一种内在的同情，这是一种与统治者不同的、潜在的、真诚的"爱民"思想。

（4）从忠君思想衍射出的"忠主"思想

在《水浒传》中除了赞颂臣子对君王的忠诚外，也同样宣扬了仆人对主人的忠诚。我们认为这种对仆人所要求的绝对"忠主"的思想其实可以看作是从忠君思想中发展而来的衍生物。"主"是对"君"的扩散，两者同样是对臣子或仆人拥有绝对的、无上的权力，要求绝对的忠心与服从。①《水浒传》中对这一思想表现最多的就是对燕青的描写。燕青对卢俊义可谓是忠心耿耿，把主人的荣辱、得失、安危看得比自己的生命都宝贵。他对卢俊义的献身是无条件的，即使受到主人的猜忌、误解，他也毫无怨言。从某个角度来看，梁山上的英雄豪杰们对其首领宋江的忠心也未尝不可以看作是一种"忠主"或是"忠君"的思想。②与这两者一样，梁山好汉们对于宋江的服从也是无条件的。例如，原本反对招安的武松等人，最终也听从了宋江，跟随其归顺朝廷；宋江临死前也给李逵下了毒，鲁莽暴躁的李逵知道后却没有一句怨言；而花荣和吴用更是在宋江死后双双在其墓前自尽。在《水浒传》中这种"忠主"思想还有一点特别之处，就是它与兄弟之间的义气交融在了一起，因此就减少了保守的因素而更加具有人情味。

综上所述，《水浒传》既不可避免地承袭了儒家的忠君思想，又有意识地从忠君思想中生发出了一些新的思想观念；既保存了消极的一面，又升华出了积极的意义。因此，我们在阅读这部小说时，既不能把它当作一部完全充满新思想的革命性的小说，更不能忽视其对传统封建礼教的大胆突破；而是要正确认识小说的崇高的思想价值及其局限性，要剔除其糟粕，汲取思想中积极的营养，学习其锐意创新之处。

（二）道家思想

与儒家文化的执着于人世不同，道家文化的主流更强调对个体生命的保全和自由发展。在对梁山英雄归宿的描写方面，凡相机而退者俱得善终，凡萦于名利者均结局不好。《水浒传》从卷首的《张天师祈禳瘟疫 洪太尉误走妖魔》到书末的《宋公明神聚蓼儿洼 徽宗帝梦游梁山泊》，处处体现着道家的神秘色彩和"天命"意识，但作品中所呈现的道家思想又有明显的分裂。天上的九天玄女娘娘和人间的罗真人分别是道家在天上和人间的代表，两人的观点存在巨大的差异：九天玄女成为梁山事业的指导者，要求的是宋江等人竭忠尽责，"勿生退悔"，且只要尽忠尽孝，不必刻意修行也自能升仙得道，把忠孝作为人世的终极追求；而在世人看来，宋江不过是个惨死于宵小之手的悲剧英雄而已，是对"青史留名"

---

① 王同舟：《地煞天罡——〈水浒传〉与民俗文化》，黑龙江人民出版社2003年版，第236页。

② 宁稼雨：《水浒别裁》，中国人民大学出版社2007年版，第9页。

"千年鼎食"一定程度的否定；罗真人则讲究适可而止，反对贪恋功名、过分忠孝，派遣公孙胜扶助宋江等人成就功业，却不允许他再前进一步。因而无论是明哲保身还是心系红尘，在"天命"之下，和市民政治冷漠的态度相一致，个体呈现出无法实现生命意志选择的无奈，只留下神聚蓼儿洼的悲怆。

任何宗教在本质上都可以归结为两个基本的范畴：信仰和仪式。前者属于见解和主张，后者则是明确的行为模式。梁山泊英雄聚义的基本纲领一是替天行道，一是忠义双全，这两者都是道教信仰的鲜明体现，而梁山泊英雄排座次则是宗教仪式的变形运用。它们共同构成了《水浒传》的道教文化底蕴。

1. 替天行道的思想

中国封建社会的农民起义，几乎无不有宗教色彩。起义领袖若要鼓动百姓起来造反，首先必须消解大众内心深处的恐惧心理，为他们找到一种足以同皇权思想相抗衡的精神寄托和心理凭借。[①] 于是宗教尤其是道教便成为起义领袖号召群众、组织队伍的首选精神利器。秦朝严刑峻法，苛虐百姓，人心思变。但是百姓畏惧秦王朝的专制暴力，于是假托神怪，传言秦之将亡，陈胜、吴广用罾鱼狐鸣之法，鼓动戍卒掀起了声势浩大的农民起义；张角"自称'大贤良师'，奉事黄、老道，畜养弟子……因遣弟子八人使于四方，以善道教化天下，转相诳惑。……讹言'苍天已死，黄天当立，岁在甲子，天下大吉'。……旬日之间，天下响应，京师震动"[②]。《水浒传》所展现的众多英雄聚义梁山泊反抗暴政的整个过程也受到道教的影响，具有鲜明的行动纲领。

从梁山泊忠义堂前高高飘扬的杏黄旗所书"替天行道"中，我们可以看到其中所蕴含的道教思想的影响。老子被东汉中后期兴起的道教奉为教主、太上老君，成为道教的始祖。道教将老子之道作为最根本的信仰和教义。在道教看来，《道德经》所谓"道生一，一生二，二生三，三生万物"的"道"是天地万物的本源，生成天地，养育万物人类，但它却是一个盈亏有度、此消彼长的自我调节运动过程。天道的运行，就好像拉弓射箭一

---

① 王同舟：《地煞天罡——〈水浒传〉与民俗文化》，黑龙江人民出版社2003年版，第254页。

② 《后汉书》卷71《皇甫嵩朱俊列传第六十一》，中华书局1956年标点本，第1360页。

样,有张有弛,消长有度的。当天道亏缺时,就需要增益之;当天道盈溢时,就要自我排泄。所谓的"天道"实际上就是"人道",因为最高统治者常常标榜君权神授,替天行道,统治阶级的意志常常是天的意志的体现者,就此而言,天道与人道是一致的,它们统一于封建君主的自我意志。因此,"皇道"就是天道与人道的统一。但是当天道与人道出现尖锐冲突、皇帝不能自行其道的时候,就应该以新的人为力量来改变现状,实现天道与人道的顺利运行。水浒"替天行道"的基本含义就是"替放弃了统治责任的宋朝皇帝来行使封建统治的政治职能……即以非正常的手段来实现封建统治的正常职能,维护正统的封建统治秩序"①。由于奸臣贼子蒙蔽圣明,使得"天道"不行,所以宋江的"替天行道"就是要替皇帝行"皇道",因而不能说宋江举起了"替天行道"的旗帜,就表示他要造皇帝的反了。

在《水浒传》中,梁山好汉们的每一个故事几乎都在重复着同样一个意思:朝廷无道,道在草野。②因此梁山好汉的所作所为无不呈现着一个"道"字。当道统与政统出现尖锐冲突之时,尤其是君主无道、奸臣弄权、政治黑暗、天道蔽壅的时候,广大士人被排挤出政治权力之外,沦为社会的边缘人。他们本属于主流社会,或是由于生活状态、生活经历(如三阮、林冲),或是由于统治者的政策(如花荣、宋江),或是个人的选择(如晁盖、鲁智深、柴进),从社会主流走到社会边缘,甚至堕入江湖。晁盖和吴用、公孙胜、刘唐等人一起劫取了梁中书献给蔡京的生辰纲,是因为梁中书"损不足以奉有余",为天道所不容。劫取生辰纲是合乎天理的,他们劫富济贫的行为本身就是"替天行道",不自觉地充当了社会正义的代言者和天理的代行者,从而实践了老子所主张的无剥削、无压迫的理想。

从本质上讲,任何宗教都是人类现实生活悲剧的反映,是人类力求实现自我价值和道德完善的心理自救。宋江是被统治者的政策推向边缘的,他是郓城县主管文案的小吏,宋代禁止小吏参加科举考试,这就断绝了他进入仕途的希望,于是在浔阳楼上题下了反诗。但是,他并未完全绝望,

---

① 王同舟,《地煞天罡——〈水浒传〉与民俗文化》,黑龙江人民出版社2003年版,第137页。

② 同上。

他的意识深处仍然有一种超越现实苦难、反抗现实黑暗政治、实现凌云之志的强烈愿望,其精神动力源于蛰伏在人们心灵深处的道教信仰,它驱使宋江超越现实,崇拜精神的权威——天道。现实社会秩序混乱不堪,道教信仰完全占有了他的整个身心,天道观念对宋江和梁山英雄们来说是一种精神动力。

很显然,宋江的"替天行道"和改造社会的理想不是从打碎现存的不合理社会制度入手,像李逵所说的那样,杀进东京,夺了宋徽宗的宝座,自己做皇帝,而是保境安民、铲除梁山周围几百里范围之内的贪官、土豪、恶霸,依据先验的天道观念来重塑世俗社会。这只能是乌托邦式的空想,从根本上来说,这不仅是宋江个人的悲剧,也是整个梁山事业必然失败的根本原因。

2. 歃血为盟的仪式

宗教仪式的重要功能之一就是整合社会群体的力量。在梁山泊,尽管人们都服从宋江的领导,推尊他为山寨之主,但是对他推行的招安路线还是有很大分歧的。对此宋江也有清醒的认识。如何消弭思想分歧是宋江必须解决的一个问题。在《水浒传》第七十一回《忠义堂石碣受天文 梁山泊英雄排座次》中,作为道教仪式的石碣受天文圆满地解决了这个问题。人不能没有对人生终极意义的追求,不能没有对无限与永恒的彼岸世界的追求,不能没有对神圣与崇高的敬仰,因而不能没有敬畏之心,也不能没有对灾祸的畏惧。[1] 这种敬畏之心在道教的宗教仪式中得以确立和强化。

中国道教融合了原始宗教的天神信仰,确立了神能赏善罚恶的价值理念。原始宗教认为天(自然界)对人有警示、警告的观念和信仰,所信仰的天神似乎是人格化的,人的一举一动天神是能够"看"得到的,就是说,天神是有意志的,天神的意志就是使人做好事而不做坏事,做善行而不做恶行。人如果做了好事,天会行赏;人如果做了坏事,天会惩罚。其根本目的就是督促人们向善行义。道教将其根本信仰"道"人格化,成为"太上老君",替代了原始信仰的天神,从而作为神仙的太上老君也具有了赏善罚恶的无上权力。为了使这种先验的神学理念能够深入人心并转为人类自我修养的内在动力,道教通过种种复杂的斋醮科仪的宗教仪式来强

---

[1] 陈进轩编著:《水浒人文》,山东人民出版社2011年版,第46页。

化它的教义思想和教徒的信仰行为。

在《水浒传》第七十一回中，宋江明确地提出他举行罗天大醮的主要目的是"报答天地神明眷佑之恩。一则祈保众弟兄身心安乐；二则愿朝廷早降恩光，赦免逆天大罪，众当竭力捐躯，尽忠报国，死而后已；三则上荐晁天王早生仙界，世世生生，再得相见。就行超度横亡恶死，火烧水溺，一应无辜被害之人，俱得善道"①。对此，清人王望如有精到之论，他说："宋江为一百八人纲纪。当午睡初足，清梦乍回之余，自念刺面小吏，杀人在逃，敢掳掠州郡，残害官民，聚盗而饰聚义，逆天而矫代天，虽避朝廷之斧钺，难逃鬼神之诛。求建醮祈福，正是肺肝如见，诚中形外，欲掩不得。"② 王望如之言道出了宋江举行"求建醮祈福"的主要原因就在于他有"难逃鬼神之诛"的避祸、敬畏之心。确实，梁山泊英雄在替天行道的同时也有诸多失去理性的暴行，诸如火烧无为军、血洗江州等。这些破坏社会秩序、违反人性的恶行一直是宋江无法排解的内心忧虑，他惧怕天谴。因此，要弥补这些罪过，就只有不断地加强道德修养，实现精神的自我超越，达到完满自足的道德境界，在这种状态下，人就从罪孽感中解放出来，心中因恐惧而导致的紧张得以消释，获得了身心安乐、怡然自得的精神状态。同时，在现世世界，还应当接受朝廷的招安，顺从人世间统治者权威，以致遵循现存的社会制度，维护现行的社会秩序，尽忠报国。这样，无论从道德修养还是从伦理实践方面，他们都自觉地追求至善至美的崇高精神境界，与神相通，人死以后就可以上荐仙界，"俱得善道"。

在这个仪式中，宋江巧妙地将他的行动纲领和一百零八将的名字镌刻在石碣上，而且将他们按次序与天罡、地煞联系起来，着力营造"上天显应，合当聚义"的神秘效应。这种朴素的方法意在沟通人与神之间的关系，这是宋江利用道教仪式强化其价值观念的重要表现。作为现实存在的人，通过整个仪式过程的公开表演，梁山泊英雄以神灵为理想参照，经历了与神相通的宗教体验，获得了"与道感通"、得神保佑的神秘感受，产生了"天地之意，理数所定，谁敢违拗"的群体体验。这就为他们聚义梁山泊提供了先验的合理性。既然这是天地之意，人们就应当顺从天地运行

---

① （明）施耐庵：《水浒传》，人民文学出版社1997年版，第923页。
② （汉）王符：《潜夫论笺》，清汪继培笺，彭铎校正，中华书局1979年标点本，第62页。

的理数，接受无上的天道之命，涤荡心中的罪恶感和各种贪欲，完成了从肉体到灵魂的彻底净化。实际上，神秘的天意启示着人们超越现实世界而进入完全实在的至善至美的理想世界。在这一理想世界中，以"忠孝和顺仁信为本"的观念已经成为道教伦理的重要组成部分规范着人们的思想和行动。这样，宋江就很自然地将尽忠报国、保境安民的价值观念通过道教仪式以无上的天意命令固定下来，从而完成了梁山泊主导意识形态的转变，为招安路线提供了舆论支持和理论基础。

在仪式中宋江采用了歃血盟誓的方式要求众人无条件地服从这一理念，凝聚梁山泊全部社会的力量将这一理念贯彻执行下去。宋江利用神灵的超人力量，随时提醒、警示人们不与既定的信仰相冲突，确保这一仪式所标明的"替天行道，保境安民"的价值观念能够完全地被认可、不打折扣地被执行，"共存忠义于心，同著功勋于国"，共同遵守、实践这一道德信念。梁山英雄由于心存忌惮而自我抑制、约束，"众皆同声共愿，但愿生生相会，世世相逢，永无断阻"。这就在思想上和行为上杜绝了任意而行的自由散漫的作风，起到了统一思想、控制梁山泊内部社会的作用。如果违禁犯忌，就必然会受到上天的惩罚，"自今以后，若是各人存心不仁，削绝大义，万望天地行诛，神人共戮，万世不得人身，亿载永沉末劫"①。精神上的神秘力量充当了审判违背誓言者的法官，并对他们实施惩罚。

弗雷泽在《金枝》一书中说道："我们观察到'交感巫术'的体系不仅包含了积极的规则也包括了大量消极的规则，即禁忌。它告诉你的不只是应该做什么，也还有不能做什么。积极性规则是法术，而消极性规则是禁忌。……积极的巫术和法术的目的在于获得一个希望得到的结果，而消极的巫术或禁忌的目的则在于要避免不希望得到的结果。"② 弗雷泽认为应用巫术是法术和禁忌的对立关系。在《水浒传》第七十一回中，宋江利用道教的法术不露痕迹地沟通了神与人的隔阂、圆满地完成了梁山泊社会的道德观念的转变。同时，他又用禁忌来警示人们不要触犯他所确立的道德观念，否则就会受到上天神灵的惩罚。这两者表面上看来是矛盾的，但在本质上是相通的。事实上，无论是法术还是禁忌都是道教仪式重要组成部分，在确定梁山泊的社会秩序和统一主导价值观念方面它们起着相同的

---

① （明）施耐庵：《水浒传》，人民文学出版社1997年版，第933页。
② ［英］弗雷泽：《金枝》，赵明译，人民文学出版社1987年版，第17页。

作用。

3. 天下太平的理想

《水浒传》所体现的天下太平的社会理想也富有道教色彩。这一点金圣叹早已指出,他在评《水浒传》楔子的开场诗时说:"一部大书诗起、诗结,天下太平起,天下太平结。"

在政治领域内,阴阳相谐相通、持中守和体现为君、臣、民的相通与合作。道教强调,君、臣、民"三气不善相通,太平安得成哉?"因此,君、臣、民之间存在着相辅相成的关系:"君为父,象天;臣为母,象地;民为子,象和。天之命法,凡扰扰之属,悉当三合相通,并力同心,乃共治成一事,共成一家,共成一体也,乃天使相须而行,不可无一也。一事有冤结,不得其处,便三毁三凶矣。故君者须臣,臣须民,民须臣,臣须君,乃后成一事,不足一,使三不成也。故君而无民臣,无以名为君;有臣民而无君,亦不成臣民;臣民无君,亦乱,不能自治理,亦不能成善臣民也;此三相须而立,相得乃成,故君臣民当应天法,三合相通,并力同心,共为一家也,比若夫妇共为一家也,不可以相无,是天要道也。"① 在这里,君尊臣卑的封建伦理道德观念被淡化了,反复强调的乃是君臣民"三合相通,并力同心,共成一事",缺一不可的协作关系。

由上述"三合相通"的思想进而引出了政治上平等和经济上平均的要求,《水浒传》中的太平理想即是无贵贱之分的平等社会。《三合相通诀》说:"太者,大也,乃言其积大行如天,凡事大也,无复大于天也;平者,乃言其治太平均,凡事悉理,无复奸私也。"② 这里的"平均",既指经济上的平均,又包括政治上的平等。道教强调,政治上均等无争的实现是"为人君"的前提,故说:"天地施化得均,尊卑大小如一,乃无争讼者,故可为人君父母也。"③ 同样,在经济上也不允许少数人聚敛独占,道教直言不讳地宣称:"财物乃天地中和所有,以共养人也",帝王府库中的财物是大家"委输"的,"本非独给一人也",穷人也应当从中取用,那些将天地间的财物据为己有的人,是"天地之间大不仁人"。

以上思想,既表达出社会上层的改良派融会儒道、力求君臣民相通相

---

① 《太平经合校》,中华书局1997年标点本,第259页。
② 同上书,第330页。
③ 同上书,第683页。

谐的"中和"理想，又反映了下层民众痛恨贫富分化、要求实现政治上和经济平等的愿望。

（三）佛家思想

《水浒传》也表现了一些佛家思想。鲁智深是作者着力描写的"上上人物"，这一形象"抑恶扬善，崇真去伪"，使《水浒传》的忠义和道家的"法贵天真"与佛家的救世精神有了相通之处。[①]鲁智深身上表现了充分的佛性，他对别人的痛苦有着深刻的同情。但小说以鲁智深为佛家代表来展示佛教日益深入人心的同时，却从另一方面进行了解构：鲁智深是因杀人避罪而出家，实属无奈之举；且是通过赵员外打通方丈的关节才出家；他出家所在的五台山文殊院同样充满世俗间的尔虞我诈、明争暗斗；出家后也未能守佛家清规，而是照样喝酒吃肉，依旧杀人放火，仍然快意恩仇，以至于在五台山宋江参禅时，智真长老也对鲁智深说："徒弟一去经年，杀人放火不易。"[②]《水浒传》在建构传统意义上理想英雄的努力被打破，回归到市民社会对个性解放和自由的追求和向往。

宋元话本和戏曲中的鲁智深形象，经过民间艺人的不断润色虚构，已经成为一名下层正直武官和"不吃斋"僧人的形象。元代戏曲中描写鲁智深至少与两处寺庙结缘，一是《鲁智深大闹消灾寺》之"消灾寺"，一是《鲁智深喜赏黄花峪》中路过的"云岩寺"[③]。到《水浒传》中，鲁智深的僧人形象则进一步被深化，分别与五处佛寺六次结缘，即文殊院出家、火烧瓦罐寺、大相国寺执事、宝珠寺落草、文殊院二次参访、六和寺圆寂。这些刻意设置的情节与人物描绘融为一体，承载了作者深沉凝重的文化思考、信仰考问与文人妙赏。

1. 出家：文殊院

佛教讲出家，有两重含义，一重为身出家，一重为心出家。《景德传灯录》卷一《优波鞠多章》记述出家人的两种心态，一种是披上袈裟，心在红尘；一种是妄心休息，心慕解脱。

《水浒传》中的文殊院，与鲁达的身心两重出家，都密切相连。小说第三回拳打镇关西，在赵员外的护持下，鲁达被迫在五台山文殊院出家，

---

① 乌丙安：《中国民俗学》，辽宁大学出版社1985年版，第188页。
② （明）施耐庵：《水浒传》，人民文学出版社1997年版，第1155页。
③ 宋子俊：《元杂剧中的李逵和鲁智深形象考述——兼论〈水浒传〉与水浒戏的继承与发展》，《戏曲研究》1995年第1期。

属于身出家而心在红尘。小说第九十回，写鲁达的心出家。之后，路过五台山，第二次文殊院参访智真长老，看多了生死沧桑的鲁达，这次想要放下红尘，有了一点真正出家的意思。第一百一十九回，则写鲁达身心俱出家，作者借此形象，完成自己对人生宗教理想的描画。

鲁达与佛结缘，以文殊院为核心，这是作者特意设置的一个重要的典型环境。小说将鲁智深的两次出家，都安排在五台山文殊院，表现了作者对传统佛教信仰的郑重理解和深刻隐喻。① 小说写鲁达拳打镇关西、勇救金翠莲的精彩出场，是一幅英雄笔墨，之后的被官方通缉，被迫流亡，鲁达一步步靠近佛法清凉之地。

第四回赵员外问鲁达是否愿意出家避祸时，鲁达道："洒家是个该死的人，但得处安身便了，做什么不肯？"② 清代文人金圣叹在此处体贴点评道：写尽英雄在困。此时的鲁达，身上的英雄气息依旧多于禅客味道。正如第二回史进总结，希望自己凭本事"求个出身，图半世快活"。这也是大多数梁山好汉共同的人生追求，是梁山谋反事业共同的精神动力所在。此时身在五台山文殊院的鲁达，虽然出家出得爽快豁达，但是其内心所向，脚步所行，依旧是朝着梁山方向的。由此也就必然引出后来大闹禅堂、醉打山门的著名情节来。第四回作者通过智真长老的那段话，对"形容丑恶，相貌凶顽"的鲁达，做了极高的评价。③ "此人上应天星，心地刚直。虽然时下凶顽，命中驳杂，久后却得清净，正果非凡，汝等皆不及他。"④ 为什么凶顽的鲁达，杀人放火，却必定能够正果非凡？这里包含了文人对佛教核心理念的理解，那就是重心性解脱，轻戒律行持。因为正统的佛教解脱论，是说智慧得解脱。而文殊菩萨，在佛教中也是大乘智慧的象征。仗剑骑狮的文殊形象，代表的正是"仗智慧剑，杀烦恼贼、做智慧狮子吼"的佛家义理。在五台山文殊院里，遇到"智慧真实"的智真长老，鲁达被赐予法号"智深"，标志着鲁达的人格与命运，将和佛教所讲的解脱智慧有关。

文殊院第二次出现，已经是小说的后半部分。第八十九回，在大破辽

---

① 施正康、施惠康：《水浒纵横谈》，学林出版社1996年版，第8页。
② （明）施耐庵：《水浒传》，人民文学出版社1997年版，第57页。
③ 王同舟：《地煞天罡——〈水浒传〉与民俗文化》，黑龙江人民出版社2003年版，第263页。
④ （明）施耐庵：《水浒传》，人民文学出版社1997年版，第60页。

军之后,屡立奇功的鲁智深,随军经过五台山,很认真地提出要去参访自己的师父智真长老。小说在此让鲁智深有一段很长的表白,从自己拳打镇关西写起,到与高俅的恩怨,最后归结到学佛归宿的问题:

> 洒家常想师父说,俺虽是杀人放火的性,久后却得正果真身。今日太平无事,兄弟权时告假数日,欲往五台山参礼本师。就将平昔所得金帛之资,都做布施,再求问师父前程如何。①

在佛教里,"本师"是个十分有分量的称呼。佛教徒礼拜释迦牟尼,都称呼"南无本师释迦牟尼佛",表示自己内心的根本皈依。从鲁智深的这段表白来看,他的本师是高僧智真长老,那么他的心灵归宿,已经在正统佛教。"再求问师父前程如何",是解决最后的内心纠结。而资财捐献五台山文殊寺,也说明了鲁智深再回寺庙的必然性。这个时候,真正出离世间、进入佛门的机缘才成熟。正如作者此时总结:"一语打开名利路,片言踢透死生关。"

第九十回写智真长老对鲁智深的接引,十分精彩。老和尚劈面一句:"徒弟一去数年,杀人放火不易。"说得鲁智深"默默无言"。在文殊院,智真长老与宋江的对话,是佛法与世间法的一番较量,非常有趣。二人先是相互称谢。长老感谢宋江带领自己的徒弟"替天行道";宋江感谢长老没有竭力劝说鲁智深留下。之后宋江与长老之间再有一番斗法。宋江说"苦海无边,人身至微,生死最大",所以既然人生短暂,那么大丈夫当有所作为,保家卫国、忠义传世。智真做法偈,讽诵人生无常,要及早回头、寻求解脱:"阎浮世界诸众生,泥沙堆里频哮吼。"② 这是贬斥梁山事业虽然宏巨,但是在佛法眼里,不过是泥沙微尘,梦幻泡影。这是作者对中国文人儒家入世理念和佛教出世思想做的一番比较,看得出,作者对两种信仰模式都表示了深切的理解和同情,因为它们同属古代文人信仰模式框架中的重要组成部分。

最后,梁山好汉拈香礼拜,慷慨盟誓:"只愿弟兄同生同死,世世相逢。"大众心理效应使鲁智深随宋江再次出发,不过这次他将心留在了文

---

① (明)施耐庵:《水浒传》,人民文学出版社1997年版,第1152页。
② 同上书,第1155—1156页。

殊院。智真长老和宋江的不同选择，表现了中国文人固有的出世与入世的矛盾态度，以及在儒佛信仰之间力求平衡的理想主义心态。① 这种态度，通过鲁智深在佛教与梁山事业之间的挣扎体悟，以及最后的各得其所，表现得既含蓄，又淋漓。

2. 沉浮：瓦罐寺与大相国寺

离开文殊院，鲁智深曾经游历寄居过瓦罐寺、大相国寺。瓦罐寺写寺庙的破败，大相国寺写寺庙的热闹，象征着追求世间功名所经历的繁华与冷落心境。因为这两座寺庙，都不是修行悟道的地方，而是世俗沦落之地。鲁智深经过的这条路线，是奔向梁山之路。走在强盗或者英雄路上的鲁智深，内心依旧有矛盾，一方面认同自己的出家身份，一方面继续追求自己的梁山英雄梦。当然，这段时间里，后者占了主导。第四回离开五台山文殊院，鲁智深大闹桃花村，处理桃花山盗匪周通强抢民女的问题，之后被周通等人请上桃花山。李忠邀他留在山上落草，鲁智深拒绝："俺如今既出了家，如何肯落草？"② 从后来他上梁山的举动来看，这绝对是借口。鲁智深不排斥落草，但排斥仅仅为了糊口而落草。他认为李忠为人不慷慨，"做事悭吝"，而且"只苦别人"，与这种胸无大志的平庸之辈相处山林，与他向往的落草生涯不同，所以拒绝。在此时鲁智深的心里，有英雄梦，也有解脱理想，但绝不做平庸之辈。

瓦罐寺之行，是鲁智深重要的世俗之旅。据王颋、利煌考证，瓦罐寺又称瓦官寺，在中国文化历史上也颇具象征意义，这座寺庙是南北朝建康（南京）佛教兴盛的标志。③ 东晋哀帝兴宁二年（364），皇帝下诏将原来陶官驻地，布施给僧家建寺，所以称为"瓦官寺"。由于帝王恩遇，又加上历代文人吟咏，瓦官寺成为中国皇权佛教与文人佛教相结合繁荣发展的一个重要象征。即使是在唐末衰败之后，也多有文人借古讽今，使之声名远播。诗人留下的许多著作，带有感慨兴废的象征意义，如明末清初诗人邢昉七绝："南朝当日瓦官寺，每到山门感废兴。骁骑仓边寻古井，夕阳重话白头僧。"④ 皇权、寺庙、名士，是六朝繁华的象征。这个古时南京的繁华寺庙，被作者挪移到小说中，突兀地出现在鲁智深从山西五台山到

---

① 孙雪岩：《〈水浒传〉与中国下层俗文化》，《聊城大学学报》2006 年第 6 期。
② （明）施耐庵：《水浒传》，人民文学出版社 1997 年版，第 83 页。
③ 王颋、利煌：《瓦官寺的兴盛与衰落》，《广西社会科学》2006 年第 2 期。
④ 濮小南：《瓦官寺凤凰台》，《南京史志》1998 年第 6 期。

河南开封的路上。作者通过鲁智深的眼睛，写尽古代文人对佛寺文化兴废的伤感情怀，那"满地燕子粪""锁上蜘蛛网"，那盯住一碗粥不肯布施、最后因恐惧自杀的懦弱老僧，那欺男霸女、勾结朝廷官员的一僧一道两个恶霸，无不令读者触目惊心。破败如瓦罐寺，繁华如大相国寺。在遇到"街坊热闹，人物喧哗"的大相国寺之前，先遇到"大门也没了，四围壁落全无"，只有"风吹得铃铎响"的"败落"瓦罐寺，如此迤逦文笔，《水浒传》实在是大有深意。作者通过鲁智深的游历，通过瓦罐寺和大相国寺的比较，要写出自己胸中对佛教的理解：表面的僧人喧嚣、殿堂富丽，绝不是佛法真谛；寻求佛法的真谛，也不一定到丛林寺庙里来。真实的佛法在哪里呢？《水浒传》给的答案是：真正的佛法，是心灵解脱的宗教实践和大慈大悲的宗教精神。最后鲁智深一把火烧掉了瓦罐寺，又一把火烧掉了大相国寺的菜园，重新走上了寻找自我之路，因为"梁园虽好，不是久恋之家"。金圣叹在此也感怀道：

> 离了一个丛林，要到一个丛林；未到那个丛林，先得这个丛林。两头两个丛林，极其兴旺；中间一个丛林，极其败落。写得笔墨淋漓，兴亡满目。文殊院、瓦官寺和大相国寺的比照描写，可以从兴旺与败落看，也可以从真实与虚假看。同是僧众喧嚣，文殊院有真实智慧；大相国寺只有僧官往来、执事官阶、菜园琐事。大相国寺的兴旺只是表象，在真实佛教的弘扬方面，它和瓦官寺一样，已是破败不堪，只能一烧了事。①

正如金圣叹评点："一是清凉法师，一是闹热光棍。"在盗匪当道、嘈杂可笑的环境里，鲁智深的戒刀和禅杖，杀人与放火，也就被艺术地化为不那么十恶不赦的率性之举。通过这个人物，小说艺术地再现了中国文人所理解的，根植于佛道又超越于宗教的人生态度，即在动乱纷飞、嘈杂鲁莽的世俗生活中，如何从心底贴近真正的宗教修行，收获解脱的人生。

3. 占山为王：宝珠寺

《水浒传》写到多处山寨，梁山、桃花山、二龙山、少华山，只有二龙山与众不同，有一座寺庙，叫作宝珠寺。在尘世走投无路的鲁智深，上

---

① （明）金圣叹：《金圣叹批评水浒传》，凤凰出版社2010年版，第372页。

梁山之前，曾在这里暂时栖居。

小说先做铺垫，通过曹正之口，介绍"青州地面"的二龙山，"那座山生来却好，裹着这座寺，只有一条路上得去"，正是适合落草、抵御官兵的所在。最重要的是还有座宝珠寺，"如今寺里住持还了俗，养了头发"，落草为寇。写到这里，金圣叹评点道："特写和尚还俗做强盗，便衬出英雄削发做和尚来。"这是写真和尚与假和尚、真英雄与假英雄的不同。小说接下去写鲁智深与杨志、曹正联手，杀死山大王邓龙，夺取二龙山的过程。鲁智深假装被擒，到了二龙山，押到佛殿时，看见殿上都把佛走了，中间放着一把虎皮交椅。众多小喽啰，拿着枪棒，立在两边。宝珠寺名字还在，殿上泥塑木雕的佛像已经没了。这次鲁智深没有像放火烧瓦罐寺、大相国寺菜园一样，而是果断解决了邓龙，与杨志驻守二龙山，踏踏实实做起了盗匪，等待更波澜壮阔的生活变化和命运颠簸的到来。

宝珠寺，是中国古今各地很多佛教寺庙的名字。宝珠，一般用来比喻佛性。直探心源、显发灵明宝珠，就是禅宗所说的见性成佛。《五灯会元》记载茶陵郁和尚的悟道诗："我有明珠一颗，久被尘劳关锁，一朝尘尽光生，照破山河万朵。"这就以明珠比喻佛性。内心的宝珠，只有经过禅定打磨、智慧观照、人生历练，才会豁然贯通，显发本来面目，散发真空妙有的智慧光芒。

胸中有英雄气概的鲁达，只能由此完成对世俗人生的洞察，和对自己英雄梦的消解与否定，从而悬崖撒手，彻底走向解脱人生。金圣叹的评点很确切：二龙山之二龙，不是邓龙，而是鲁达与杨志。同样，我们可以说，宝珠寺的宝珠，不是那佛殿佛像，而是鲁智深的向佛之心。杀生害命，鲁智深离佛似乎很远；但一颗锄强扶弱、洒脱不拘滞的心，使他离禅很近。或者说，他的鲁莽心中，也有明珠一颗，只等待岁月磨砺之后，才能散发佛性的光辉。这就是作者对于佛教信仰的文人化理解。

4. 圆寂：六和寺

第一百一十九回的六和寺圆寂，是鲁智深最后一次出场，也是梁山好汉故事落幕的预演。选择六和寺作为鲁智深圆寂之地，有什么深意呢？六和，是佛教术语，是佛教徒组织聚居的共同原则。

关于六种和合共住的强调，在早期佛教和后期大乘佛教经典中，都有记录。后人总结为"身和同住、口和无诤、意和同悦、戒和同修、见和同解、利和同均"六个方面，是僧众共住的基本规章和戒律。鲁智深因品行豁达、有大慈悲心,所以深具大乘佛教智慧,但由于个性鲁莽急躁、又好"托大",难免有易怒嗜血的毛病。① 而要走向佛教所说的圆寂——圆满解脱的涅槃之道,则要面对自己行为上戒律不严的问题。作者安排鲁智深一开始在五台山文殊院出家后大闹寺庙、醉打山门,最后又安排他在杭州六和寺悟道圆寂,寄托"放下屠刀、立地成佛"的佛教寓意。杭州,最温柔细腻的江南。六和寺,与戒律规章息息相关的名字。这都标志着这位莽和尚在经历了厮杀和荣耀之后,心中的浮躁已经平息。在放下浮躁傲慢的同时,鲁智深终于成为一个真正的僧侣。正如他拒绝宋江"光宗耀祖""光显宗风"的邀请,说:"洒家心已成灰,不愿为官,只图寻个净了去处。安身立命足矣!""都不要,要多也无用。只得个囫囵尸首,便是强了。"② 既不追求世俗的利益,也不稀罕出家的荣耀,曾经想"寻个出身、图半世快活"的鲁智深,英雄梦已碎。③ 曾经在江湖上靠杀戮博名声、求财宝,在寺庙里求做执事的鲁智深,已经不见了。在残酷的战争中,他终于意识到人身的脆弱,彻底回归心灵。至此,鲁智深已经算是大彻大悟、悬崖撒手的高僧了。

5. 鲁智深与宋江:不同的信仰与结局

《水浒传》写诸英雄的人生结局,鲁智深是写得最为出色的一处。小说先将擒拿方腊的功劳安置于鲁智深身上,与元杂剧及民间传说中"武松单臂擒方腊"的说法分出泾渭,表现了作者对鲁智深这一角色的厚爱与寄托遥深。然后,小说写"鲁智深自与武松在寺中一处歇马听候,看见城外江山秀丽,景物非常,心中欢喜"④。读者至此,心中也与一向爱在逃亡路上贪看"山明水秀"的鲁智深,伙同一起出家的武松,共同找到了人生优美清丽的归宿之地。

小说接着笔墨一转,写钱塘潮起,如鼓如雷,以至于鲁智深以为"贼人生发",提禅杖将欲迎敌。小说文风,又从优美陡转而为雄壮诡异。之后,作者又曲折文心,写鲁智深回忆起智真长老的偈语"听潮而圆,见信而寂",顿悟昨非今是,明了悬崖撒手在即。小说又从雄壮诡异,转

---

① 王同舟:《地煞天罡——〈水浒传〉与民俗文化》,黑龙江人民出版社2003年版,第265页。
② (明)施耐庵:《水浒传》,人民文学出版社1997年版,第1280页。
③ 陈进轩编著:《水浒人文》,山东人民出版社2011年版,第68页。
④ (明)施耐庵:《水浒传》,人民文学出版社1997年版,第1283页。

为大乘佛教的圆融神秘、散淡洒脱。一向没见参禅读书的鲁智深,此时居然留下"钱塘江上潮信来,今日方知我是我"的智慧偈语,晏然坐化。

作者在写鲁智深痛苦挣扎的生存和思考之后,自己心目中圆满无悔的死亡,所以小说提示在鲁智深坐化之前,十分罕见地想起了智真长老,并吩咐人们通知宋江大哥,完成世间法与佛法的双重交代。从此,他可以了无遗憾地长揖世间了。

这之后的下一回,就是魂聚蓼儿洼,写宋江之死,全书的悲剧大结局。不过鲁智深之死写得很吉祥,很安静,很写意,也很壮观。风清月白,钱塘潮起。战鼓一样的潮起潮落,如诗如画的神秘佛偈,一众的善信同修,这是毫不寂寞寥落的涅槃,完全是宗教经典中的描写手法。[①] 而宋江之死,则写得悲凉幻灭、抑郁伤感。宋江为保住梁山好汉的忠义之名,及死后诸人的利益,不得不饮下毒酒,以达成与世俗皇权的妥协。小说前半部乐观豪迈的英雄主义气质与最后急转直下的结局,使小说充满了无奈情绪,与出家为僧的鲁智深的安然寂灭和泰山修道的戴宗的"大笑而终",形成了鲜明的对比。

作者由此写出中国古代文人对佛教的一个普遍态度:与儒家的入世理想相比,皈依佛教的智慧,虽然不是大众信仰模式,但是也不失为一个理性明智的人生选择。而作者的人生理想,更倾向于积极入世,在自我实现之后功成身退,回归心灵解脱。这个结局,很文人化,涵盖了从李白、王维,到苏轼、曹雪芹一众文人学者的心意,是很多古代文人的理想信仰模式。

---

① 王振星:《运河文化背景与〈水浒传〉的创作》,《菏泽学院学报》2006年第3期。

第五章 《水浒传》中的鲁西南民俗

对《水浒传》中的民俗探究也让我们发现了鲁西南地区的历史古迹、文化遗存和民风民俗，这些民俗不仅体现在小说中，也体现在鲁西南地区民众的生活中。"水浒民俗文化"可以分为两个方向，除了宏观的物质民俗、行为民俗和精神民俗以外，也体现在微观的水浒地区的民俗文化中。本章以鲁西南地区的水浒民俗为视角，对水浒民俗文化进行地域上的延伸。

近几年，山东省郓城、梁山、东平、阳谷四县，借水浒故事的东风，积极弘扬"水浒民俗文化"，特别是水浒英雄文化发展很快。但令人遗憾的是基本上各自为战，单干多于合作，而且还在某些方面存在竞争，甚至互相贬低、指责，如"水浒"之争、"水泊"之争、"梁山"之争等。笔者认为，"本是同根生，相煎何太急"，以上四县本就属于同一区域，各县打造的文化也是同根同源，尤其是《水浒传》反映的英雄文化，是一种唇齿相依的交融关系，是"水浒民俗文化"重要的组成部分，离开谁都是不完整的。

以笔者看来，就水浒故事的遗存来说，东平是"水"，梁山是"山"，郓城是"浒"，加上阳谷等地都是水浒英雄们的主要活动范围，共同构成了《水浒传》中描写的"水浒"区域。应该以东平为水泊，梁山为山寨，郓城为故里，阳谷为舞台，恢复当年宋江起义的地貌场景，共同打造一个恢宏广阔的大水浒。

菏泽市情网有一篇文章，思路非常好，认为就《水浒传》反映以及由于水浒故事的影响所带来的"水浒民俗文化"内容来看，它的涉及范围可以用"水浒民俗文化圈"来表述，水浒故事涉及的地域，可以划分成三个圈，这三个圈共以梁山泊为中心。中心圈以百里为半径画圆，包括郓城、梁山、东平、阳谷等县，是水浒故事涉及最多的区域，当地人对水浒故事的关注度也最高。中间圈以五百里为半径画圆，包括大名、开封、高唐、青州、沂水、清河、东昌等地。这一地域，水浒故事有一些，但较之百里圈为少，关注水浒故事的人也没有中心圈多。外圈以千里为半径画圆，包括登州、蓟州、五台山、延安、渭州、江州、杭州等地。这一圆形带上，除杭州、江州外，多数地方涉及的水浒故事，只与特定的水浒人物和事件有关，当地人对水浒英雄与自己关系的认同度较弱。或许，在杭州、九江这些地方的旅游景点关于水浒的内容不算少，但其内容在当地文化序列的排序中并不太靠前。这三个圈，包括宋朝统治的中心区和发达区，可以说是整个宋朝的北半部，也是施耐庵视野熟悉的区域。当然，所谓以多少里画圆，只是个大概的说法，并非地图上精确的度量。

我们研究"水浒民俗文化"，特别是研究水浒英雄故事文化，应当兼顾这三个圈的全部。当然，作为山东人，会更多地关注五百里圈，作为山东鲁西、鲁西南人，必然特别关注百里中心圈。

就"水浒民俗文化"中心圈四个主要县来讲，梁山和郓城，重视得比较早。这两个县，以前的行政区域名称、城区的街道，都曾与水浒有关。梁山与郓城，好像有个不成文的约定，就是梁山称水泊，郓城称水浒。梁山的旅游开发得早一些，有利条件也多。郓城人对水浒民俗文化一直很重视，不过前些年只停留在对水浒英雄的崇敬和水浒传说的搜集上，建旅游景点是这几年的事。阳谷建景点稍早些，前些年搞了景阳冈和狮子楼景区，很有特色。① 东平的水浒景点，多在东平湖西岸，给人水泊的印象。这一带当年属梁山，那时仅靠一个县的实力，又没有现在这样的旅游形势，所以，不存在争景点的问题。后来一些地方划归东平，大家开发水浒旅游的热情又都很高，这才有了争论。其实，梁山也好，水泊也好，最好不要争你的我的，反正就在这一个区域，大家共同呵护，效果比什么都好。郓城的旅游景点，虽然开发稍晚些，但是起点不低。现在的水浒旅游城，已像模像样，宋江河景观带，也在加紧建设中，还有宋江湖，建了一部分设施，开发前景不错。

需要注意的是，"水浒民俗文化"的研究与水浒旅游，既有联系又有区别。即使挂上水浒民俗文化的名号，旅游还是旅游。旅游与文化相结合，这景点就被赋予了魂灵。景点加上这些故事传说、异闻趣事，就增添

---

① 杜朝伟、王鹏编著：《水浒文化概论》，山东人民出版社2011年版，第130页。

了风韵。全国各地的景区，都是这样结合的。但也不能把景点关联的传说，生拉硬扯地造出假文物来。水浒故事好多是传说，《水浒传》也仅是部小说，小说的事，好多内容没有相关史实依据。研究水浒民俗文化，更多地需要从文本的细研和文化的角度去说事。当然，文化与旅游的互相促进，这是我们乐观其成的。

第一节 《水浒传》镜像下的郓城民俗

郓城是水浒故事的主要发源地，自古就有"水浒一百零八将，七十二名在郓城"的说法。宋江、吴用等人物的故里都分布在郓城，而乌龙院、黄泥冈、九天玄女庙等水浒遗迹也分布在郓城，因此，郓城民俗对《水浒传》故事情节的描写具有重要的影响。

郓城县，位于山东省西南部，东邻梁山县、嘉祥县，西接鄄城，南连巨野县、菏泽市，北隔黄河与河南省台前县、范县相望。"水浒民俗文化"发祥于此，有着其深刻的自然地理因素。"水浒"的"浒"即水边，"水浒"也是指水边。顾名思义，"水浒民俗文化"简单地说就是：在水边生活的人们，由于自然条件相同、风土人情类似而形成了别具特色的地域文化或市井文化。因此要研究郓城的"水浒民俗文化"，首先应该考察一下它的自然地理环境。

郓城地处平原，北临黄河，在历史上，黄河多次决口，导致郓城水灾频繁，经常处于泽沼之中。据记载：唐贞观八年（634），郓州治（今张营）地下湿，徙治须昌县（今东平）；又《金史·地理志》载："金大定六年五月，徙治盘沟村（今城址），以避河决。"这无一不显示出郓城水患之灾的频繁。具体来看，郓城地处黄河中下游，全县属黄河冲积平原，整个地势西南高、东北低，过去有"自西向东渐倾斜，东走十里低三尺"之说。其境内河流除黄河外，还有流域面积在100平方千米以上的河流11条，水资源十分丰富，加之郓城县是显著的暖温带大陆性季风气候，季节性的河流湖沼和长期性的溪流湖泊的存在也就不足为奇。

"水浒民俗文化"作为近些年水浒区域的人们对本区域文化的了解与认识，产生在有着典型水浒地理特征的郓城也就成为必然。郓城人民生于斯长于斯，在这片土地上辛勤耕耘，也顽强地和自然灾害（主要是水灾）做着抗争。可以说，奔腾的黄河水哺育了郓城人民，也培养了他们豪爽仗义的性格、侠肝义胆的壮志，以及谨慎敏捷的思维。"水浒民俗文化"也就生于这里的劳动人民，生于他们的劳动。水浒情结也就深深扎根于此，汲取着力量，顽强地成长着。

一 《水浒传》中的郓城人文

《水浒传》提到两任郓城知县，其一就是最早在郓城故事中登场的知县时文彬。时县令是全书所写朝廷命官中罕见的几个正面人物之一，第十三回有诗赞曰："为官清正，作事廉明。每怀恻隐之心，常有仁慈之念。争田夺地，辨曲直而后施行；斗殴相争，分轻重方才决断。闲暇抚琴会客，也应分理民情。"他的继任者则与之形成鲜明对照。第五十一回写到，此人不仅将行院白秀英带到任上，而且听信"枕边风"，不问青红皂白把都头雷横枷号在勾栏前，最终酿成命案。当然，在一个法纪松弛、朝纲败坏的社会里，即使清正廉明的时文彬也因"和宋江最好，有心要出脱他"，将杀惜命案"只要朦胧做在唐牛儿身上，日后自慢慢地出他"[1]，何况白秀英是继任的这位糊涂知县的相好呢。"刀笔精通，吏道纯熟"的宋江在县衙充任押司一职。像宋江这样在州县政府中的押司，负责案卷整理或文秘工作。武艺超群的朱仝和雷横担任的职务是都头。二人所任都头也不是官职，只是州县捕快头目而已。朱仝后来任当牢节级，属地方狱吏，负责刑狱和解送。除此以外，郓城故事中出现的小吏还有张文远所任的贴书、替宋江应付何涛的直司、看押犯人的禁子牢子等，他们相比押司、都头的地位更要低一些。

胥吏作为宋代官僚政治系统的补充，身份低微卑下。他们多为没能通过科举或荫恩等正途入仕而有一技之长的当地人，任职通常就是服役。不过胥吏一般精于案牍律法，又熟知地理、人口、赋税、治安等政情，是地方政治运转不可或缺的帮手。尤其像宋江、朱仝这样德才兼备的能吏，更是深得上官倚重。可是，无处不在的可乘之机对收入微薄的胥吏造成很大诱惑，似官实役的身份和黑暗的政治环境又使他们从内心疏远法纪而看重人情。因此，雷横会到乡下白吃白喝还收晁盖的银子，这在当时算不上过分；宋江、朱仝明知放走犯人冒很大风险，但危急时刻还是放弃了职责而选择了朋友。

---

[1] （明）施耐庵：《水浒传》，人民文学出版社1997年版，第278页。

郓城县城还生活着为数众多的下层市民。像保媒拉纤的王婆、卖汤药的王公、卖棺材的陈三郎、卖糟腌又常帮闲的唐牛儿，不幸流落郓城被迫依附宋江的阎氏母女，从东京来的靠表演为生的白氏父女，还有茶博士、剃头待诏等无名氏。他们遍布郓城的各个角落，靠各种谋生手段糊口度日。茶博士和剃头待诏名头很唬人，其实就是茶馆招待和理发师傅。据顾炎武《日知录》考证，宋代市井间喜以职官称呼百工杂役，如江南人称医生为"郎中"，北方称"大夫"，称财主为"员外"等。后世因之而广大，以致明朝洪武年间有"命礼部申禁军民人等，不得用太孙、大师、太保、待诏、大官、郎中等字为名称"的事情。[①]

郓城的乡下既有晁盖、宋太公这样的庄园主，也有依附于庄园的庄客。这些人有的是租种庄主田地的佃户，有的干脆就像仆人一样生活在庄园里。庄主和庄客之间虽有人身依附关系，但像晁盖火烧庄园后多数庄客随之杀奔梁山，彼此之间感情显然非同一般。晁盖这样的乡野豪杰不仅独霸乡里，而且广泛结交江湖好汉，自身就是社会治安潜在的威胁。第十四回刘唐说："曾见山东、河北做私商的，多曾来投奔哥哥，因此刘唐敢说这话。"[②]私商本指贩运私货者，不过在《水浒传》中却常指在江湖干劫财害命的勾当。其实，即使负责治安的雷都头也本非善辈，他"原是本县打铁匠人出身，后来开张碓坊，杀牛放赌"。甚至像吴用这样的教书先生也不安分，他一听晁盖有事相商，马上分付主人家道："学生来时，说道先生今日有干，权放一日假。"除此以外，像刘唐和公孙胜这样觊觎财富、伺机而动的社会流动人员也给郓城相对稳定的下层社会带来动荡的可能。

二 《水浒传》中的郓城建筑

(一) 民居

《水浒传》写到的郓城民居有两种，一是乡间如晁家、宋家这样的富户庄园，一是城内阎婆惜所住的楼房。庄园布局写得比较细致的是东溪村晁盖的庄园，有相当规模。据第十四回描写，庄园前有庄门，旁有门房；进入园内，向里先是草堂，再里是后厅，厅廊下能招待二十个士兵喝酒，

---

① 葛成民：《〈水浒传〉与梁山泊文化渊源》，《山东社会科学》1998年第3期。
② （明）施耐庵：《水浒传》，人民文学出版社1997年版，第178页。

廊下两侧还有客房。① 第十五回又写到，晁家庄园还有后堂，第十六回还提到后堂深处，后堂附近还有一处小阁楼。可见后堂一带建筑面积够大。第十八回又提到一个后园，庄园还有一个后门。

城市民居中，对县西巷内阎婆惜所住楼房写得很是细致。此楼为上下两层，楼下是阎婆住处和灶房，楼上是阎婆惜的居室：原来是一间六椽楼屋，前半间安一副春台桌凳，后半间铺着卧房。贴里安一张三面棱花的床，两边都是栏杆，上挂着一顶红罗幔帐。侧首放个衣架，搭着手巾，这边放着个洗手盆。一张金漆桌子上，放一个锡灯台，边厢两个杌子。正面壁上，挂一幅仕女画。对床排着四把一字交椅。第二十一回对这样一段室内布置的介绍，服从于人物塑造和情节安排的需要，物尽其用，无一处闲笔：春台上放过桶盘，绣床上有过交谈，栏杆上挂过鸾带，衣架上搭过衣裳，桌子上放过头巾，洗手盆里洗过脸，锡灯台上烧过信，杌子和交椅也都坐过人。只剩这仕女图和红罗幔帐没有直接派上用场，不过作为一场内帏血案的室内背景却不多余。②

（二）宋家村

宋江是梁山农民起义军的领袖，《水浒传》中为一百零八将之首。首领家在何地？古书记载甚略。《水浒传》第十八回只说："那人姓宋，名江，表字公明，排行第三，祖居郓城县宋家村人氏。"③ 而宋家村的方位却只字未提。清代编撰的《寿张县志·艺文类》中记载："晁（盖）宋（江）皆有后于郓。"元杂剧《坐楼》中有"家住水堡在郓城。姓宋名江字公明"的唱词。据祖居水堡村的老人们讲：水堡原来有很多宋氏之后，因为宋家常与官府作对，便横遭迫害，只好流亡他乡。清朝末年，残存的宋姓又因宋江之事与本县官僚发生矛盾，结果只得背井离乡。20世纪40年代，水堡仅存一户宋姓，后来也因与邻里不睦而下了关东。直到1946年"土改"时，水堡还有人见过《宋氏族谱》。根据上面的记载，宋江原籍淮南，从祖父起迁居山东郓城，在郓城西北的宋庄落户。后来宋庄西北的水堡集向东南方向发展，逐渐与宋庄连接在一起，宋庄即成为水堡东南隅的一条街，被人称为"宋家街"。宋江兄弟四人，长宋海，次宋河，三

---

① （明）施耐庵：《水浒传》，人民文学出版社1997年版，第175—178页。
② 山曼：《节庆》，山东友谊出版社2004年版，第39页。
③ （明）施耐庵：《水浒传》，人民文学出版社1997年版，第226页。

宋江，四宋清。宋太公熟读经史，精通医术，常向乡人施舍药剂，曾辟义地18亩供乡民作殡葬之用。随着最后一户宋氏后裔的远走，《宋氏族谱》在郓城不复存在。由上述可知，今郓城县的水堡村就是宋江的故里。

据了解，宋江之所以成为叱咤风云的农民起义军领袖，除了主观因素外，客观条件也起了重要作用。在水堡一带，牛舔碑的故事几乎到了无人不晓的程度。战国时期的著名军事家孙膑诞生在水堡附近，孙膑幼年家贫，以放牛为生。水堡村头有块石碑，孙膑常把牛系在此碑上，然后或研读兵书，或习演布阵，或和孩子们做军事游戏。牛有闲时乱舔的习惯，那牛拴在石碑上无所事事，便用舌舔石。天长日久，石碑上竟留下一道深二三寸的牛舌舔的痕迹。牛舔碑是郓城县的宝贵文物，保留数千年，至"文化大革命"前仍保存完好，常引来游客观赏。不幸于"文化大革命"前期被人视为"四旧"砸断做了修桥石，成为千古遗憾。水堡至今还流传着一个有趣的传说：在新中国成立之前，外人进村总要迷失方向，明明进入东西胡同，中间也不见拐弯，可出了胡同不是朝南就是朝北。这一带至今还流传着一首歌谣："水堡集，真稀奇，十人来了九人迷。"水堡人对此的解释是：这是当年孙膑留下的迷魂阵。孙膑在这一带指挥了多次大小不一的战斗，著名的桂陵古战场距水堡仅50千米左右。宋江从小生活在这样一个环境里，这无疑为他以后领导农民起义军作战奠定了谋略基础。

凡读过《水浒传》的人都清楚，一部洋洋数十万言的作品，自始至终都散发着酒气：赤发鬼醉卧灵官殿、武松醉打蒋门神、花和尚醉闹五台山、小霸王醉入销金帐……就连景阳冈打虎、宋江题反诗、孙二娘开店杀人等等，无不和酒连在一起。[①] 梁山寨所设的联络点，也尽是酒店。大碗喝酒，大块吃肉，是梁山好汉的一大特点。行必喝壮行酒，来必喝接风酒，胜必喝庆功酒，败必喝解闷酒，喝酒可以说是水浒英雄的显著特征。也许有人会问：宋时人们真的那么饮酒吗？20世纪60年代在水堡挖河时出土的白釉黑花酒坛从侧面回答了这一问题。此坛高一米，腹径50厘米，立在那里简直就像只小酒瓮。其上部题诗一首：

罗烈三千馆，

[①]（宋）周煇：《清波杂志校注》，刘永翔校注，中华书局1994年标点本，第167页。

清香第一家。
隔壁三家醉，
开坛十里香。

据专家考证，此坛属北宋磁州物品。北宋时有如此酒坛，足见当时饮酒之风！

水堡现在是郓城县水堡乡政府所在地，出郓城沿公路西北行20千米左右便到。为了纪念宋江，故乡人民在水堡投巨资正在修建长300余米的宋家街，以恢复当年宋庄的原貌。宋江故居、宋公庙等纪念物也正在筹建之中。水堡北1.5千米就是著名的孙膑旅游城。一代兵圣和一代豪杰的纪念地相依相傍，世间罕见。可以断言，不久的将来，这里必将成为鲁西南的又一旅游胜地。

(三) 玄女庙

九天玄女又叫"玄女"，是中国古代传说中的女神，亦是黄帝的师傅，后来被道教所信奉。她身穿九色彩服，骑凤凰，驾彩云，专门扶持英雄，传授兵法。

郓城玄女之庙建于何时，已无从考察。最兴盛时占地40余亩，前有戏楼、钟楼、山门，中有玄女殿、九女殿，后有祖师殿、玉皇阁，规模宏大，香火极盛。庙内有一眼非常奇特的井，每个角的井水都各不相同，分为咸、甜、苦、涩四种味道，可以医治不同的疾病。因为井特别大，当地人又叫它"半亩井"。

当年宋江回宋家村搬父亲上梁山的路上，被官兵追杀，来到还道村，只有一条小路，眼看无处可逃，情急之下，一头扎进一座三间的破庙。可是庙太小了，无处藏身，只好掀开神帐钻进神橱里。官兵闯进来，举着火把往神橱里照，眼看宋江性命难保，吓得瑟瑟发抖。突然，神橱里刮出一阵黑风，吹灭了火把，将官兵刮得狼狈逃窜。宋江当下许愿："多谢神明保佑，宋江一定重修庙宇，再塑金身。"这时，忽听得有人喊："宋星主，我家娘娘有请。"宋江探出头一看，原来是两个青衣女童，便随她们往殿后走。却发现后面别有洞天。一条石径，松树参天，溪边奇花异草，柳绿桃红，桥下翠竹茂盛，流水潺潺。宋江暗自惊异：在郓城这么久，我怎么不知道还有这么好的去处？再往前走，忽见一座大殿，灯火辉煌，两边都是青衣女童，玄女娘娘端坐在七宝九龙床上，宋江赶紧施礼。玄女娘娘赐酒三杯，又让宋江吃了三枚仙枣，说道："我奉玉帝之命，传你三卷天书，望你替天行道，辅国安民。"宋江再拜退出。走到桥上，女童说："你看桥下有两条龙。"宋江探头往桥下看，果然看到有二龙戏水。女童猛地将宋江往桥下一推，宋江惊叫一声醒来，发现还坐在神橱子里，原来是做了一个梦。可是嘴里却有淡淡的酒香，手里还捏着三枚枣核，再摸摸袖中，果然有三卷兵书。

后来，宋江果然按照梦里的样子重修了庙宇，又把一对九龙玉杯供奉在殿内，殿前的一副石刻对联，还是宋江亲笔题写的。传说梁山起义失败后，神医安道全便在此庙出家。

三 《水浒传》与施耐庵的传说

《水浒传》的作者施耐庵是江苏人，生活在元末明初。水浒英雄故事主要发生在山东的郓城、梁山、东平、阳谷及周边地区。两地相差甚远，当时通信、交通等都极为不便，他是如何知道水浒英雄的事迹并搜集详尽，以至于写成洋洋数万言的千古名著呢？一个重要因素就是施耐庵曾长期在郓城生活和工作过。虽然说《水浒传》的成书过程无法考证清楚，但是，说他在郓城县任过职确是有礼有据的：明朝初年，郓城有个名叫周铎的人，他是洪武丙子年的举人，初授礼科给事中，后升任江西袁州知府。其一生"刚毅正直、廉能有声"，被列入袁州名宦，他在笔记中记载过施耐庵的事业。施耐庵为江南才子，曾任郓城训导，并游历过梁山水泊，后归隐。

训导在当时是一个县里负责教育的小官，作为堂堂的国子监司业，荐人担任低级别官职，在当时即在情理之中，亦属职权之内。周铎和施耐庵基本上属于同时期的人，一个是在外地为官的郓城人，一个是在郓城为官的外地人，二人与刘本善都有一定的关系，彼此相互了解应在情理之中。周铎又有刚直的秉性，所以，他的记载应该是可信的。

施耐庵的家乡人多养蚕，他来郓城后，发现当地的气候土壤同样适合养蚕，可这里的百姓却没有这个习惯。施耐庵觉得种桑养蚕比种地合算，于是他一方面努力做好自己的本职工作，一方面大力宣传种桑养蚕的好处，号召人们种桑养蚕，并亲自到农家进行指导。在他的大力倡导下，郓城开始大面积植桑。由于这些桑林是在施耐庵的倡导下植成的，所以老百姓把这些桑林称为"施桑林"，直到1950年，黄泥冈一带还有施桑林的遗迹。1958年,"大跃进"时期,农村搞深翻土地,遗留数百年的桑树墩子被彻底毁掉。虽然遗迹已荡然无存,但是目前生活在黄泥冈周围的老人对"施桑林"仍然记忆犹新。

施耐庵对郓城等鲁西南一带的地理环境、民间口语和风情都有比较详尽的了解。《水浒传》不但对郓城、梁山、阳谷、济州(今山东巨野)、泰安、东平等县、周、府一级的重城写得非常准确,而且就连安乐村、宋家村、黄泥冈、景阳冈、灵官殿、玄女庙这些名不见经传的小地方写得也是基本符合实际。如水浒一百零八将之一的白日鼠白胜,《水浒传》第十六回晁盖说他家住"黄泥冈东十里路,地名安乐村"。第十八回又借济州(今巨野)三都缉捕使何涛说安乐村地处济州"北门外十五里"。据传说,现在的郓城县黄堆集乡白垓村就是当年白胜的家乡。而白垓村南距巨野10千米左右,西北距黄泥冈5千米左右,这和《水浒传》中的记载基本上相符,倘若远在千里之外,又从没到过这里,对这一带的地理环境是不会如此熟悉的,更不可能写得如此准确。

四 《水浒传》中的郓城遗址

《水浒传》第十四回《赤发鬼醉卧灵官殿 晁天王认义东溪村》所言之灵官庙,位于郓城县东南4千米处的郓城镇王沙湾村,庙内所敬之神为唐代武探花王灵官。郓城县北靠黄河,历史上多次遭黄水之灾。唐天复二年(902)黄河再次决口,朝廷命官王灵官奉命率民治水,九天九夜轮班筑堤,眼看大坝就要合龙,忽然洪峰又起,危急关头,王灵官带头跳入激流,结成人墙,挡住洪水。拦水坝合龙了,百姓得救了,可王灵官却被洪水吞噬。王灵官死后,百姓念其恩德,自动募捐,兴建庙宇,塑其金身,故名灵官庙。当地传说,刘唐战死之后,英魂又再度来到灵官殿,辅佐王灵官世代保佑一方百姓。后来,当地人为了纪念赤发鬼刘唐,便在灵官殿中塑了他醉卧供桌的模样。

宋代郓城城内东北隅,有一幽静之处,东邻大佛寺,北靠无名山,西边银沙涌浪,南边盘沟畅流,此为形胜得势之宝地。因宋江在此处的房屋庭院为东西走向,宛如乌龙摆尾,故人称乌龙院。乌龙院原是乾坤布局的二进院,内有大小房舍十几间,元末郓城秀才时文润在他的《公明夜雨记》中曾有过这样的诗句"原是空阁关不住,十间床帏一间开。早知公明及时雨,何不风中锁楼台。"民国二十四年,江苏大丰县人蔡飞任郓城知县，念之与施耐庵有乡党之缘，故在乌龙院遗址上立碑留记，上书"乌龙院遗址"六个大字。"文化大革命"时，石碑被砸毁，而今只剩下清凉古井一口（此井位于现郓城县宾馆院内）。

黄泥冈遗址，位于郓城县城东南 17 千米黄堆集村。黄堆集古称黄泥冈，是北宋末年梁山农民起义英雄晁盖、吴用、白胜、阮氏兄弟智取生辰纲的地方。民国期间，这里曾出土草泥砖、支纹瓦等文物，经考察鉴定属汉代文物，此证明汉代即有人在此居住。至今还有一大方土冈，方圆约 3 千米，虽历经沧桑，仍高于周围村庄 1 米—2 米。遗址上黄泥冈三字，为著名书法家朱学达题写，1988 年，被列为县级重点文物保护单位。

第二节　《水浒传》镜像下的梁山民俗

梁山是水浒故事的发生地之一，并因为《水浒传》名扬四海。梁山位于山东省西南部，地处黄河下游，周围一带地形地貌随黄河的变迁而变迁。北宋年间，晁盖、宋江等人"撞破天罗归水浒，掀开地网上梁山"，以山寨为营，凭借梁山泊地势，劫富济贫，替天行道，留下了许多脍炙人口的水浒故事，梁山人豪爽耿直、义气好客的民俗也深入人心。

一　《水浒传》镜像下的梁山概述

梁山是"水浒民俗文化"的主要发源地和载体之一，"水浒民俗文化"在今梁山县体现最多的就是《水浒传》和水浒故事文化。凡读过四大名著《红楼梦》《三国演义》《西游记》和《水浒传》的人，都会留下深刻的印象和记忆。在这四部文学名著中，以书写农民起义和农民战争为中心内容、史诗般的古典现实主义的文学巨著，就是《水浒传》。《水浒传》这部文学作品的附着地之一就是梁山。

南宋龚开《宋江三十六人赞》和宋末元初刻本《大宋宣和遗事》直接记述了晁盖、宋江起义结四方好汉，以山寨为营，凭水泊天险，除暴诛贪，杀富济贫的英雄事迹，"撞破天罗归水浒，掀开地网上梁山"。"聚兄弟于梁山，结英雄于水泊。"《大明一统志》也有类似记载[1]。

北宋时期梁山泊可谓物华天宝，人杰地灵。这一带属于暖温性气候，

---

[1] 杜朝伟、王鹏编著：《水浒文化概论》，山东人民出版社 2011 年版，第 139 页。

又有自己独特的滋润，再加上地质肥沃，光照充足，因此有丰富的水产资源，诸如芦苇、蒲草、菱芡、鱼虾等。梁山生长着茂密的树林，东面是肥沃的黄河冲积平原，沃野千里，物产丰富。更重要的是，由于水域辽阔、烟波浩渺，一望无际，而且芦苇丛生，港汊纵横，地形复杂，水中有山，山水相连，蒲密遮港，山岑耸立，十分险要，退可以守，进便于攻。而属归京东西路的郓、济二州，水陆交通便利，更是农民起义军理想的战略要地。

《水浒传》从第十一回《朱贵水亭施号箭 林冲雪夜上梁山》起，直至第七十一回《忠义堂石碣受天文 梁山泊英雄排座次》，这一连串惊心动魄的故事，都没有离开梁山泊。其中的一些地名，至今仍然保存着，如武松打虎之地——阳谷景阳冈，武松斗杀西门庆的狮子楼，武大郎卖炊饼的紫石街，还有忠义堂、黑风口、断金亭、八角井、金沙滩等都证实了水泊梁山是当时这支英雄队伍的活动中心。

《水浒传》中的英雄人物，也以山东籍的最多，一百零八将有三十八位是山东人，约占百分之三十五。主要头领晁盖、宋江、吴用都是山东郓城人。郓城县丁里长乡晁庄是晁盖的村庄。郓城县的水堡村，传说是宋江的宋家村，也有人说宋江是梁山人。郓城县黄堆集乡白坟村，传说是白胜的安乐村。郓城英雄还有李应、朱仝、雷横等；梁山县银山乡石庙村，传说是阮氏兄弟的石碣村，村中有座"七贤庙"，塑着阮氏兄弟像。此外，还有青州的花荣，沂水的李逵，登州的解珍、解宝。

还有一些英雄人物，虽然祖籍不是山东，但是长期在山东生活，或做官，或经商，或落草，或迁居。他们先后会集于山东梁山泊，跟随宋江反贪官污吏，杀土豪恶霸，与官府对抗。山东梁山泊正是这些英雄好汉施展才华的理想天地。

二 梁山的水浒遗迹

八百多年历史沧桑，峰峦间好汉的踪迹仍历历在目，宋江寨、忠义堂、断金亭、黑风亭、石碣亭等建筑，花荣射雁、双雄镇关、林冲雪夜上梁山等塑像，以及试刀石、练武场、宋江马道等几十处遗迹、遗址无不唤起人们悠悠的思古之情，帝子遗碑，梁山叠翠，法兴夕照，莲台春色，石井甘泉，堪称五大胜景，其古迹尚存，典雅壮丽。

梁山北麓登山处旁边的悬崖峭壁上有众多摩崖石刻，集中了当代书法大家的上乘之作，如舒同先生的"水泊梁山"，费新我的"草莽名山"，成为梁山的重要景观，其右侧有一座鲁智深、武松石雕，称"双雄镇关"，把守着入关山隘。新开辟北线旅游上山线路，建有一关、二关等景点。沿着寓意一百零八将的108级台阶而上，尽头是一座亭台，名曰"断金亭"，取《周易》"二人同心，其利断金"之意。当年林冲为接纳晁盖、吴用等七位好汉上山，在此火并了心胸狭窄的白衣秀士王伦。宋江马道是当年义军搬运粮草、通报寨情、防卫进攻的要道，传说梁山山寨上原本没有这条道，宋江上山后，一心想修一条贯通前后寨的大道，宋江跑了七七四十九天也没找出合适的路线。正在发愁之际，宋江夜里做了一个梦，梦中听到一阵马蹄响"嗒嗒嗒"，由远而近，宋江大喜，只见一匹大白马飞驰而来，见了宋江，掉头往回跑，宋江在马后面追，从虎头峰过骑三山、跨狗爪子山、鳌子山，蜿蜒而去，果然是条好道，"宋江马道"由此而来。黑风口位于梁山主峰虎头峰之北，是进出梁山山寨的唯一通道，这里易守难攻，大有"一夫当关，万夫莫开"之势，当年黑旋风李逵就在这里镇守。传说黑风口处原有个很大的石洞，洞里边住着一条大黑蟒，那条蟒足有水桶般粗细，桅杆般长短，平时窜出洞来立即狂风大作，飞沙走石，不知有多少樵夫猎户命丧它口，于是人们说这里"无风三尺浪，有风刮掉头"。后来，梁山好汉在梁山安营扎寨，宋江便派黑旋风李逵来此镇守，这黑蟒虽不敢伤人，但黑风口仍然风大浪疾，成为把守山寨的一道险关，现塑有李逵守寨像一尊。

宋江大寨坐落在主峰虎头峰上，是义军头领居住的军事重寨。寨中央为忠义堂，是义军首领商议军情、调兵遣将、排定座次的场所，堂内塑有宋江、卢俊义、吴用三位头领塑像，墙壁上镶嵌着反映水浒故事的大型壁画《水泊英雄聚义图》。东西厢房有三十六天罡星塑像，堂前立有"替天行道"杏黄大旗和当年的旗杆窝遗址。忠义堂和三十六天罡星印证了《宋史》载"宋江等三十六人，横行河溯，官军数万莫敢撄其锋"的记述和水浒的描绘，常常唤起人们无限的遐思。忠义堂西侧有宋江井和石碣亭，石碣亭供奉石碣一块，相传是水泊英雄大聚义时应天象从地下掘出，上有一百零八将星座名号，为梁山增添了许多神秘的传奇色彩。左右军寨与宋江寨呈"品"字形对峙，左军寨雪山峰上有练武场、点将台、观武台、比武场、左寨七英塑像，右军寨郝山峰上有仗义疏财台、杨志试刀石、滚木礌石关、炮台关等，当年梁山好汉就在这里"论秤分金银，异样穿绸锦",肝胆相照,仗义疏财,不分贵贱,八方共域,异姓一家。梁山东南麓,有远近闻名的十里杏花村,每到阳春三月,十里杏花竞相开放,争奇斗妍,传说即是《水浒传》中描写王林卖酒的地方。杏花村里有一眼泉水清澈、甜如甘露的"八角琉璃井",传说当年王林用这甘甜清澈的井水酿出了溢香十里的"杏花酒",镇守黑风口的李逵被酒香所诱,经常光顾王林酒店开怀畅饮,并引出一个李逵负荆请罪的故事。一天,李逵到"王林酒店",只见王林遍体鳞伤,见到李逵哭着说,头天有两个汉子自称是梁山头领宋江和鲁智深,吃喝完后,抢走俺那如花似玉的闺女,黑旋风听后,气得牙咬得咯嘣咯嘣响,手拿两把大板斧,闯到忠义堂,砍倒杏黄旗,要杀宋江和鲁智深,幸被众好汉死死拉住,后来真相大白,捉住了两个冒充宋江和鲁智深的强盗,李逵深感自己鲁莽,为求得宽恕,便背着荆条,让兵卒把他绑上向宋江请罪。① 这里还有莲台石佛、问礼堂、法兴寺、西竺禅师墓等景点,可谓文物古迹群集。

第三节 《水浒传》镜像下的东平民俗

东平位于山东省东北部,西临黄河,东望泰山,集自然景观和人文景观于一身,是旅游资源比较丰富的一个城市。人文景观中以水浒故事中的"梁山泊"(现为东平湖)最著名,梁山好汉在此留下了许多传奇故事。

一 《水浒传》与东平的渊源

《水浒传》并非全出虚构,在正史、野史都有述及宋江等三十六人的事迹。其中对于东平最早的记载出自王偁《东都事略·侯蒙传》:

> 宋江寇京东。蒙上书言,"江以三十六人横行河朔、京东,官军数万,无敢抗者,其才必过人。今清溪盗起,不若赦江,使讨方腊以自赎"。帝曰:"蒙居闲不忘君,忠臣也。"命知东平府,未赴而卒。②

---

① 山东省地方史志编纂委员会编:《山东风物大全》,世界知识出版社1990年版,第55页。

② (宋)王偁:《东都事略》,齐鲁社2000年标点本,第1329页。

《宋史·侯蒙传》有几乎同样的记载，仅把"横行河朔"改成"横行齐、魏"。虽然书中没有具体说到宋江曾经在东平的活动，但是从地域上看，"横行河朔、京东"和"横行齐、魏"，这两处记载似有矛盾，客观上都是指东平府。"河朔"与"京东"并列，指河北路。"齐"即齐州，今山东济南，宋属京东路；"魏"即"安史之乱"前的魏州，后改置为"河朔三镇"之一的魏博，宋称大名府，后改北京，即今河北大名，宋属河北路。由此可知，"横行河朔、京东"和"横行齐、魏"的不同，实是前者以路一级范围称，后者以府一级范围称，其相通处在其所指具体都为宋河北路毗连京东路与济南东西相望间梁山泊与泰山毗连一带地区。这一地区的重镇为郓州，而郓州于宣和元年升为东平府，所以才会有侯蒙被"命知东平府"。这个任命无疑是要侯蒙坐镇东平府，以落实他奏折中所上招安宋江的政策。尽管他"未赴而卒"，但是朝廷的这一任命却透露了宋江在东平府一带活动是确定无疑的。

宋江等人在东平的活动应在当地留下了很多故事。元代现存的水浒戏有6部，其中《杏花村》《还牢末》《争报恩》的故事都发生在东平区域。其中《还牢末》一剧还说"今有东平府二人，乃是刘唐、史进，此二人好生英勇"。《双献功》的故事发生在泰安，但其作者高文秀是东平府人，内容描写的是水浒英雄黑旋风李逵。可以说东平是元代水浒戏的创作中心。元末明初东平作家罗贯中在史书、话本、元杂剧、民间传说的基础上创作了《水浒传》，并在书中提到"东平府"27次、"郓州"7次，分别在第二十七回、第四十六回、第四十七回、第四十八回、第五十回、第六十九回和第七十三回，描写了祝家庄、扈家庄、李家庄、荆门镇、东平府城、汶上县、寿张县等。《水浒传》中东平府一地而两称，结合前文东平的历史沿革，可知"郓州"是宋徽宗宣和元年以前的建制，而"东平府"是明洪武八年（1375）以前的建制。

二　《水浒传》的东平县城描写

（一）祝家店、李家庄、扈家庄

三打祝家庄的故事在元杂剧中已经成形，只是没有剧本流传下来，因此元杂剧中的祝家庄具体位置不得而知。在《水浒传》中，作者把祝家庄放在了郓州。祝家庄庄主是祝朝奉，下有祝龙、祝虎和祝彪三个儿子，人称祝氏三杰。第五十回，栾廷玉对祝朝奉介绍孙立说："我这个贤弟孙立,……今奉总兵府对调他来镇守此间郓州。"祝朝奉道:"老夫亦是治下。"①

作者在写祝家庄时由其管属的祝家店引出。第四十六回,**杨雄、石秀和时迁三人**"行到郓州地面。过得香林洼,早望见一座高山,不觉天色渐渐晚了。看见前面一所靠溪客店",这家客店就是祝家店。小说有一段文字专写客店情形:

> 前临官道,后傍大溪。数百株垂柳当门,一两树梅花傍屋。荆榛篱落,周回绕定茅茨;芦苇帘栊,前后遮藏土炕。右壁厢一行书写:门关暮接五湖宾;左势下七字道:庭户朝迎三岛客。虽居野店荒村外,亦有高车驷马来。②

祝家店不仅接待过往客人的住宿餐饮,由于离梁山泊不远,**同时还是祝家庄防范梁山人马的一处岗哨**。每夜都有数十个祝家的庄客来店中上宿警戒,防备梁山人马前来打劫。杨雄、石秀和时迁投宿时,因时迁偷鸡而与店小二吵打,石秀放火烧了祝家店,成为梁山泊三打祝家庄的导火索。祝家庄贴着独龙冈山,方圆三百里,"庄前庄后有五七百人家,**都是佃户**"。由于庄近梁山泊,故日常防卫甚严,每家佃户都分派给两把朴刀,以防梁山"借粮"。

祝家庄的东边村坊是李家庄。李家庄建于独龙冈山前东部的一处山冈上,是祝家庄东面的邻近村坊。这是一座"真个好大庄院。外面周回一遭阔港,粉墙傍岸,有数百株合抱不交的大柳树,门外一座吊桥,接着庄门。入得门来到厅前,两边有二十余座枪架,明晃晃的都插满军器"③。庄主是扑天雕李应,鬼脸儿杜兴做庄上的主管。因为杨雄和石秀的恳求,李应出面说情,企图从祝家庄要回被捉的时迁。祝家庄不但不给面子,祝彪还箭射李应,导致两庄原本友好的关系完全破裂。打破祝家庄后,宋江、吴用设计,将李应和杜兴及其老小赚上梁山;与此同时,又派人把李家庄一把火烧作白地。李应、杜兴被逼无奈,只好落草山寨。

---

① (明)施耐庵:《水浒传》,人民文学出版社1997年版,第665页。
② 同上书,第622页。
③ 同上书,第628页。

祝家庄、李家庄虽是地主庄园，但其范围很广。园内有庄客，庄外有佃户。店小二说祝家庄"方圆三百里"，杜兴说它"有一、二千了得的庄客"，钟离老人说它"有一、二万人家"[①]。一个庄园其实就是一个村镇，连其庄园样式也是类似府城的城堡式建筑，庄外的"港湾""粉墙""吊桥"等是常见的府城防御系统。祝家庄的原型可能是竹口镇。金大定年间寿张县城曾一度迁到这里。清初寿张县令曹玉珂《过梁山记》载："祝家庄者，邑西之竹口也。关口者，李庄也。"竹口镇现名祝口，属阳谷县李台镇，在阳谷城南，跨金堤两旁，由甄台、大寺、临河、李杨、凤凰台、明堤六村组成。关口，现名关门口，在李台乡东。扈家庄在小说中没有具体描写，只是提到它建于独龙冈山前西面的一处山冈上，庄园建筑应和祝家庄、李家庄相似。

此外，文中还提到了祝家庄的前厅，是招待客人之所。后院家眷居住、宴请宾客。关押石秀等人的牢房也在后院，后门处还有马草堆。据当地传说，祝口西北湖沙窝村即是扈家庄。祝口村北面的莲花池村，是祝府的后花园。祝口村西南的炉里村是祝家庄锻造兵器的地方。

（二）安山镇、荆门镇

第六十九回写到了安山镇。安山镇离东平府城只有四十里路。宋江率领梁山泊人马攻打东平府时，安山镇是他的大本营，在此驻扎马步军兵一万人，水军若干。吴用曾从东昌府来此镇与宋江议事，白胜曾到此报告东昌府战事并求援于宋江。东平府守将董平投降梁山后，来此与众好汉会合，前后共计有31名梁山好汉在安山镇驻扎或活动过。东平府战事胜利后，宋江率部下好汉与人马从此出发，前去支援攻打东昌府的卢俊义。

安山镇实有其地。《明史·地理志》写到"东平府西南有安山，亦名安民山，下有积水湖一名安民湖，山南有安山镇，会通河所经也"。清康熙时修《东平州志》卷一《方域志·山川》记载："安山，在州西南三十里"。清乾隆时修《东平州志》卷三《山川志》记载："安民山，州西南三十五里，旧为寿张境，元至正间黄河汛决，城圮邑废，改属东平。山半有寺，明景泰间，僧徒洪钦凿石百尺，涌出清泉，曰清岩井。上有甘罗墓。""安山""安民山"实际同为一山，即安山，安山镇因此山而得名。乾隆《东平州志》对安山、安山镇的变迁记载更为详细。安山原为寿张

[①] 陈进轩编著：《水浒人文》，山东人民出版社2011年版，第157页。

县所属，在元代末年的至正年间，因安山镇被黄河冲毁，所以此地改属东平。在《水浒传》中，安山镇直属于东平府，这就说明，小说采用了元代末年（至晚不出明初）以前的行政归属。① 如果再看《水浒传》所说安山镇与东平府城相距四十里，很接近乾隆《东平州志》所记安山镇与东平州城的三十五里距离，《水浒传》对安山镇的描写近乎写实。后来安山镇更名为大安山，原来的安民山称为小安山。清蒋作锦《东原考古录》载："安平山东平西境小山也，一名安山。……小洞庭今为安山湖，湖东北岸为安山镇，均以山得名，镇距山十五里，俗呼镇为安山，原山呼为小安山，名实倒置矣。"2001年大安山（安山镇）合并到商老庄镇，属东平县管辖。小安山（安民山）归属梁山县，距县城东北7千米，山体基本呈圆形，直径0.8千米—1.2千米，面积约1平方千米。主峰位于山体东南部，海拔1574米，山体中上部无植被，山上有秦甘罗墓和甘罗庙。

荆门镇见于第七十三回。小说写李逵和燕青从东京返回梁山泊，"到寨尚有七八十里，巴不到山，离荆门镇不远。当日天晚，两个奔到一个大庄院敲门"②。这里就是刘太公庄。小说没有说明荆门镇以及这个刘太公庄属于哪一府县。但小说写该镇在梁山泊北，距离梁山山寨不远，所以结合历史地理来看，它应该属于东平府。荆门镇虽不见于东平古志，但可能也并非全是虚构。康熙《东平州志》卷一《方域志·漕渠》记载："漕河闸三：曰靳家口闸，在袁家口北七十里；正德二年建。曰安山闸，在州城西十二里，安山水驿之左；成化十八年建，嘉靖十五年重修。曰戴家庙闸，在州西三十五里，嘉靖十六年建。先是安山闸与荆门闸相去七十余里，道远而水不接，都御使刘天和建议立之。"这段文字记载了明代东平一带运河水闸的建设情况，其中"荆门闸"赫然在列。据上述记载，安山闸在州城西十二里，与荆门闸相距七十余里，而州城之西的戴家庙闸在此两闸之间，则荆门闸在州城之西八十余里处。从地理上看，这里是梁山泊正北或北面偏西一带。而康熙《东平州志》卷一《方域志·山川》又记载："梁山，在州西南五十里。"那么，荆门闸距离梁山自然不出百里。一般水闸多以地为名，如果其附近曾有个荆门镇，就与《水浒传》所

---

① 吴双：《水浒传中的东平镜像研究》，硕士学位论文，山东师范大学，2011年。
② （明）施耐庵：《水浒传》，人民文学出版社1997年版，第952页。

载完全吻合了。①

（三）汶上县、东平府城、寿张县

第六十九回写到汶上县。宋江攻打东平府，史进自告奋勇潜入城内做内应。吴用算定史进此行必然吃亏，安排顾大嫂扮作贫婆，潜入城内接应史进，传递消息。为了能够顺利实现这一计划，吴用给宋江设计："兄长可先打汶上县，百姓必然都奔东平府。却叫顾大嫂杂在数内，乘势入城，便无人知觉。"②宋江依计而行，"点起解珍、解宝，引五百余人攻打汶上县。果然百姓扶老携幼，鼠窜狼奔，都奔东平府来"③。趁此机会，"顾大嫂头髻蓬松，衣服褴褛，杂在众人里面"④，潜入东平城内。《水浒传》所称汶上县是金代以后的行政建制，北宋时期则称中都县，是东平府属县。金贞元元年（1153），更名为汶阳县。金泰和八年（1208），取"汶水在上（北）"之意，更名为汶上县，沿用至今。今汶上县地处山东省西南部，属济宁市。

东平府，下属须城、阳谷、中都（汶上）、寿张、东阿、平阴6县，府治须城，今州城位于东平湖畔。东平府城的情况，小说写得很少。但从有关描写可知，东平府城的基本布局一如当时的其他城市，周围有城墙环绕，城门通行，设有吊桥。城内有太守衙门、府库和大牢等；还有西瓦子，妓女李瑞兰一家居住于此，这应是一条供男子游乐的烟花巷。古州城地处汶水、济水和运河交汇的地区，是历史上南北水路的咽喉。南控江淮，北通燕赵，风物繁华，商贾云集。《马可·波罗游记》中曾描写当年东平州的繁华："这是一座雄伟壮丽的大城市。商品与制造品十分丰盛。所有的居民都是佛教徒，都是大汗的百姓。使用大汗的纸币。有一条深水大河流过城南，居民将河分成两条支流（运河），一支向东，渡过契丹，另一支向西，流向蛮子省。大河上千帆竞发，舟楫如织，数目之多，简直令人难以置信。只要观察河上的船舶穿梭似的往返不断，运载着最有价值的商品的船只的数量和吨位，确实就会使人惊讶

---

① 王守亮：《试论〈水浒传〉作者对山东地理的写实，从作者是否了解长江以北地理态势说起》，《菏泽学院学报》2012年第6期。
② （明）施耐庵：《水浒传》，人民文学出版社1997年版，第907、908页。
③ 同上书，第908页。
④ 同上。

不已。"① 州城地势低洼，平均海拔38米。东南、西南、东北、西北四隅皆为常年积水洼，盛产苇、鱼、莲、蒲等。城内古迹众多，有宋父子状元坊、"龙门连跃"坊等72架；有关帝庙、火神庙、文庙、马公祠等古建筑20余处。

在第六十九回中，宋江设计将董平引到寿张县界的一个村镇将其抓获。寿张设县始于西汉，原名寿良，因避东汉光武帝刘秀叔父刘良之讳，改称寿张。北宋时属郓州，宣和元年（1119）改郓州为东平府，寿张属之。元时属东平路总管府。明洪武十八年（1385）前属东平州，后改属兖州府。清沿明制。新中国成立之初仍设寿张县。1964年撤销寿张县建制，原辖地分别划归入山东省阳谷县寿张镇和河南省范县。小说中的寿张村镇离东平府城很近，当在现今的阳谷县寿张镇或者东平县，具体位置已不可考。

安山镇、荆门镇、汶上县、东平府、寿张县城无论其名称还是位置的描写都接近历史地理的真实，由此可见作者对东平地理位置的熟悉。祝家庄、李家庄、扈家庄虽是虚构，但也体现了东平区域的庄园建筑风貌。

三 《水浒传》镜像下的东平县城

在东平，提到水浒，几乎所有的人都会说起东平湖，这片水域已成为当年八百里水泊的唯一遗存水域。东平湖，古称大野泽或巨野泽，由黄河屡次决口改道，流注东平、梁山、郓城一带洼地而形成。"东平论坛"网对东平湖有精彩的描写：东平湖景色优美，风光无限，素有"小洞庭"之称。这里青山环绕，绿柳垂岸，碧波荡漾，银鸥翔天，天然一幅优美壮丽的山水画卷。东平湖周围群峰环立，南为梁山，西为金山、昆仑山、腊山，北为九顶莲花山，东为蚕尾山、卧牛山。山得水而秀，千岩挺翠，万壑堆绿，古木旁流泉飞瀑，朱楼畔云缠雾绕，倒映于湖中，宛如美妙的童话世界。东平湖像一块巨大的玛瑙，镶嵌在群山之中，又像一面镜子，映照着碧峰蓝天。

如今，在这片水域周边，人们依然流传着一个又一个水浒侠义传说。其中流传最多的是"阮氏三雄"的故事。据说，阮氏兄弟共有七人，就

---

① ［意］马可·波罗：《马可·波罗游记》，梁生智译，中国文史出版社1998年版，第124页。

在今天东平湖的西岸石庙村（原名石碣村），打鱼为生，抗官府，杀渔霸，劫富济贫，做过不少好事。后来，四兄弟在斗争中先后战死，剩下阮小二、阮小五、阮小七，后被梁山泊农民起义军军师吴用所闻知，便几次密访石碣村，诚邀三兄弟同聚大义。几次密谋之后，阮氏三兄弟欣然同意，随吴用一起投奔晁盖，在智取生辰纲之后，又随晁盖一同奔上梁山，参加了晁盖、宋江领导的农民起义军，和梁山好汉一起，除暴安良，杀富济贫，替天行道。在阮小二、阮小五被封为节义郎，阮小七授盖天军都统制之后，遭别人陷害，又回到此地，仍以打鱼为生，年过六十离开人间。当地百姓尤其是阮氏族人为纪念阮氏三兄弟，就在村内建起了"三贤殿"。如今这一带还流传着这样的歌谣："吴用石碣访三贤，水泊梁山闹翻天，天下英雄大聚义，百姓扬眉是青天。"

今天的石庙村，居民多数姓阮，他们都很自豪地称自己是阮氏三雄的后裔，言谈举止中也流露出阮氏兄弟延续至今的性格特点：一是善泊中捕捞，水中功夫特好；二是善舞枪弄棒，强武健身；三是饮食狂放，特别饮酒时，兴致痛快处小杯换大碗，一醉方休，如饮到尽兴时，还随时跪地结拜为干兄弟；四是遇事果断，无论涉人情、涉钱财，都能仗义大度。

现今的石庙村残留有几处与阮氏兄弟有关的遗迹。村东的北石冈，传为阮氏兄弟聚会的地方。村东南有一座"三贤殿"，里面供奉的"三贤"即为阮氏三兄弟。殿里的三尊塑像，中间的一尊最年轻，是阮小七。因为他在起义军中功劳最大，所以立在中间。西边是阮小二，东边是阮小五。在"三贤殿"南约一百米处，原来还有座"七星堂"，又名"七贤堂"，也是为了纪念阮氏兄弟而建立的，内有阮氏七兄弟的塑像，庙址已被水淹没。直到新中国成立前夕，"三贤殿"和"七星堂"还存在。在东平铁山峰巅东北角，有个大坑，当地村民称之为"四坟坑"，传说是埋葬先战死的阮氏四兄弟的地方。

位于东平湖北畔的辛店铺村，根据群众传说及部分实物资料，此乃水浒英雄孙二娘黑店旧址。1981年，全国第二次文物普查时，东平县文物普查人员在该村偏西水沟旁发现一座清道光年间残碑，上记有："……谓黑店铺，昔草寇黑店，过往商贾无不褫魄，故更名新店铺……"当时这条重要研究线索并未引起文物工作者的重视。直到1999年夏，才向有关部门提供这一信息。东平县旅游局的同志邀请有关人士立即对"黑店"进行调查，热情的村民不但有声有色地向调查者讲述孙二娘在此开黑店的祖传故事，还到黑店处指点黑店旧迹。"店"在村前一片称为十字坡的台形地上，当地人管这块地叫"八分地"①。从残存的建筑遗迹分析，此为一处以唐宋堆积物为主的旧墟。当地村民介绍说：1958年前残垣断壁还在，由于有"杀人黑店鬼三千"的传言，加之夏秋又被蒲苇遮挡，白天也没有人敢靠近这片地方。村民丁连义等人也回忆说："1986年农田基本建设时，从此处挖出四五地排车骨头，还有一些瓦碴片子，一时成为四乡骇闻，遂把骨骸等深埋到一个山水沟里啦。"从黑店往南，是梁山泊中聚义岛和须昌城。须昌城西原来的南北交通大道与黑店处东西向官道相交，形成"十字"，这大概是"十字坡"的来历吧。昔日的"十字坡"，如今已逐渐被泊中蒲苇所淹没，但那片黑店残垣断壁仍向人们叙述着张青与孙二娘开店的故事。

在今天东平湖内，有一土山岛，如一叶方舟，漂荡在碧波之中。尽管面积仅有1.5平方千米，但是它是梁山泊形成与变迁的最有资格的见证者。此处港汊纵横，隐于其中的土山岛成为英雄的根据地。七雄智取生辰纲后，该岛是最好的隐藏之所。轰轰烈烈的英雄大聚义时，这里仍是他们的重要据所和军需、疗养大后方。当水泊北区连环山寨形成之后，土山岛本身这个两栖式大寨是与连环山寨相呼应，并且也是英雄运筹帷幄、调兵遣将与前梁山主寨保持直接联系的重地。当英雄殉难后，这里又成了他们"魂归蓼儿洼"的荫聚之所。所以时人习惯呼其为"聚义岛"，是名副其实的。

聚义岛上文物众多。明朝时，有寺院多座，以藏梅寺为著。藏梅寺原叫"藏门寺"，据说寺前曾有一座低矮土山，寺建在山后，似若隐藏，故名。梁山好汉晁盖死后葬于此岛，因他生前喜爱梅花，为纪念这位起义军英雄，寺旁植梅数株，并改寺名为"藏梅寺"。今寺西有晁盖墓，墓碑镌刻着"梁山泊主天王晁盖之墓"字样。当年，藏梅寺内有一口大钟，与东平府的大钟为姊妹钟，撞击其一，另一口钟亦应声而和。每当晨曦初露之时，寺内诵经声伴和寺檐角上的铜铃声，随湖上清风散布开去，声闻数里之遥。岛的附近，在那万顷波涛下还淹埋着一座著名的古桥：清水桥。唐代诗人高适到此曾留下了"沙岸泊不定，石桥水横流"的诗句。

聚义岛现存最多的还是水浒遗迹，如七雄智取生辰纲之后，把宝贝掩

---

① （宋）王辟之：《渑水燕谈录》，中华书局1981年标点本，第17页。

藏起来的"藏宝洞",又如三阮等七雄智取生辰纲分发给乡民后,老百姓不但得到实惠,也从中看到了贪官的贪婪与私欲,所以后人备崇他们夺纲之豪举,遂于岛的西南角建一木结构草亭,名为憩息之所,其实亭内木构楣内暗刻七颗金星,意在怀念七雄。据当地村民介绍,1979年时,登上岛屿还能看到亭子残迹;再如晁盖、宋江墓以及岛后诸多墓穴,每年清明节,都有送烧纸钱者,祭拜英雄。相传七雄智取生辰纲时,以礼拜观音为掩护而谋划夺纲大计并结拜为生死之交,事成之后,当地老百姓以为是观音保佑,所以大兴土木建庙祈福。之后,有许多结义者都来效仿水浒英雄结拜的方式结拜,这也是寺院香火旺盛和众呼"聚义岛"的缘故。

第四节 《水浒传》镜像下的阳谷民俗

今山东阳谷县位于水浒区域的北部,主要是水浒故事中武松的活动区域。早在20世纪50年代,毛泽东曾经亲笔批示"山东阳谷县是打虎英雄武松的故里",阳谷因此作为"武松扬威之地"更加名扬天下。

阳谷县地处今黄河之北,东临大运河,南接河南省,总面积1064平方千米。县境北接东昌府区,东邻东阿县,西邻莘县,南与河南省台前县、范县接壤,东南部隔黄河同东平县相望。今阳谷县在春秋时为齐国柯邑,秦时属东阿县,隋文帝开皇十六年(596)析东阿县置阳谷县,取东阿县界阳谷亭为名,这是阳谷县名之始。

"水浒民俗文化"体现在阳谷人民的生产生活中,在阳谷表现为英雄文化、酒礼文化、方言文化、饮食文化等。这些地域文化相互联系、密不可分,构成了别具特色的阳谷文化。

作为四五千年前中华东夷部落之都,置县1600多年的阳谷,是中华民族人文始祖之一蚩尤的主要活动区域,由"观日阳、种五谷"而得名,更因武松打虎之地而扬名天下。"东夷之都、千年古城、武松故乡",一直是阳谷引以为傲的三张文化名片。

阳谷在隋朝开皇十六年(596)设县,公元1006年迁于现址。为保护历史文化遗产,重现宋代古城风貌,阳谷规划建设了古城区。古城建设以儒家文化、水浒民俗文化、市井文化为内涵,以古宋街建筑群为载体。按照"修旧如旧,综合配套"的原则,先后对狮子楼、文庙等进行了修葺恢复,保护开发了五条仿古商业街,在古城东、南、北向入口修建了

"观阳、讲信、修睦"三大古牌坊。① 古城以"紫色"为代表，内有紫石街、紫荆街、紫汇湖，取意中国传统文化中"紫气东来"的民间传说，寓意阳谷百姓祥瑞富贵，生活美好。目前，古城区已形成以狮子楼为主的"水浒民俗文化"旅游区，以紫石街为主的商业步行购物街，以紫汇湖为主的娱乐、休闲、购物园区，千年古城格局初步形成。

在武松打虎的景阳冈上，自南宋初年遗留至今的"武松打虎"石碑巍然屹立，静静地向世人诉说着传说中打虎英雄武松的故事。在阳谷县，《水浒传》里描写的英雄武松的故事到处可见。

县城内，在武松斗杀西门庆的狮子楼上，"泥人张"的一组英雄武松彩绘泥塑惟妙惟肖；石街上，众星捧月般地迎接打虎英雄武松的铜雕活灵活现；景阳冈上，"三碗不过冈"酒店隐于松林之中，武松打虎的塑像威风凛凛……

三碗不过冈，说的就是古代的景阳冈酒，景阳冈酒以酒质醇正、浓郁芳香而闻名。中国酿酒起源早于人类的文字历史，已为考古学和出土文物所证明。何时何地何人开了中国酿酒业之先，《史记》、民间传说说法不一，经考证，阳谷县不仅是中国农耕文明的发源地之一，也是中国最早的酿酒的发源地之一。阳谷县至今流传着舜帝建都景阳冈、仪狄造酒景阳冈等传说。据《吕氏春秋》《战国策》等典籍记载，舜的女儿仪狄是我国最早的女酿酒师。至今民间酒坊有开窖、启瓮敬酒祖仪狄，秋后敬酒神仪狄的做法。据说新中国成立前在阳谷城（谷山）东，景阳冈西之间还有仪狄酒神庙。

从当地的民风民俗看，阳谷县，民风淳朴，豪放能饮，礼仪好酒。亲朋好友聚会、节庆、红白之事、祭祀神祖无不置酒用酒。喝酒风度或细说轻谈，或豪言壮语，或猜拳行令，或文雅粗犷，民风酒风代代相传足见非一世之功。

而酿酒造酒更是承古广传，相传宋代的武松在此喝酒打虎。其实仅景阳冈一带的官窑民坊，不下数家。所产酒以香浓、劲足、味醇著称，宋时曾征调京城，而成皇家贡酒。民俗传说虽不敢说是真正的历史，但某种程度上也是真实历史演变而成的，毕竟留下了历史的身影回声。"才高八斗""七步成诗"的魏国诗人曹植，曾被封于景阳冈以东的鱼山一带，在

---

① 杜朝伟、王鹏编著：《水浒文化概论》，山东人民出版社2011年版，第160页。

这里游猎，饮酒赋诗，留下大量咏酒杰作。元初京杭大运河开通后，张秋镇成为鲁西商业中心，好酒随运河商船载往南北各地，酿酒业迅速发展，酒坊增至数十家。同时，《水浒传》《金瓶梅》两部名著的问世使景阳冈酒蜚声天下。

阳谷县是"水浒民俗文化"的发祥地之一，龙山文化、黄河文化、运河文化在此交相辉映。这些劳动人民创造的璀璨文化，和酒素有不解之缘，难割难舍。

第六章 水浒民俗文化的开发与保护

第一节 水浒民俗文化与中国社会

一 水浒民俗文化在社会中的地位与影响

文化是历史的积淀,是我们祖先辛勤劳作的成果,是先人几百年甚至几千年创造的文明,具有鲜明的时代性和历史性。其反映了当时的社会繁荣与思维模式,对于当时社会的进步与发展起了巨大作用,也是我们不可多得的精神财富。我们在回味和欣赏这些精神财富的同时,更要有一种责任感,那就是对于传统文化的传承与发展。要立足于现实,着眼于未来,把适合现代社会、有益于创建美好未来的文化大力弘扬。对由于时代的局限,不适于现代社会的所谓"糟粕",要分析、研究,甚至批评、批判。

(一)传统民俗文化的继承概述

对于传统文化的扬弃,民俗专家李德顺先生认为:任何一种文化的存在,都是一定历史过程的产物,都有它的原因和条件,但它对于社会发展的意义,却不是单一的、固定不变的,而是常常具有两面性、可变性。在历史上形成的文化传统,它的每一内容、每一特征,在现实中都能够表现出这种两面性。那种所谓精华部分发挥积极作用、糟粕部分产生消极作用的说法,只能是简单化的想象。实际上,在发生作用的时候,无论是精华部分还是糟粕部分,都不是只向一方面产生作用,而是如同一柄双刃剑一样,在不同的历史条件下有其正的和负的两个方面和两个方向。这要视文化主体的具体发展情况而定,视文化主体的具体需要、结构和能力而定。因此只能依据现实、对照社会发展的要求具体地分析,不能简单地一概而论。[①]

---

① 李德顺:《"取其精华,去其糟粕"的再思考》,《北京日报》2006年8月21日。

机械地理解"取其精华,去其糟粕",是以对文化现象的简单"二分"为基础的,它完全忽视了文化和传统作为一个有机系统的客观事实。希望如同对待一个烂掉一半的苹果一样,对祖宗留下来的文化传统来个"二分","去"掉烂掉的一半,"取"其好的一半。可问题的关键是,盘根错节的文化传统,并不像也不可能像一个已经成熟了、最终定型了、从树上摘下来的苹果,而是一个复杂的动态生命系统。

事实上,所谓"精华"和"糟粕"的简单划分,总是离不开以现实主体为根据的选择和塑造。所以那种将传统文化简单化的倾向,通常也和对待传统文化的实用主义态度相联系,打着"取其精华,去其糟粕"的旗号,对前人的文化遗产随意解释,各取所需,为己所用,却根本不管它们在历史上和现实中的具体情况。

如何对传统文化"取其精华,去其糟粕"的问题,实质上是我们民族自身如何对待自己的历史、现状和未来命运的问题。我们从历史走来,所以绝不可能脱离自己的传统;我们向未来走去,所以决不应该停留于过去的传统。以科学的方法去认识传统文化,一定要有自尊、自强的精神,也要有清醒、科学的态度。既要对自己的历史负责,有自爱自立的意识,敢于肯定和弘扬自己传统中一切优秀、美好的东西;又要对自己的未来负责,有自我批评和自我超越的精神,敢于否定和抛弃自己传统中一切落后、丑恶的东西。对过去是如此,对现在和将来也是如此。

(二)水浒民俗文化在现代的界定

"水浒民俗文化"是水浒故事产生之地的人们创造的文化,主要体现在思想信仰、价值观念、行为规范和生活习俗等几个方面。其是以"忠诚守信""忠孝节义""崇文尚武""厚道仁爱""礼仪宗亲"等为主要内容的一种地方文化。

"忠诚",即忠厚老实,就是忠于事物的本来面貌,不隐瞒自己的真实思想,不掩饰自己的真实感情,不说谎,不作假,不为不可告人的目的而欺瞒别人。"守信",就是讲信用,讲信誉,信守承诺,忠实于自己承担的义务,答应别人的事一定去做。忠诚地履行自己承担的义务是每一个现代公民应有的道德品质。"忠诚守信"用流行的话说就是一种对他人的支持与服务,是一种自我奉献,做到履行承诺、言行一致。

"忠孝节义"原指封建统治时期提倡的道德准则,要求人们要忠于皇帝、孝敬老人、遵守礼节、为人义气,也可理解为忠于国家、孝敬父母、遵守道德、主持正义等。两种理解并不矛盾，只是理解时所持的观点与站的角度不同。

"崇文尚武""厚道仁爱""礼仪宗亲"是这一区域的传统，既受儒家文化的影响，又有地域特点。特别是"行侠仗义"的"尚武"情怀，在《水浒传》中表现得淋漓尽致。

"水浒民俗文化"作为一种地域文化，是鲁西南一带几千年间形成并代代传承发展的独特文化。这种文化在《水浒传》之前虽然没有专门的称谓，但是作为地域文化却在民风民俗中根深蒂固。"水浒民俗文化"不仅体现了中华民族传统文化的基本内容，更具有自己的典型特征：正义诚信、豪迈直爽、乐善好施的忠义精神；不畏权势、爱憎分明、奋起抗争的反抗精神；勇敢向上、一往无前、不怕艰险的进取精神；肝胆相照、荣辱与共、协作配合的团队精神。

（三）水浒民俗文化的社会作用

"水浒民俗文化"内容丰富、底蕴深厚，其中"仁义"与"诚信"文化反映得尤为明显，是水浒地域人民的骄傲，也是中华民族传统文化的代表，我们理应继承与发扬。这一带的特色物产、地域景观、风情民俗值得开发与再现，这都是中华民族灿烂文化不可或缺的组成部分。所反映的人文历史、道德规范、计策谋略，也值得去探讨玩味，这是文化研究者和文化爱好者不可多得的题材。可以说"水浒民俗文化"积淀深厚、内容广泛，是一种跨地域、跨时空、跨领域的大众文化。

水浒故事中关于友情与仁义的内容比比皆是，关于豪爽和慷慨的描写占有很大比重，为天下不平而敢于出手的"见义勇为"更是为后人所乐道。这都是给人以痛快淋漓、昂扬向上的振奋感和激越感的精神。

孝道是晚辈对长辈父母的一种感恩和敬爱情感和行为。在"以德治国"、积极建设和谐社会的今天，仍为人推崇。在水浒故事中，如宋江谨守父亲教诲，公孙胜陪伴服侍母亲，李逵千里背老母等情节，活脱脱是孝子形象的代表。如此等等，不一而足。

"水浒民俗文化"在这一片沃土上生根发芽，它的产生与留存是值得庆幸和欣慰的，其精华所在是我们今天应该珍惜、继承和发扬的。不可否认，作为乡土文化的"水浒民俗文化"，现在看来有些部分难免不适时宜，这也是大众文化的另类特色。

以水浒故事为例，为了提高娱乐价值和消遣效果，追求轰动效应，迎合某些人的好奇心理和低级趣味,水浒故事也把一些不值得提倡的东西一并流传。如血腥暴力、粗口荤话、是非不分、巧取豪夺等,有点"月黑杀人夜、风高放火天"的黑道味。虽然达到了雅俗共赏的目的,但是潜伏着更大的危害。但是这毕竟是故事里占很少部分的一点"作料",既不影响主题,也不会有损其价值。也不意味着"水浒民俗文化"宣扬的是暴力文化和粗俗习惯,"水浒民俗文化"更多的是一种发扬优良传统、推崇社会公德、提倡健康向上精神的阳光文化。

直到现在仍有些人躲在象牙塔里,一味地推崇他们所认为的阳春白雪,唱和所谓的高山流水。这些"高雅"的吟风弄月辞章,在笔者看来少了些泥土的芳香味,不见了劳动人民生活中的直率感,脱离了鲜活人生的真实性。从历史到现在,举凡文人之大成者,都是在接触大众、在大众文化中汲取营养而后有成就者,在众多大众文化的基础上,丰富自己、突破自己、提高自己。大众文化是一切文化的基础。

从"水浒民俗文化"的特点来看,对培养和提高人的思想、审美、文化和道德素质,有着极其重要的意义。"水浒民俗文化"的"忠诚守信""忠孝节义""厚道仁爱"等,都是我国传统的道德规范,不论是在今天还是在将来都具有很高价值的。市场经济解放了人的主动性和积极性,大大促进了财富的增加,同时又使人的利己心和贪婪的欲望得到了充分的张扬,因而引起了对传统道德的剧烈冲击。因此,在道德建设中,弘扬优秀的传统道德,抑制人的利己心和贪欲的膨胀,做到克己利人,是一个亟待解决的问题。要建立和社会主义市场经济相适应的道德,是绝对不能脱离自己民族的文化传统的。任何文化都具有继承性,同时也有创新性。民族性和时代性相统一是一切民族文化发展的普遍规律。随着社会主义市场经济的发展,我们民族道德建设必须在继承的基础上创新和发展,要从实际出发,解放思想,要用合乎实际的行之有效的优良的道德规范来教育人,从娃娃开始,不断地进行人生观、道德观、价值观的教育,培养出高素质的适合 21 世纪需要的人才。

(四) 水浒民俗文化对当代社会的意义

自 20 世纪 80 年代起以来,社会上便掀起一股文化热,曾一度被怀疑、被否定、被破除、被批判的传统文化又成为人们关注的焦点。胡锦涛同志曾强调:我们所要见的社会主义和谐社会,应该是民主法制、公平正义、诚信友爱、充满活力、安定有序、人与自然和谐相处的社会。这六大特征，应看作是对社会主义和谐社会的终极评价和本质要求。同时，这六大特征又构成了四个相对独立的功能和价值层面，即民主法制是和谐社会的基础，公平正义是构建和谐社会的核心价值，诚信友爱和充满活力是构建和谐社会的内在要求，安定有序及人与自然和谐相处是和谐社会的外在表现。这里面作为和谐社会基础和外在表现的民主法制、安定有序、人与自然和谐相处，则主要表现为国家和政府层面的功能。作为社会成员的广大民众，其主观能动性的发挥，主要表现在构建和谐社会的核心价值和内在要求这两个重要层面上，即公平正义、诚信友爱、充满活力。而被赋予了新的时代内涵的"忠义""仁孝"等思想，完全可以理解为"忠诚守信""忠孝节义"和"厚道仁爱"，对构建和谐社会的核心价值，具有显而易见的促进作用。

在传统思想中，"忠"指的是尽心竭力为人办事，当时并不分对上与对下。正如孔子所说，"为人谋而不忠乎"。而"义"则是指"事之宜"，指思想行为符合一定标准。《礼记·中庸》指出："义者宜也。"韩愈在《原道》中也说得很明确："行而宜之之谓义。"先秦以后，随着封建君主制意识形态的确立，"忠"的概念逐步转化为下对上特别是臣对君的道德观念；而"义"的概念，则逐步转化为同类人之间互相对待的道德观念。汉代以后，随着董仲舒的"罢黜百家，独尊儒术"，"忠义"开始出现。由此可见，"忠义"思想，在封建社会之前，是"忠"与"义"两个独立的概念，与"忠君"思想并不沾边。"忠君"只是"忠义"思想在封建君主制社会所特有的历史印记。

在今天，"忠"与"义"也已有了新的时代内涵。《现代汉语规范词典》对"忠"与"义"的词条内涵解释："忠——尽心尽力，赤诚无私。"如忠于祖国、忠诚、忠告等。"义——旧指合乎伦理道德的人际关系，今指人与人之间的感情联系。"如有情有义、忠义、信义、义气。对"忠义"的解释更是简单明了："忠贞正义"如忠义节烈。可见，新时代的"忠义"，完全是积极的、正面的思想内涵，是值得提倡和褒扬的道德理念。首先来看"忠"，从大的方面来讲，忠是对国家、对民族的忠诚。有了对国家和民族的赤胆忠心，就会自觉维护国家和民族的最高利益，就会自觉地遵纪守法，就会响应党和国家的号召，做构建和谐社会的自觉公民。这是忠于国家和民族利益的自觉体现。从小的层面来看，忠可以理解为忠厚、忠诚、忠实，这是一种处世哲学和道德观念，是人与人之间赤诚相见、真诚相待的和谐精神的内在品格。再来看"义",从大的方面来看,义是正义感。正义感是一个正人君子内在品格塑造的基石,也是社会公平正义的客观要求。有强烈正义感,必然会有强烈的责任感。这种责任感,从大的方面来讲是对国家、对社会要有责任意识,当然也包括对构建和谐社会要尽职尽责。从小的方面来讲,义是对家庭、对亲友都要有责任心。现在不少人责任意识缺失,已成为严重的社会问题。对老人不孝,对婴幼儿遗弃,把本应自己承担的责任转嫁社会、转嫁他人,这显然都是对构建和谐社会的干扰。在人与人之间的交往包括各种商务活动中,"义"更多地表现为"信义",即诚实守信。要言必信,行必果。在社会主义市场经济条件下,构建和谐社会,弘扬"义"的思想,尤其显得需要。这些都是需要继承发扬的,但是在水浒故事中,也存在愚忠和过分的仗义,如不辨事理,盲目地讲哥们儿义气,给自己带来灾难不说,给别人和社会也带来一定的危害,这是我们在弘扬水浒民俗文化时所应该摒弃的。

至于"仁孝",在儒家传统思想中,"仁"就是仁爱,爱他人,爱自己;在水浒区域,至今依然尊崇孝道,年长些的人称赞年轻人时,"这孩子很孝顺"是常说的一句话,这句话无论对于当事人,还是对于他的父母来说,都是他们值得骄傲的赞美。而对于那些不孝敬父母的人,人们一般都嗤之以鼻,敬而远之,偶尔与之交流也能看出明显的责备情绪;那些有儿但不被孝顺的老人也大都感觉丢人,抬不起头来。在当今社会,"孝"的思想作为儒家思想和"水浒民俗文化"的重要组成部分,对于构建和谐社会具有重要意义,它对于应对人口老龄化挑战、解决老龄社会问题、解决当代家庭代际矛盾、建立正常代际关系,提高当代人思想道德素质、维护社会稳定都有积极意义。然而,传统"孝"思想毕竟是历史的产物,它包含的一些历史和阶级的局限性,我们要对之进行批判继承。

"信",儒家的伦理范畴。其意为诚实,讲信用,不虚伪。孔子及其弟子提出"信",是要求人们按照礼的规定互守信用,借以调整统治阶级之间、对立阶级之间的矛盾。儒家把"信"作为立国、治国的根本。汉儒把"信"列入"五常"之中。"信"为水浒区域的人们所推崇,对人要守信,做人要诚信,在这一带也流传着很多诚实守信的故事。在当今社会主义市场经济深入发展的情况下,继承和发扬诚信的道德传统,显得更加迫切。诚信已经成为社会主义道德建设的重要内容,成为人的立足之本,企业之身之基、发展之源。因此,当前,我们要积极地继承水浒民俗文化，发扬诚信精神，树立诚信观念。

二 水浒民俗文化的传承内容

（一）以儒家思想为核心的文化传承

郓城与曲阜，同属春秋鲁国，邦相同，地相接，俗相近，人相亲。就连众口发出的语音，都十分相近。孔子做过中都宰，并且在离任后推荐他的弟子冉耕也做中都宰，这中都，就是现在的汶上县。汶上在北宋就是郓州的一部分。郓城与曲阜的人见到，总会以"老乡"相称。新中国成立前，郓城县还有一部分土地属曲阜孔家所有，郓城人为其做雇农。郓城人处处讲礼节，婚丧嫁娶三叩九拜，不避烦琐，一代代延续下来，那肯定是孔圣人遗留下来的礼数。郓城人到外地，看到别人不讲规矩，总会这说："哼，孔圣人没走到的地方！"这正说明，郓城人为自己生长于孔孟礼仪之邦而感到骄傲和自豪。就连郓地当代一些拳种的行辈，都起自"仁、义、礼、智、信"，这说明，郓地的武术文化和侠士文化，也都是以儒家文化为中心的。

郓城人以儒家文化为自豪的一个集中表现，就是津津乐道于"孔门三冉"。孔门三冉，即冉耕、冉雍和冉求。虽然在三冉具体故里上有不同说法，但是这几个地方都在梁山泊、郓城及附近区域，这是无可争辩的。孔子有弟子三千，七十二贤人。"三冉"作为七十二贤人中的佼佼者，与郓城有关，对郓城文化的影响是重大而深刻的。

看清了儒家文化对郓城的影响，也就看清了中国传统的主流文化对水浒民俗文化的影响。有人说，《水浒传》是歌颂农民起义的，这没错。有人说《水浒传》宣扬了忠义，这也没错。《水浒传》的作者，是站在社会底层和农民起义的立场上说事的，这没错，而同时，他用儒家的观点看问题，这也没错。用儒家思想看起义，这就有了孔子对"仁政"的呼唤，就有了孟子"民为贵，社稷次之，君为轻"的论断，就有了荀子"水则载舟，水则覆舟"的名言。所以，《水浒传》作者不拒绝写起义、写社会底层的反抗斗争。用儒家思想看起义，就必须与儒家一贯倡导的"仁、义、礼、智、信"相吻合。

自"三冉"以后，郓城循着儒家文化的脉络，出现了许多文化名人和文化现象。东汉及三国时期的文化巨人曹操和曹植父子，都在郓城显露过身影。魏武帝曹操做过兖州牧，也就是这个州的最高行政长官，那时的兖州治所，就在廪丘，也就是现郓城县的水堡乡。可以想见，他的许多思想，就是在州衙的行政之余生发出来的。曹植封地曾为东郡，这东郡，正是郓城长期归属的地方。曹植的千古名篇《洛神赋》，有人说是他从洛阳回归东郡时路过洛水，想见甄氏的种种美艳而作。曹植死后葬于东阿鱼山，这地方居梁山泊北不远处，曾是郓州的地域。

在北宋，居于梁山泊南岸的济州州治巨野，出现了一位诗文改革的先驱王禹偁。《水浒传》描写济州的地方很多，北宋的郓城县，也是济州的。在唐代，郓城自不必说，巨野也是郓州的一个县。所以，巨野应当列入我们研究郓城文化的一个不可忽视的地方。王禹偁是北宋初期首先站出来反对唐末以来浮靡文风、提倡平易朴素的优秀文人。王禹偁提倡"句之易道，义之易晓"，反对艰深晦涩，雕章琢句，为后来的欧阳修、梅尧臣等人的诗文革新运动开辟了道路，颇受后人推崇。和王禹偁共同辉映北宋文坛的还有一个人，就是穆修。他是散文家，郓州人，推崇韩愈、柳宗元，曾亲自校正、刻印韩愈和柳宗元文集。他提倡韩柳古文，首先推崇"古道"。穆修在中国文化界的影响是很大的。

郓州人在文化上的贡献，也包括科学方面，钱乙则是杰出代表。钱乙祖籍钱塘，后祖父北迁，成为郓州人，是我国医学史上第一个著名儿科专家。钱乙撰写的《小儿药证直诀》，是我国现存的第一部儿科专著。它第一次系统地总结了对小儿的辨证施治法，使儿科自此发展成为独立的一门学科。后人视之为儿科的经典著作，把钱乙尊称为"儿科之圣""幼科之鼻祖"。钱乙以其巨大的医学成就，树起了郓州文化的一座丰碑。

郓州是唐宋时期非常发达且十分重要的地方。隋唐时期，郓州设都督府，辖五州三十二县。北宋的州很多，府很少，也只有中央直辖的东京开封府（今河南开封市）、西京河南府（治在今洛阳东）、北京大名府（治在今河北省大名县）、南京应天府（治在今河南商丘），而在宣和元年将郓州升为东平府，足见其重要。梁山泊在北宋是广济河中段的一个湖泊，上游从京城汴梁流出，下注济河，经齐、青等州入海，是重要的漕运通道。因此，也就吸引了大批的政客文人来此游历。来过梁山泊并留下文字的中国古代著名人物，有韩愈、苏辙、文天祥等，他们以自己的诗文表现梁山泊的风貌，给后世留下了很有价值的文化遗产。

元代郓城出了一个史惟良。史惟良任中书右丞、集贤院大学士时，左丞弄权，满朝文武敢怒不敢言，史惟良却"危言正色，不以屈卒，能抑权奸为国志成，得保令终"。满朝文武无不称赞，深得皇上器重。史惟良的行为，体现了一个政治家的刚正品格。

元代，杂剧兴起，剧作家辈出，曾是郓州州治的东平，成为元杂剧的创作中心，杂剧作家群在这里应运而生。在可知的元代著名剧作家中，就有二十多个是东平人或在东平住过。其中包括高文秀、张时起、张寿卿、徐琰、赵良弼、陈无妄、李好古、杜善夫、张养浩、刘敏中、曹元用、梁进之等著名作家。他们或在东平从事戏曲创作，或从学、出仕于东平，对东平杂剧活动的繁荣，发挥了重要作用。杂剧名家高文秀，人生短暂却创作丰富，现存剧目即有34种之多，仅次于关汉卿。高文秀是元杂剧中写水浒戏的，尤其是写黑旋风李逵戏最多的作家。著名元杂剧研究学者吴梅先生曾称高文秀："东平高氏，力追汉卿，毕生绝艺，'雕绘梁山'。"

在郓城县，明代出现了兵部侍郎樊敬，出现了户部尚书佀钟，在清代出现了一代帝师魏希征，出现了有作为的知县陈良谟，民国出现了辛亥先驱夏溥斋。

（二）以反抗压迫为内容的斗争传承

反抗文化，是整体文化不可或缺的部分。在历史的发展中，社会体制和社会关系，总有一个不断变化的过程。新生事物的产生，总会以旧事物为其对立面。中国历史上一次次农民的起义，推动了中华文明车轮的前进。

郓州大地，自古就有反抗剥削压迫的历史传统。春秋战国时期柳下跖领导的奴隶起义声势浩大，在短短的时间内就发展到近万人，涉及鲁、晋、齐等属区，与后来宋江的横行河朔、齐魏大致相同。而陈胜首义的大泽乡，在郓地以南不远。尤其是加入起义的刘邦，其家乡沛县，距郓城更近。陈胜被杀后，以项羽、刘邦等人为首领的起义军，经多次重大战役，消灭了秦军的主力。公元前206年，刘邦的军队进抵灞上，秦王子婴奉皇帝符玺投降，秦王朝灭亡。到了西汉末年，郓城不少人士参加了赤眉起义。当时，在鲁西平原上，大大小小起义军有几十路，他们联合各种势力一起反对王莽政权，对推翻王莽新朝做出了重要贡献。

涉及郓城的又一次著名的农民起义，是隋末以王薄为代表的山东农民大起义。那次起义，遍及山东各地，其中有几个重要的分支在郓州及附近。如孟海公、吴海流领导的济阴起义，距郓城仅数十千米。徐元郎领导的起义，首先攻占郓州治所。卢明月领导的起义，曾转战于郓州。这些起义有力地配合和支持了其他地区的农民起义军，沉重地打击了隋王朝的黑暗统治，在推翻隋王朝的过程中起了决定性的作用。

这里特别指出，在隋末农民起义大潮中，瓦岗起义被后世赋予更多的文化内涵。瓦岗寨在隋代虽属东郡，但与郓州、齐州同属黄河南岸河滨，相距甚近，所以，才有了山东的秦琼、程咬金等响马与他们结合的事情。这些响马的故事，体现了山东西部传奇英雄的精神，体现了山东人行侠仗义的品格，对后来山东人尤其是郓州及周围地域民间思想形成了重要的影响，对北宋水浒好汉故事的营造和精神的辐射作用也是巨大的。

在水浒区域发生的更大一次农民起义，是唐朝末年的黄巢起义。黄巢起义的曹州冤句，离郓城县仅几十千米。冤句与郓城，都在白沟（也就是北宋的广济河）北岸，而白沟之水就流到梁山泊中。黄巢起义首先东攻沂州，途中跨过郓州的土地，那是很自然的事。黄巢号冲天大将军，所向披靡，终于在威武雄壮的行进中，敲响了唐王朝的丧钟。后来的宋江，肯定是受了黄巢的感染，才敢与官军叫板，"横行河朔，官军万人莫敢撄其锋"。在《水浒传》中，宋江在江州浔阳江边写下这样的诗句："他年若遂凌云志，敢笑黄巢不丈夫。"这诗，是宋江的，也是施耐庵的，更是水浒区域众多敢于反抗者的。水浒故地的人，就是敢于怀有黄巢那样的冲天豪气。

宋江起义规模虽不大，但其成员剽悍，流动作战，活动区域邻近京城，对宋廷的震动肯定是很大的。我们现在根据史料可以断定，始于宣和元年的宋江起义，确实有其事。他们活动的区域，涉及现山东西部、河南北部、河北南部、江苏北部。《水浒传》及水浒传说，虽非史书，但他们对水浒区域这场农民起义的描写如此详尽周道，这不排除有生活原型。只是久而久之，我们分不清哪些是生活原态，哪些是加工过了的。唯有一点，那就是水浒故事和《水浒传》所表现出来的社会映射和文化思维。

水浒民俗文化，从郓地上古的活水流淌而来，至《水浒传》汇集成一片浩瀚的湖水，这湖水继续往下流去，经过多少年的岁月，一直流向未来文化的大海。这就像广济河的流水，自开封以西流来，至郓城汇成梁山泊，然后再继续东流，汇入济水，流入大海。郓地古老的文化影响了《水浒传》，水浒故事定型后，它广泛而持久地流传，又对郓城、郓州地域的文化产生深刻影响。比如反抗性，就直接影响到明、清时期的反抗斗争。

在明朝末年，徐鸿儒在郓城发动反抗明朝统治的起义。起义将士效仿元末红巾军，以红巾裹头。他们把义军家属安顿在宋江起义的根据地——水泊梁山，足见水浒故事对义军队伍的影响。起义两天后，义军就攻克郓城，处决抵抗头目王朝俊，生擒训导刘维贤。起义军起势迅猛，很快发展到十万余人，威震曹、濮二州，直取邹县、峄县。后起义军被血腥镇压。起义虽未成功，却沉重打击了明王朝的统治，加速了明王朝的灭亡。义军队伍中的有些人在起义失败18年后被李自成和张献忠的部队吸收，成为明末农民大起义的中坚力量。这次起义，起于郓城，终于郓城，与北宋末年的宋江起义，具有很多相同的地方。

清代的反抗斗争，在郓城主要有两次。

其一是清咸丰年间的捻军起义。该起义是1851年至1868年爆发于黄河、淮河流域，由捻党转化而来的农民起义军的反清战争。捻军队伍发展到苏、鲁、豫接合部，鲁西南一带纷纷响应。捻军在当地群众的配合下，在菏泽高楼寨取得全歼僧格林沁马队7000余人的重大胜利，击毙僧格林沁。这一重大胜利，威震清廷。有意思的是，捻军首领张乐行被推为盟主时，称"大汉水工"，这不禁使人想起《水浒传》上关于宋江的那几句童谣："耗国因家木，刀兵点水工。纵横三十六，播乱在江东。"如果为张乐行有意为之，那说明，他们是受到水浒好汉精神的鼓舞。

其二是发生在1904年的任清合组织抗税。当时清政府取消卫地制度，实行卫地变价，即提高赋税。地方官员闻风而动，派遣差役逼迫缴纳。凡交不上者，轻则捆绑吊打，重则定罪入狱。郓城县元庙集乡民任清合不忍坐视，为了给乡民讨回个公道，邀集乡民3000余人堵住城门，强烈要求县府收回成命，降低赋税。政府官吏将任清合诱至县城，强行威逼，任清合据理争辩。官府见任清合不服，最终将其处死，传首于关帝庙前。任清合死后，官府惧于民众的威力，未敢强行提税。任清合秉持正义、敢于斗争、舍生忘死的精神，感动着远近的人们。

水浒故地的人民，向来有着反抗与革命的传统。无论是古代，还是在现代，无论是反抗封建黑暗统治，还是反抗外倭侵略，都是如此。

（三）以崇谋尚武为指归的兵家传承

郓州、郓城之郓，许慎的《说文解字》解为形声字："从邑，军声。"对这样的经典解释，我们从不怀疑。但，郓这个地方，从鲁成公四年起，就有军队驻扎了。这也是事实。"邑"代表聚居区，发"军"之声。其实,"郓"很容易被人看为会意字,解释为"军队聚集的地方"。古籍说得非常明白:"郓为鲁西鄙地,邻曹、卫,常聚军于此,以防侵轶。"可以想见,这里少不了兵家争夺。鉴于此,如果有人喜欢把郓字理解为会义字,也不违背这个字所指称地方的实际情况。

战国时,西有强魏,东有强齐,居于二强之间,郓地哪里少得了战争。孙膑之所以在军事历史上占有那么高的地位,与他指导的军事斗争密切相关。桂陵之战,大败庞涓,成就了他的美名。这个著有兵法的武圣,就是从廪丘(郓城古县名)这块土地上走来的。

郓城周围,历史上出现过经济文化繁荣的大都会。西南有定陶,在春秋战国时为全国少有的富庶之邦,如若不然,怎能吸引有着赫赫战功的范蠡带着西施前来。东北有东平,北宋时就是很重要的一个城市,后来大运河又把它滋养得富富态态。在都会之间的草野处,生出一些草莽英雄。本具绿林之野,又妒城市之富,于是,也就会兴兵攻城,宋江起义不就是这类情况吗?看《水浒传》中宋江带兵打仗的劲头,感觉不可思议。一个刀笔小吏,统领起义大军,总是得心应手。还有吴用、公孙胜,那都可以称军事家。

在清代,郓城出了个重要的军事人物,就是云南提都夏辛酉。夏辛酉曾在左宗棠部下当兵,随军进驻陕西立战功升任守备。1874年沙俄为分裂中国,蓄意挑动新疆少数人造反,夏辛酉奉命征剿,先后攻克乌鲁木齐、玛纳斯达等城,被保举总兵补用,赏戴花翎,穿黄马褂。1877年夏,又平定南疆。在清代,郓城还出了一个武状元张宪周。从他身上,体现了郓城人的尚武精神。这精神,与《水浒传》表现的精神是很切合的。

新中国成立后,尤其是改革开放以后,郓城及周边地区崇武风气甚盛。虽然早已进入热兵器时代,不用在战场上一刀一枪地拼杀。但自古传承下来的尚武精神,鼓舞着一批批爱武习武的青年,一大批武校应运而生。

郓城人非常重视水浒民俗文化,总是以水浒故事的发祥地而感到自豪,在这里,崇尚英雄,崇尚侠义精神,崇尚见义勇为,崇尚挥剑起舞的豪气。他们把水浒众将看成自己的英雄,对他们的故事津津乐道。对于水浒英雄事迹,他们热情介绍。对诋毁水浒英雄性质的言论,他们总会产生反感。所以,他们总喜欢给外地朋友介绍说:"水浒一百零八将,七十二名在郓城。"郓城人的思维,对政府的行为也产生了深远的影响。郓城有过宋江公社、鲁智深大队。

郓城大力弘扬水浒民俗文化，积极开发水浒旅游，陆续修建文化设施、经常开展水浒研究、不断强化水浒宣传，做了大量卓有成效的工作。在推进水浒旅游方面，建设了水浒民俗文化旅游城、宋金河景观带、宋江故里一条街、宋江湖生态旅游园、黄泥冈田园风光游等项目。

（四）以马列主义为指导的革命传承

20世纪初五四运动的兴起，给中国带来了马克思列宁主义，带来了民主和科学。1921年，中国共产党的成立，开辟了中国革命的新纪元。此后，在长期的革命斗争中，郓城人民在中国共产党的领导下，驱日寇，反蒋顽，在推翻封建主义、帝国主义和官僚资本主义三座大山的斗争中建立了不朽的功勋。在这些斗争中，出现了不少英烈人物，比如早期郓城县委书记梁仞千、大义凛然的女英雄李冉、抗日英雄罗明星等人。发生在郓州这块土地上的重大事件，如1939年，罗荣桓同志率八路军一一五师一部来到郓城，成功进行了樊坝战役，这是八路军进入山东的第一次大捷，有力地鼓舞了抗日军民的斗志。如梁仞千、高启云、徐雷键等人在郓城组织抗日武装，坚持抗日斗争，成为抗日的先锋力量。中国军队在城南八里河阻击日军，表现了中国军民的抗日决心。在反抗国民党反动政府的斗争中，郓城人民掩护党的干部，支持淮海战役，与国民党反动派进行了殊死的斗争，出现了冯昌武等英勇就义的革命烈士。

尤其是解放战争时期的刘邓大军渡黄河。首先发起了郓城战役。其后，千里跃进大别山，如一把尖刀直插敌人心脏，威胁国民政府首都南京，拉开了解放战争战略反攻的序幕。

（五）以推动经济社会发展为目标的精神传承

千百年来，郓地人民在改造自然、改善生存条件、促进经济社会发展方面，做出了巨大的努力，取得了突出成效。新中国成立后，郓城人民战天斗地，艰苦奋斗，各行各业都得到了长足的发展。

尤其是近年来，县委、县政府领导全县人民，在发挥农业、林业、畜牧业等传统产业优势的同时，全力推进工业化和新型城镇化建设，促进了经济和社会的全面发展。大力实施煤电一体化建设，已经有了良好的开端，辖区内赵楼、郭屯、彭庄、郓城四对矿井已全面开工，年设计生产能力890万吨，成为郓城经济发展的重大优势。大力发展民营企业，其中不乏资产过亿元的厂家。棉纺织、木材加工、畜产品加工三大优势产业和搪瓷、钢球、酒类包装三个特色产业形成明显的规模优势。

郓城是全国商品粮、优质棉、鲁西南黄牛、小尾寒羊、青山羊基地县和粮食生产先进县、平原绿化先进县,农业增加值和粮食、棉花、油料、肉类总产量五项指标均曾进入全国百强县行列。同时,郓城还是"中国十大最具投资价值县""中国日用搪瓷产品生产基地""山东省中小企业产业集群",县工业园区是"山东最佳投资园区"。

在经济得到又好又快发展的同时,郓城的文化事业也得到了飞速发展,出现了一批重要人物和重大成果。郓城高级别的作协会员数居全市各县区之首,在文学界素有"菏泽大郓城,郓城小菏泽"之说。长篇电视连续剧作《水浒少年》,由中央电视台与山东省电视剧制作中心联合制作,中央电视台首播,获"飞天奖"一等奖。《最亮的星最好的人》获中宣部"五个一工程"奖。还有许多文学艺术家,在文学、书法、美术、摄影、戏曲、民间艺术等各个领域,都取得了突出成就。

第二节 水浒民俗文化开发与保护的途径

一 文化旅游产业的开发

郓城、梁山、东平、阳谷四地的水浒物态文化也是各有特色,特别是在古建筑、生活风俗、景区建设与开发以及文化节方面充分彰显区域特色"水浒民俗文化"。

(一)郓城

郓城县建有浔阳楼、戏楼、天王祠、水浒民俗文化博物馆等古建筑。浔阳楼是有千年历史的民间酒楼,原位于浔阳江边,也就是现在的江西九江市内。传说宋江怒杀阎婆惜发配江州之后,闲看江景,登楼饮酒,想起自己一世英名竟然不被当朝起用,报国无门,心中郁闷,乘着酒兴在墙壁上题诗一首,因为有"敢笑黄巢不丈夫"一句,被黄文炳告发密谋造反,判处斩刑。[①] 现在郓城仿造的浔阳楼里面布置有宋江当年所题的"反诗"等一些水浒故事。戏楼,又叫戏台,是中国传统戏曲的演出场地,种类繁多。在不同的历史时期,有不同的样式、特点、建造规模。最原始的演出场所是广场、厅堂、露台,后来有庙宇乐楼、瓦市勾栏、酒楼茶楼、戏园

---

① 杜朝伟、王鹏编著:《水浒文化概论》,山东人民出版社 2011 年版。

及近代剧场、流动戏台和众多的宅第舞台。天王祠是纪念托塔天王晁盖的祠堂。晁盖的老家在东溪村，也就是现在县城东边3千米处的宋江河东岸。东溪村的对岸是西溪村，传说有一年闹水鬼，水鬼常常大白天害人。西溪村建了一座青石宝塔镇在岸边，于是水鬼都跑到东溪村来。晁盖闻讯大怒，将宝塔托起，放到东溪村。于是人称托塔天王。水浒民俗文化博物馆，是一座展示水浒民俗文化遗迹、水浒人物、水浒兵器，以及酒文化、武术文化等宋代郓城当地民俗的综合性博物馆，也是展现"天下郓城，忠义天下"特色形象的一种尝试。

在郓城西北20千米外的水堡乡——文史家根据小说、传说和杂剧综合考证出的宋江的老家，至今留存着与水浒有关的习俗。数百年来，水堡风行一种自制水浒字牌游戏，玩法与打麻将类似。字牌牌面绘有宋江、李逵等好汉形象，以官府抓捕赏银数目为大小，如万万贯呼保义宋江、千万贯行者武松、百万贯阮小五等人。看当地人打牌，常会听到"终于抓到李逵哥"之类的欢呼声。

郓城县依托当地旅游资源建设了水浒民俗文化旅游城。水浒民俗文化旅游城是山东省旅游局重点扶持的旅游项目，也是菏泽市旅游业发展的重点项目，更是一个3A级景区，它是包括宋江武校的武术交流、水浒民俗文化街风情展示和狗娃艺术团精彩表演于一体的综合性人文景观，是水浒民俗文化的一个缩影，吸引着广大游客前往72名水浒英雄的故乡，重拾义气，体验豪爽！水浒民俗文化城已粗具规模。这个"城"的楼阁房舍都是不远千里移置而来的历史古典传统建筑，经录像和制图，依样画葫芦地把它原汁原味地搬来，因来之地域不同，楼厢瓦舍各具特色，整个旅游区集武术教学、研究、交流和旅游等诸多功能于一体，是一个多功能、多层次的观光休闲和修学旅游场所。水浒民俗文化街把濒临倒塌的院落进行维修，保护了文物，成为各地武术旅游胜地。并且将按照水浒传中描绘的场景，恢复宋江武馆、宋江怒杀阎婆惜的乌龙院、酒坊、茶肆、宋代钱庄、纸牌作坊、古筝作坊等内容，成为水浒民俗文化及北宋时期郓城民俗文化的展示中心。在这里我们还能欣赏到著名民间艺术家的精彩表演。

一批适合年节出游的特色产品，通过旅游载体将无形文化开发成有特色、有市场的产品，通过年节旅游产品来传承文化、继承遗产。同时，倡导创新年节文化，形成新民俗，引导新消费，实现文化旅游融合创新发展。旨在让广大游客"寻水浒之根，访英雄足迹。感受忠义正气，领略中华武术的博大精深"。

（二）梁山

梁山县有许多体现"水浒民俗文化"的特色建筑。例如水浒遗址、遗迹。梁山虎头峰上，坐落着双重石墙环绕的宋江寨，即梁山寨。据说，宋江寨为宋代建筑，气势宏伟，寨墙有两道，第一道寨墙高八丈，阔二丈。可惜，明崇祯十五年（1642），崇祯帝传旨对梁山勒石清地，毁掉了梁山宋江寨的建筑。当年宋江寨的寨墙，是保留至今的历史遗址、遗迹，虽已成残垣断壁，但仍可见其青石累累，基础墩厚，给人以森严壁垒之感。虎头峰东侧山下的"十里杏花村"，曾有李逵常去吃酒的王林酒店。西面的郝山峰上，是宋江义军的右军寨，上有仗义疏财台、杨志试刀石、滚木礌石关等遗迹。东面的雪山峰及梁山支脉小平山、小黄山之上，是宋江义军的左军寨，上有赛马场、比武场、练武场、点将台等遗迹。这些遗址、遗迹是宋江等梁山好汉当年活动和"水浒民俗文化"的内容和见证。

在生活风俗方面，梁山被列为中华武术四大门派发源地之一，这里习武风气颇盛，武馆众多。斗羊是水泊梁山由来已久的民间习俗，水泊梁山素有"家家植柳，户户养羊"之风，"乡人买雄羊，各赴场相角决胜负"，斗鸡表演也已挖掘整理出来，两鸡相逢，伸啄跳咬，直到一方败下阵来，场面雄壮，引人入胜。随着群众生活水平的不断提高，斗鸡、斗羊这种活动越来越广泛深入，深受人们喜爱。

一千多年前，梁山县水泊环绕，朝廷派来进剿的官兵难以近前。由于自然的变迁，如今这里已是沧海桑田，当年的八百里水泊早已不见踪迹。为弥补"水泊梁山无水"的遗憾，作"活"水的文章，梁山县政府聘请专家为梁山旅游景区规划"水浒民俗文化"主题公园，着力打造梁山泊水寨工程，弥补"水泊梁山有山无水"的缺憾，再现浩渺水泊意境，还原"水泊梁山"风貌。另外，梁山县还建有"水浒民俗文化"主题公园，"水浒民俗文化"主题公园将以水浒山寨和梁山泊水寨为核心，梁山泊水寨旅游区将建15万平方米的水面及引水工程；作为"水浒民俗文化"主题公园的招牌项目，水泊梁山影视基地旅游区占地300余亩，建设水浒故事和宋代市井生活场景；"水浒民俗文化"广场旅游区占地220亩，建设"水浒民俗文化"博物馆、水浒表演馆、"水浒民俗文化"交流中心；杏花村宗教民俗旅游区占地500余亩，修建王林酒店、莲台寺、法兴寺等遗迹景观；水浒山寨旅游区为梁山风景区核心区，主要建设左右军寨、梁山大寨，增加相应的山寨场景，体现原汁原味的"水浒民俗文化"。

此外以"展示水浒民俗文化，打造水浒名城，推动经济发展，共建和谐梁山"为宗旨的"水浒民俗文化节"，从2007年起开始在梁山县举办。主要活动内容包括新闻发布会、开幕式、大型文艺晚会、宴宾酒会、"水浒民俗文化"展示、武术表演赛、"水浒民俗文化"高层论坛、景区游览（包括好汉品美酒、好汉迎宾、梁山结义、队列表演及舞龙、舞狮、斗鸡、斗羊、渔鼓、莲花落等传统民间艺术展演活动）及经贸招商活动（与梁山专用汽车展销会结合），有力地推动了当地旅游事业的发展。

（三）东平

"水浒"中的"水"指古梁山泊，今东平湖水域作为水泊的唯一遗存，今人呵护有加。东平县历史悠久，旅游资源丰富。东平县号称"水浒故地，江北渔乡"，东平湖是"八百里水泊"的写照，有石碣村、老虎洞、孙二娘店、聚义岛、晁盖墓等众多"水浒民俗文化"遗址，是"水浒民俗文化"旅游线上的璀璨明珠。该县充分利用蕴含丰富的历史文化资源，挖掘历史文化内涵，提升文化产业的生命力。他们投入巨资，打造水浒影视城——水浒小镇，再现当年的风云变幻，重现昔日风采。

东平"水浒"资源相当丰富，在2003年斥资3亿元打造水浒城，水寨、聚义堂、卧虎洞等一系列水浒地名被恢复，并且作为水浒影视基地的龙头项目的水浒镇建设引进项目资金1.5亿元，项目划分为人口区、引景区、水浒影视城、水浒风情展示区、中心码头服务区、景观地产区六大功能区，主要建设引景大道、水浒广场、水浒影视城、替天行道坊、东京汴梁御道、聚星楼等景点，将重现宋代街市繁华景象的十里宋街，展示宋代城市风格的千年宋城，宋家庄山寨、祝家庄等，全方位地展现水浒民俗文化，让游客充分体验水浒风情。

（四）阳谷

山东省阳谷县作为四五千年前中华东夷部落之都，置县达1600多年，是中华民族人文始祖之一蚩尤的主要活动区域，由"观日阳、种五谷"而得名，更因武松打虎之地而扬名天下。"东夷之都、千年古城、武松故乡"，一直是阳谷引以为傲的三张文化名片。

为打造"武松故乡"城市名片，阳谷先后开发建设了景阳区风景旅游区、狮子楼文化旅游城。景阳冈旅游区以《水浒传》中武松打虎的描写为基本素材，先后建成了三碗不过冈酒店、山神庙、碑林、武松庙、武松打虎处、张家猎户等20余处景点，占地700亩，集武松打虎故事游、森林生态游、水上娱乐游于一体，让游客寻觅打虎足迹、体验英雄气概。2001年，景阳区旅游区被评为国家3A级景区。

为推动水浒民俗文化旅游业的发展，2009年，阳谷举办了"山东阳谷水浒民俗文化暨区域经济研讨会"。该县大力弘扬英雄精神，总结凝练了"正义豪情、勤劳质朴、自强不息、勇于创新"作为阳谷精神并不断发扬光大，增强阳谷人民的自豪感，激发全县人民干事创业的激情。并且于2010年又举办"山东阳谷·千年古城·水浒民俗文化"旅游节，这是阳谷县打造"水浒民俗文化名城"的又一举措。

郓城、梁山、东平、阳谷作为"水浒民俗文化"的四大主要分布区，依托当地资源，充分利用和建设富有地方特色的水浒物态文化，不仅充分彰显出"水浒民俗文化"的深刻内涵，更为水浒行为文化、精神文化的建设奠定了基础。

二　水浒民俗文化开发案例

水浒文化蕴含着巨大的旅游开发价值，而要开发好文化旅游却并不容易。山东西部地区具有诸多水浒故事发生地和良好的区位条件，水浒文化主题鲜明，造就了水浒文化旅游的发展。随着旅游业的大力发展，我国各地先后建成了和建设着一大批与水浒故事本毫不相干，却以水浒为主题的旅游景区景点。而作为《水浒传》发源地的山东西部，这样的旅游景区景点肯定必不可少。

（一）水浒民俗文化城

其中水浒文化城是山东省旅游局重点扶持的旅游项目，也是菏泽市旅游业发展的重点项目。水浒文化城位于山东省菏泽市郓城县城区境内，是由宋江武校投资建设的一处集武术博物馆、文艺表演场所、游览景区于一体的旅游景区。

走进水浒民俗文化城，有一个重要建筑，就是水浒民俗文化博物馆。该馆展示水浒民俗文化遗迹、水浒人物、水浒兵器，以及酒文化、武术文化等宋代郓城当地民俗的综合性博物馆，也是展现"天下郓城，忠义天下"特色形象的一种尝试。第一展室是以图片文字形式介绍郓城县的旅游资源、历史发展和故事传说。这里介绍的东溪村、西溪村、宋家村，都是《水浒传》中出现过的村子。还有唐塔，建于后唐，是郓城的标志性建筑。第二展室是收集的不同版本的《水浒传》，数量相当可观。第三展室是介绍郓城县的酒文化。第四展室是武状元祠，纪念郓城县最后一名武状元张宪周。第五展室是宋江武校的荣誉殿堂。

朱贵酒店是水浒民俗文化城中的一座双层建筑，店廊下摆有体形硕大的酒瓮，室内有与水浒故事有关的器物摆设。在水浒故事中，朱贵以开酒店为名，专门打探往来客商的消息，凡有上梁山之人，朱贵便向梁山方向射一支响箭，对面便派船过来接应。

浔阳楼是水浒民俗文化城的另一个建筑。《水浒传》中所写江州浔阳楼，位于九江市浔阳江边。水浒民俗文化旅游城设浔阳楼，意在使游客对宋江故事有系统了解。传说宋江发配江州期间，在浔阳楼题反诗一首，被黄文炳告发，说其密谋造反，被判处斩刑。

水浒民俗文化城中的宋江武馆，是一座四合院。传说宋江从家乡来到县城，在此创办一家武馆，传授武艺。院内有四扇小门，西北为天道之门，西南为信义之门，东北为勇略之门，东南为忠孝之门，四门之名，集中体现了宋江武馆的基本宗旨。

（二）宋江武校

说到宋江武校，始建于1985年，是中华武术的发祥地之一，又是战国时代大军事家孙膑和北宋末年著名农民起义领袖宋江的故乡。二十余年来，宋江武校建起的教学楼、武馆、公寓楼、餐厅、宾馆等已形成了88000平方米参差巍峨、古朴典雅的建筑群，再配上琅琅书声、剑影刀光，这所学文习武的学校已经成为水浒旅游线上不可多得的景点。武校领导以博大精深的水浒文化为依托，以武校的旅游开发为突破口，重点建设"一村、一校、一河、一湖"，以此带动宋江故里、黄泥冈等周边景点的开发，促进唐塔等名胜古迹和红色旅游景点的拓展，把郓城打造成英雄之城，义气之乡，好汉故里，诚信之源。宋江武校大门，建筑形态为一个"门"字，意为宋江故里是武术之门、义气之门、英雄之门，向所有的英雄好汉敞开大门。大门内有三尊雕像，中间双手抱拳的是梁山寨主呼保义宋江，其左侧雕像是玉麒麟卢俊义，右侧雕像是智多星吴用。

参考文献

专著

一 古籍

《诗经》，齐鲁书社 2000 年标点本。

《礼记》，上海古籍出版社 1987 年标点本。

《礼记注疏》，北京大学出版社 2000 年标点本。

《周礼注译》，上海古籍出版社 1984 年标点本。

《周易正义》，北京大学出版社 2002 年标点本。

《管子》，岳麓书社 1996 年标点本。

《尔雅校笺》，江苏教育出版社 1984 年标点本。

《史记》，中华书局 2006 年标点本。

《汉书》，中华书局 1962 年标点本。

《后汉书》，中华书局 1956 年标点本。

《三国志》，中华书局 1959 年标点本。

《晋书》，中华书局 1974 年标点本。

《宋史》，中华书局 1985 年标点本。

《颜氏家训》，广州出版社 2001 年标点本。

《太平经合校》，中华书局 1997 年标点本。

（汉）王符：《潜夫论笺》，（清）汪继培笺，彭铎校正，中华书局 1979 年标点本。

（梁）宗懔：《荆楚岁时记》，宋金龙校注，山西人民出版社 1987 年标点本。

（北魏）贾思勰：《齐民要术校释》，缪启贤校释，中国农业出版社 1982 年标点本。

（唐）南卓：《羯鼓录》，文渊阁本。
（宋）高承：《事物纪原》，李果订，金圆、许沛藻点校，中华书局 1989 年标点本。
（宋）王辟之：《渑水燕谈录》，中华书局 1981 年标点本。
（宋）洪迈：《夷坚志》，中华书局 1981 年标点本。
（宋）洪迈：《容斋随笔》，北京燕山出版社 2010 年标点本。
（宋）周密：《武林旧事》，西湖书社 1981 年标点本。
（宋）孟元老：《东京梦华录》，中华书局 1982 年标点本。
（宋）罗大经：《鹤林玉露》，中华书局 1983 年标点本。
（宋）吴处厚：《青箱杂记》，李裕民点校，中华书局 1985 年标点本。
（宋）史绳祖：《学斋占毕》，上海古籍出版社 1992 年标点本。
（宋）周煇：《清波杂志校注》，刘永翔校注，中华书局 1994 年版。
（宋）赵叔向：《肯綮录》，上海人民出版社 1999 年影印本。
（宋）欧阳修：《归田录》，三秦出版社 2001 年标点本。
（宋）沈括：《梦溪笔谈》，上海书店出版社 2003 年标点本。
（宋）陆游：《老学庵笔记》，三秦出版社 2003 年标点本。
（宋）吴自牧：《梦粱录》，符均、张社国校注，三秦出版社 2004 年标点本。
（宋）陆游：《老学庵笔记》，中华书局 2005 年标点本。
（宋）西湖老人：《西湖老人繁盛录》，中国商业出版社 2007 年版。
（宋）陈傅良：《止斋文集》，四部丛刊本。
（宋）王巩：《闻见近录》，文渊阁本。
（宋）袁采：《袁氏世范》，知不足斋丛书本。
（宋）王偁：《东都事略》，齐鲁书社 2000 年标点本。
（元）施耐庵：《水浒传》，人民文学出版社 1997 年版。
（明）金圣叹：《金圣叹批评水浒传》，凤凰出版社 2010 年标点本。
（明）谢肇淛：《五杂俎》，郭熙途点校，辽宁教育出版社 2001 年标点本。
（明）胡震亨：《唐音癸签》，上海古籍出版社 1981 年标点本。
（清）王夫之：《宋论》，万有文库本。
（清）刘献廷：《广阳杂记》，中华书局 2007 年标点本。
（清）顾炎武：《日知录》，上海古籍出版社 2006 年标点本。
（清）黄宗羲：《宋元学案》，浙江人民出版社 1992 年标点本。

二 今人著作

欧阳健、萧相恺：《水浒新议》，重庆出版社 1983 年版。

董每戡：《五大名剧论》，人民文学出版社 1984 年版。

吴晓玲、范宁、周妙中：《话本选》，人民文学出版社 1984 年版。

乌丙安：《中国民俗学》，辽宁大学出版社 1985 年版。

湖北省《水浒》研究会主编：《水浒争鸣》第四辑，长江文艺出版社 1985 年版。

汪远平：《水浒拾趣》，北岳文艺出版社 1987 年版。

［英］弗雷泽：《金枝》，赵明译，人民文学出版社 1987 年版。

山曼、李万鹏、姜文华、叶涛、王殿基：《山东民俗》，山东友谊出版社 1988 年版。

山东省地方史志编纂委员会编：《山东风物大全》，世界知识出版社 1990 年版。

陈鹏：《中国婚姻史稿》，中华书局 1990 年版。

曲家源：《〈水浒传〉新论》，中国和平出版社 1995 年版。

施正康、施惠康：《水浒纵横谈》，学林出版社 1996 年版。

叶坦：《大变法：宋神宗与十一世纪的改革运动》，生活·读书·新知三联书店 1996 年版。

《古今笔记精华录》，岳麓书社 1997 年版。

鲁迅：《古小说钩沉》，齐鲁书社 1997 年版。

《诸名家先生批评忠义水浒传》，中华书局 1997 年版。

朱勇：《中国法制史》，中国人民大学出版社 1999 年版。

王同舟：《地煞天罡——〈水浒传〉与民俗文化》，黑龙江人民出版社 2003 年版。

凤凰出版社编选：《中国地方志集成：山东府县志辑》，凤凰出版社 2004 年版。

杨天宇：《周礼译注》，上海古籍出版社 2004 年版。

山曼：《节庆》，山东友谊出版社 2004 年版。

金陵客：《直道铸史——金陵客历史随笔》，福建人民出版社 2005 年版。

袁行霈：《中国文学史》（第 4 卷），高等教育出版社 2005 年版。

宁嫁雨：《水浒别裁》，中国人民大学出版社 2007 年版。

卢明、杨彩云编著：《水浒印象》，山东人民出版社 2011 年版。
杜朝伟、王鹏编著：《水浒文化概论》，山东人民出版社 2011 年版。
陈进轩编著：《水浒人文》，山东人民出版社 2011 年版。

论文

周克良：《〈水浒〉非写农民起义说》，《大庆师专学报》1984 年第 4 期。
宋子俊：《元杂剧中的李逵和鲁智深形象考述——兼论〈水浒传〉与水浒戏的继承与发展》，《戏曲研究》1995 年第 1 期。
葛成民：《〈水浒传〉与梁山文化渊源》，《山东社会科学》1998 年第 3 期。
濮小南：《瓦官寺凤凰台》，《南京史志》1998 年第 6 期。
张本一：《也说"行院"》，《艺海》2006 年第 1 期。
王颋、利煌：《瓦官寺的兴盛与衰落》，《广西社会科学》2006 年第 2 期。
王振星：《运河文化背景与〈水浒传〉的创作》，《菏泽学院学报》2006 年第 3 期。
孙雪岩：《〈水浒传〉与中国下层俗文化》，《聊城大学学报》2006 年第 6 期。
李德顺：《"取其精华，去其糟粕"的再思考》，《北京日报》2006 年 8 月 21 日。
张健：《〈水浒传〉与山东民俗》，硕士学位论文，山东大学，2009 年。
程玉香：《鲁西南水浒文化旅游整合开发研究》，硕士学位论文，青岛大学，2011 年。
吴双：《〈水浒传〉中的东平镜像研究》，硕士学位论文，山东师范大学，2011 年。
孙文敏：《探析〈水浒传〉中普通官员的居住民俗》，《文教资料》2011 年第 2 期。
姜范等：《文化润齐鲁，发展着先鞭：山东省文化建设综述》，《经济日报》2012 年 1 月 15 日。
王守亮：《试论〈水浒传〉作者对山东地理的写实——从作者是否了解长江以北地理态势说起》，《菏泽学院学报》2012 年第 6 期。